KB263832

한국시의 발전에 그가 기여한 바는 오랜 시간 면면히 이어질 것임에 틀림없다.
이 선집에 담은 글과 아깝게 선(選)에 들지 못한 그의 수많은 노작(勞作)들이
먼 훗날 이를 입증하리라.

문학 나무꾼 오만환의 詩 배달

식탁 위에 올라온 詩

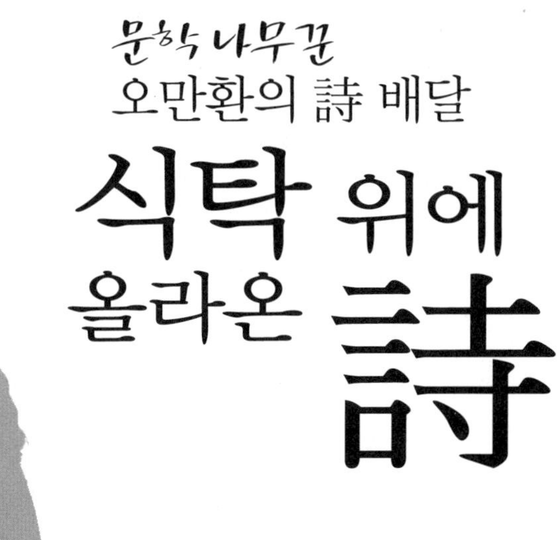

문학 나무꾼
오만환의 詩 배달
식탁 위에
올라온 詩
황금북

시인의 눈

　계절마다 '좋은 시' 3편을 감상하고 그 편린을 적어둔 공책을 꺼내 그 일부를 펼치려 합니다. 십여년 전 써두 었던 '시인의 눈' 서문을 대신하여 적어봅니다.

　원로 이생진 시인께서 섬에 가셨습니다/ 목포에서 물 어 가는 섬/ 목포 사람도 모르는섬/ 흑산도 지나 소흑산 도, 소흑산도 지나 상태도 하태도/ 대한민국 최서남단 가거도도 지나/ 배에서 배로 옮겨타고…/ 그 이름 〈만재 도〉 재롱 많은 늦둥이란 뜻도 담겼다지요? 허름한 옷에 이렇다 할 볼일도 없어 보이는 사람이 작은 섬 몽돌밭에 취해서 꽤 여러 날 머물다 보니 사람들은 수근거렸답니 다. 사랑이나 사업에 실패해서 혹은 시국 사건에 연루되어 숨어든 것은 아닐까? 자살하지는 않을까? 그냥 시인이라 하니, 알 수 없다는 듯 마을의 신부님께 좀 이상하지 않냐고 여쭈었답니다.

신부님 말씀이 "시인이란 원래 시래기 같은 사람이다. 힘도 없을뿐더러 가진 것이란 아무것도 없다 그러나 시인의 눈을 보라! 그 눈빛을 본적이 있느냐? 그 눈은 맑고 맑아서. 우물 물 보다도 깊고 맑아서…… 보석에 비할 게 아니다." 어느 날 아침 물동이를 인 여인이 시인의 눈동자를 바라보다가 물을 쏟고 말았다고 합니다.

만재도에는 접안 시설도 없는 바위 위에서 명절에 자식 기다리듯 왔다 갔다 하면서 짝숫날만 한나절 뱃길이 열리는 속에 시인을 찾는 한 쪽 팔 없는 할아버지 독자와 깡소주로 달래는 씁쓰레한 노을과 갈매기와 야생초가 있습니다. 그리고 차르르 차르르 귀를 열어주는 물소리가…… 한 사람의 독자를 위하고 그 인생을 담기 위해 몇 달을 준비한 한 권의 시집을 그분께 제일 먼저 보여주기 위해 길 떠나는 시인이 계셨지요/ 지금 가도 후회는 없다 세상은 아름다웠노라고…… 눈물 나도록 정겨운 이야기 아닐까요?

시를 읽어주는 단 한사람의 독자가 되고 싶었습니다. 나무 밑에 서서 바람 소리를 듣겠습니다. 오늘 밤 잠 잘 주무시고 눈에 먼지가 끼지 않도록 꿈을 꾸십시오. 세상에 대한 희망을 잃지 않도록 합시다. 훗날 그렇게 詩라는 섬에서 만날 날 있겠지요. 물론 섬들도 잘 있겠지요?

아! 노래가 가까이 걸어오고.(우리는 우리는… 조금만 더/.늦어도-그날까지…) 파도소리가 들립니다.

시인들의 저마다 다른 눈을 보았습니다.

2013 입춘

오만환

차례

의문
SECTION 1

시인의 식탁

시인의 식탁엔 어느 음식이 올려질까? 그저 분수에 넘치지 않으면 되고 가지 수는 많지 않은 게 좋고, 어느 것부터 먹을까? 관심은 음식의 종류가 아니라 생각과 맛에 초점이 맞춰질 것이라 상상하면서 시를 읽는다.

굴 껍질을 벗기면 그 안쪽으로
파도의 주름살마다 바다를 임신한
알맹이들이 섬처럼 열려 있다
하나 따서 입에 물면
질서 없이 터져 나오는 신맛에
가볍게 온몸이 달아올라
슬며시 눈감으면
황금빛 바람으로 터지는 마음의 바다

- 신종호 시 〈굴 속의 바다〉 (리토피아)

　우리는 현대시를 곧 이미지라고 표현하기도 한다. 기법상 전혀 별개의 사물과 사물을 혼합하여 또 하나의 명확한 윤곽을 그려낸다. 물론 그 안에 충돌과 융합이 있고 의미를 만들어낸다면 시의 세계는 한층 깊어진다.

　누구나 먹는 귤인데 시인이 껍질을 벗겼을 때 주름살마다 바다를 임신한 파도를 느끼고 알맹이에서 섬을 본다. 시인의 마음은 바다를 지나 질서 없이 터져나오는 신맛에 온몸이 달아오르고 슬며시 눈을 감는다. 황금도 가벼워지고 바람으로 터지는 빛과 소리, 필자는 해변에서 만났던 여자와 함께 바라보았던 하늘의 무지개를 붙잡으려 달려가는데 잡히지가 않는다.

　어쩌면 맛과 생각이 이루는 귤에서 둥글고 오묘한 우주의 이치를 깨닫고 생명의 근원이 물 아니냐고 되묻는지도 모른다. 그 신맛에는 쓰고 단 삶이 스며 있지 않겠는가? 발표된 시는 시인의 것이 아니라 독자의 몫일 테니 말이다.

　햇살이 두손을 벌리며 다가온 아침
　식탁에 피어난 두릅나물
　생전에 즐기시던 아버님이 걸린다며
　그녀가 웃는다
　입안 가득 퍼지는 연두빛 비타민 향기

　미는 즐거움의 인식이라는 누군가의 말처럼
　가끔 한 줄기 기쁨이 전신을 흔들고

물방울 같은 생각들이 눈가에 맺힌다
언젠가는 나의 빈자리를 채우며
큰애는 무슨 이야기를 할 것인지
진하게 커피를 타면서
나의 온기를 감지할 수 있을까
순하게 씹히는 두릅나물에서
아버지의 체온을 느끼는 것처럼

뚝뚝 봄 내음 흘리며
접시에 가지런히 돋아난 풀밭 사이로
뒷 짐진 헛기침 소리
낯익은 모습이 어른거린다.

- 이계설 시 〈두릅나물〉 (문예운동)

식탁 앞에서 시인은 그녀에게 한없는 감사와 사랑을 느낀다. 시인은 아내라는 말을 아버지라는 말보다 앞에 세우기를 부끄러워한다. 순하게 씹히는 두릅나물에서 아버지의 체온을 느끼고 물방울 같은 생각들을 한다. 큰애의 내일과 접시에 가지런히 돋아난 풀밭이 정겹기만하다. 뒷짐진 헛기침 소리와 낯익은 모습에서 연륜과 自我(자아)의 열린 길이 멀리도 투명하게 보인다.

유쾌한 항해도 곧 지루하기 마련이다
망망대해에 난 해로를 따라 가는 길엔
배가 바다를 항해하는 것이 아니라
바다가 배를 길 따라 인도한다

그러니 바다를 노하게 하면 안 된다
한번 바다가 노하면 아무리 거대한 배라도
단번에 난파할 수가 있다
궁궐 같은 호화유람선 타이타닉호의 최후는
바다가 배를 거대한 빙산에 부딪히게 한
때문이 아닌가

난파한 배의 최후는 얼마나 비참한가
난파 전 선실 안에 벌어졌던 호화판 환락과
음란의 극치들
술과 춤과 도박에 탐닉한 군상들의 얼굴들
그 비극적인 최후는 우리의 것일 수도 있다

구명정에 탄 사람들이 살기 위하여
다른 사람을 죽여 인육을 먹기까지 한다
생존 경쟁을 위하여 식인종까지 된다

우리는 그렇게는 하지 말자
바다를 거스려 노하게 하지 말자
그리고 바다와 화친하고 사랑하자

- 김선옥 시 〈난파선〉 (한맥)

배는 구멍이 뚫린 듯하고 생존경쟁을 위해 식인종까지 되려는가? 우주를 창조하고 경영해나가는 그 神의 입장에서 시인은 세상을 비판하고 예언의 글을 쓴다. 영화 〈타이타닉〉과 현실의 빙산을 음미하면서 시를 읽는 재미가 여름 밤의 지루함을 잊는다. 바다와 하늘과 시인! 무엇이 슬프게 하는가? 누가 시인을 怒(노)하게 하는가? 그렇다 술과 춤과 도박에 탐닉한 군상들 그 비극적 최후는 우리의 것이 되어서는 결코 아니 될 것이라는 〈난파선〉의 경고가 숨가쁘게 들린다.

보도 블록 옹색한 틈에
민들레꽃 노랗게 피고
보라색 제비꽃 하나 당당히 존재를 드러내는 것을 본다
보기 좋은 자리
눈에 뜨이는 자리에서
자랑스레 피는 꽃 되지 못해도
흙 한줌 있으면
그저 피어나는 것을
어찌하랴

봄 되었으니 다시 살아보겠다고
얼굴 내민 질경이 이파리 몇 개
그 옆에서 애처러워 서럽지만
거기가 그들 자리인 것을 본다
궁색한 자리에서 더 빛나는 존재 있고
그래서 이 세상 더 살맛 나는 것을
사는 데는 그만한 흙만 있으면 되는 것을

그들이 아는 일을

나만 모르고 있었으니

어찌하랴

- 이홍자 시 〈보도 블럭 틈에〉 (한맥)

보도 블럭 틈에 얼굴 내민 질경이에서 삶의 끈질김과 외경(畏敬)심을 읽어내는 시인의 눈은 존재의 근원을 지향한다. 질경이의 삶에서 곧 곤궁한 시대의 인간을 떠올리고 포성 없는 전쟁과 흙 한 줌의 소중한 가치를 인식하면서 민들레와 제비꽃이 알고 있는 그 일을 나만 모르고 있었으니 어찌하랴! 그 탄식과 여운이 시의 아름다움으로 오래 씹힌다.

아무리 돌려도/ 감기는 것 없어

무일푼으로 사는게/ 숙명이라며

까닥까닥 돌고 도는/ 지겨운 여름

차라리 힘겨웁다

말할까해도/ 시간은 멈춤 없이/ 지나만 가고

목태운 더운 바람/ 온몸 휘감아

그래도 얼굴 디밀고/ 땀 식히며 행복해 하는

사람들 보면/ 그래그래 내 한 몸 희생하련다

씽씽 불어대는/ 휘파람소리

- 신금열 시 〈선풍기〉 (한맥)

선풍기, '너 수고 많구나' 하는 따뜻한 시선이 가슴을 시원하게 한다. 사람과 기계에 대한 긍정적 바라봄이 의인법으로 또 하나의 뜻을 가지고 씽씽 돌며 지겨움을 쫓는다.

뿌리깊이고여있던/ 그리움을퍼올려//

하늘이 혼절하도록/ 눈부신 빛 피워놓네//

며칠밤/ 뜬눈으로 살다가

훌쩍 떠나가는 새

- 김강호 시 〈목련 3〉 (정신과 표현)

목련의 아름다움과 그 혼절! 며칠 밤 뜬 눈으로 살다가 훌쩍 떠나는 새와 사랑의 아쉬움을 하나의 비극적 영상으로 짧게 보여준다. 목련과 하늘의 혼절과 새를 하나로 엮어내는 구성의 내밀함이 시의 완성도를 높게 한다.

바닷가 모래밭에서 뒹글고 있는/ 속이 훤한 빈 사이다 병 하나//

바닷물은 아이들같이 깔깔거리며 밀려왔다 밀려가고

사이다 병은 어깨를 들썩이고 있다./

투명한 병 속에 가득한 햇빛과 파도소리

빈 몸뚱이 그대로 번쩍이며 춤을 추는 듯한 병//

빨간 노을이 빈 병 속에 들어가/ 꽃이 되어 불타고 있다.//

둘 다 벗은 채/ 행복하게 불타고 있다.

- 심상운 시 〈빈 사이다 병〉 (문예운동)

빈 사이다 병과 파도의 만남이 마냥 즐겁고 둘 다 벗은 채 사랑을 불태우는 어깨 들썩임과 로맨틱한 소리가 여름 해변을 연상하게 한다. 시인의 예리한 눈과 시 작업과 섹스가 다르지 않음을, 몰입과 힘겨움과 기쁨을 이 시에서 감각으로 느낀다.

전통의 계승과 시의 깊이

– 우숙자 시집 해설

　어제 성묘 길엔 추적 추적 가을비가 뿌렸다. 도로가 아무리 잘 뚫린다 해도 명절에 고향을 향해서 밀려드는 차량의 행열은 긴 꼬리를 잇고, 막혔다 뚫렸다 지루함과 그 어려움이 여간 아니다. 그렇더라도 다녀온 사람들의 얼굴엔 웃음이 감돌고 생활엔 활력이 넘친다. 실향민에겐 이런 고통과 기쁨이 없다. 그 고통이 천배 만배가 된다 해도 갈 수만 있다면 그 아니 좋겠는가? 우숙자 시인은 이런 아픔을 온몸으로 감내하며 실향민의 애닯은 정서를 바탕으로 주옥같은 시를 빚어온 대표적인 분이다.

얼마를 더 참아야
눈물같은 고향일까
하늘을 깎아내는 목메인 종이 학의
그 슬픔

내가 될 수 없는
아! 사랑의 內在律

죽으면 잊어질까
겹겹이 멍든 사연
목숨같은 망향 속에 흔들리는 시간들이
천갈래
여울목에서
갯벌처럼 누웠다.

- 시 〈고향〉 전문

망향의 그리움이 얼마나 간절한지를 절절하게 표출한 작품이다. 사람들은 몇 줄 안되는 글이라 소품이라 생각할 수도 있다. 그러나 작품의 내면을 들어가 보자. 풍부한 정서와 비수처럼 날카로운 시의 촉수를 만난다. 얼마나 참아온 세월이던가, 한국 전쟁과 함께 잠시겠거니 하고 떠나온 고향을 잃어버린 지 반백년이 지났으니 목이 메여도 한참 메였을 것이다.

〈하늘을 깎아내는 목메인 종이 학〉, 요즘 젊은이들은 좋아하는 사람을 생각하면서 종이로 학을 접고 접어서 의미 있는 날 선물로 준다고 한다. 〈사랑의 내재율〉, 여기서 내재된 사랑은 세속을 초월하여 하늘에 닿은 슬픔이요 눈물이 아니겠는가? 문득 필자는 松鶴 千年壽 하는 글귀와 함께 고려의 옛 수도였던 개성의 옛 이름을 떠올린다. 소나무와 학은 그윽한 품위와 멋을 지니고 오래 사는 생물로서 長壽와 절개의 상징으로 동양의 刺繡와 水墨畵에 자주 등장한다.

이 시에서 망향과 목숨은 동격을 이룬다. 〈겹겹이 멍든 사연/ 죽으면 잊어질까/ 목숨 같은 망향 속에〉 이렇게 할 것을 일부러 순서를 바꾸어 〈죽으면 잊어질까/ 겹겹이 멍든 사연/ 목숨 같은 망향 속에〉 죽어서도 잊을 수 없음을 환기하고, 사연이 겹겹이 멍들었기 때문이라고 강하게 새기고 있음이다. 일반적인 논리로 보면 죽으면 〈잊고 말고〉가 어디 있겠는가? 기쁜 일에 〈좋아 죽겠네…〉 하면서 결코 죽지 않겠다는 속내를 드러내는 것처럼 〈죽으면 잊어질까〉 질문형의 순진한 아이러니를 통해 문학적 표현을 보여준다.

시의 끝부분, 화자는 지금 간절하고 급하기만 한데 시간이란 놈, 이런 마음을 아는지 모르는지 변함없이 흔들리기만 하면서 천갈래 여울목에 갯벌처럼 누워만 있다니… 이것은 탁월한 연출이다. 안타까움을 뒤로하고 파도 소리를 상상하면서 질펀한 이 민족의 현대사를 음미하는 일은 독자의 몫이다. 아! 가슴에서 그리움으로 발효된 눈물의 함량은 얼마나 될까?

눈물이 없었으면
어떻게 살았을까
망향의 긴긴 아픔 서러움에 자란 애모
바람아
파란 만장한 바람아
너의 하늘 묻고 싶다

아름다운 하늘이여

방랑자의 기도처럼

회한의 시 한줄기 고향을 채색하면

애상의 북녘 하늘엔

물안개가 피는데

서성이는 발길을

그 이정표 차려놓고

산다는 행복 속에 내일을 가고 있다

불어라

미친 바람아 죄의 값을 묻고 싶다

- 〈바람아〉

　눈물이란 어떤 의미와 가치를 가지는 걸까? 작고한 이우종 시인께서는 생전에 우숙자 시인의 시 편편마다에 눈물이 고여 있음을 발견하시고 禹시인이 "그만큼 순결하고도 소박한 마음의 거울을 항상 품고 다닌다는 증거다."라고 밝힌 바 있다. 그렇다. 이 시는 눈물로 시작하였으되 아주 단아한 기품이 서렸다.

　화자는 지금 물안개 피는 북녘 하늘을 바라보면서 갈 수 없는 고향에 대한 회한으로 가슴에다 시 한편을 써놓고는 바람에게 호소하듯 묻고 있다. 바람이란 능동적이고 격렬한 상태에 있는 공기로, 이런 공기는 창조적 숨결 혹은 발산이라는 점에서 우주를 지배하는 1차적 요소가 된다. 한 마디로 이 시에서 바람은 매우 포괄적인 것으로 그것이 자연이든 사람이든 능력자를 상징한다.

　매우 위험하긴 하지만 필자의 주관으로 이 시를 감상하면 바람은 태어나면서 방향성을 가진다. 남풍, 북풍, 동풍, 서풍, 그리고 크기와 감정에 따라 소슬바람, 산들바람, 폭풍, 태풍, 사람은 갈 수 없는데 국경도 철조망도 아랑곳 않고 넘나들며 무서운 힘으로 응징도 하는 바람이야말로 착한 사람의 애절한 염원들을 들어줄 만도 한데 딴청을 부리다니 미운 감정이 왜 아니 들겠는가? 이 시에서 모든 말들은 바람에게로 귀를 세우고 있다. 나직히 그러나 단호하게 "너의 죄값을 묻고 싶다."고 맺고 있다.

　만약 감정을 이기지 못하고 편지라도 읽어달라거나 눈물의 원천으로 주변 강대국을 거론했다면 詩로서 실패했을 법도 한데, 여러 갈래 다르게 읽을 수 있는 하늘을 열어둠으로써 시의 묘미를 깊이 하면서 읽는 즐거움을 준다. 단아한 기품이 셔렸다고 한 연유가 여기에 있다.

짧은 만남으로
비워있던 역사를 채워주는 저 하늘 천둥소리
흔들리던 이산의 아픔은 끝났습니다
이 놀라운 커다란 현실 앞에
우리 국민은 모두 울었답니다
"서울"도 울고 "평양"도 울었지요
말없이 자꾸만 흐르던 눈물…
성숙한 아름다움 이 진실을 시인은 사랑합니다

존경하는 두 분의 힘찬 모습과 목소리에서
묻어나는 진한 향수……

반백년을 떠돌던

망향의 그 슬픈 무게 위로

눈망울 같은 우리들의 큰 소망이

새로운 생명으로 키돋움 합니다

패랭이 꽃으로 물든 친정하늘이 걸어옵니다

다시

백지로 보내는 이 소중한 편지는

빠른 귀향을 위한

믿음직한 당신들의 손길 속에

꽃씨같은 우리들의 찬란한 꿈이랍니다

새 천년을 여는 무거운 벽화 속에

하늘 땅이 열렸습니다

- 〈남북이 열린다〉

텔레비전을 통해 전 세계를 감동 시켰던 장면을 다시 보는 느낌이다. 완강하게 남아 있는 냉전의 마지막 장막이 한꺼번에 벗겨지는 믿겨지지 않는 이 감격 앞에 어찌 시 한 수가 없겠는가? 사실 총부리를 겨누고 서해에서 충돌이 있은 지 얼마 안돼서 우리의 대통령께서 비행기에서 내리시어 열렬한 환영과 함께 사열을 받는 광경은 이것이 映畵인가 사실인가 착각할 정도로 놀라움이며 충격이요 반가움이었다. 이 때에 바로 "좋아 죽겠네" 하는 온 겨레의 감정을 실감나게 이 만큼 詩로 형상화한 작품이 얼마나 또 있겠는가?

새 천년의 무거운 벽화 속에 하늘 땅이 열렸습니다. 꽃씨같은 찬란한 꿈이 새로운 생명으로 발돋움합니다. 아나운서가 스포츠 중계를 하듯 흥분된 어조로 망향의 슬픔을 씻으며 빠른 귀향을 기정 사실로 기쁨을 만끽하고 있음이다. 아나운서가 틀리지 않고 청취자를 열광시키는 것이 실력이듯이 시인이 비워 있는 역사에 대한 통렬한 채찍과 함께 천둥 소리로 시작해서 낮은 톤으로 "울었지요."의 독백과 "패랭이 꽃으로 물든 친정 하늘"의 눈부신 서정을 펼쳐 보이고 "하늘 땅이 열렸습니다."로 깔끔하게 장식하는 솜씨는 작가의 탁월한 능력이라고 달리 할 말이 없다.

여기서 누군가 햇볕 정책의 성패를 말한다면 그것은 차후의 일이고 문학 외적인 시선과 마주쳐야 하는 복선의 논의를 수반함이다. 울어야 할 때 청중을 울릴 수 있어야 하고 세상을 직시하면서 채찍을 들어야 할 때 두려움이 없이 바른 말로 방향을 제시하는 일이야말로 시인의 "존재 이유"인 것이다. 웃음으로 靑山을 대하면 청산도 웃음으로 대한다 했는데 역사의 질곡엔 햇볕이 보이다가도 또다시 비구름이 오락가락 하는 것을 어쩐단 말인가

이 땅의 어머니들에게 親庭(친정)의 의미는 각별하고. 외롭고 슬프고 기쁠 때 친정 하늘을 바라본다고 한다. 오죽하면 다시 백지로 편지를 쓰고 친정 하늘이 패랭이 꽃으로 물들어 걸어온다고 했겠는가? 걸어서라도 사람이 가야 하는데 하늘이 걸어오다니…, 읽을수록 싯귀가 가슴을 파고든다.

봉선화 웃는 밤에/ 꽃신을 갈아 신고/ 낙엽도 밟지 않은 수줍은 걸음으로/
이승 끝/ 난간에 서면/ 반만 열린 창이더라//

호롱불 층층 밝혀/ 쌓아올린 문턱에서/ 아픔이 산이 되어 청솔처럼 우거지면/
친정댁/ 넓은 뜨락이/ 비를 맞고 있더라

- 〈친정 하늘〉

친정의 안부를 걱정하는 마음이 봉선화 웃는 밤 꽃신을 신고 수줍은 걸음을 옮기고 친정댁 넓은 뜨락엔 비를 내리게 한다. 활짝이 아니고 반만 열린 창이더라에서 半이 가지는 시적 묘미는 窓의 장치적 기능을 상승시킨다. 만약 호롱불이 아니고 남폿불이나 전깃불이라 했다면 어울리지 않았을 것이다. 〈봉선화〉와 〈꽃신〉의 고운 이미지는 청솔을 거쳐 비를 맞는 뜨락에 이르러 슬픈 분위기로 반전된다.

왜 하필 〈이승 끝 난간에 서면〉이고. 꽃신을 신었는데 뜨락엔 달빛이 가득하지 않고 비만 내리게 할까? 아마도 아픔이 산이 될 만큼 悲感에 젖었음이요 切實한 눈으로 바라보는 潛在意識이 작용한 까닭이다. 그리고. 對比를 통한 고도의 구조적 효과를 演出함이다.

아침부터 매미는
저렇듯 왜 우나요
대추나무 가지 끝에 매달려서 맴맴맴맴
어디로
날아갔을까
저 멀리서 맴맴맴맴

다시 와서 울고 있네

무슨 사연 저리 깊어

엄마 찾아 삼만리 고향 찾아 삼만리

망향의

그리움으로

나도 나도 슬퍼요

- 〈매미〉

현대시조의 멋을 한껏 살려서 맑고 맑은 동심을 노래하고 있다. 시는 韻文이다. 산문이 걸어가는 글이라면 운문은 춤을 추는 글이다. 앞 연이 맴맴맴맴 빠른 상상력과 경쾌한 리듬으로 분위기를 압도한다면, 뒷 연은 엄마 찾아 삼만리 고향 찾아 삼만리 동화의 세계를 바탕에 깔고 망향의 그리움과 매미의 울음이 다르지 않다고 나도 나도 슬퍼요. 슬프단 말이어요. 소녀적 어투를 감춘 채 뜻을 새기고 있다. 우리는 아이에게서 배운다고 하는데 발상이 단순하고 깨끗해서 어른들의 복잡한 마음을 씻어주는 효과를 톡톡히 보고 있다.

향훈이 넘쳐나는

10만평의 연잎 물결

진흙 속의 백련이여 저 황홀한 자연이여

세계의

자랑입니다

무안군의 젖줄이여

자비의 속삭임아

깨달음의 눈물은

연잎에 몸져누워 그 영혼을 노래하나

물이랑

곱게 넘치는

이 빗속을 여는 바람

하이얀 연꽃송이

고요를 깨뜨린다

감출 수 없는 가슴 하늘 길 열어놓고

백연교

건너가면은

고향길 보일까

- 〈白蓮橋(백연교)에서 _ 무안 연꽃

시의 배경을 이루는 *務安*의 회산 10여만평의 드넓은 저수지엔 8월말에서 9월 중순 푸른 구름같은 연잎 위로 하얀 연꽃들이 일대 장관을 이룬다. 무안군은 이 방죽 관람의 편의를 위해서 목재 다리(白蓮橋)를 놓았고 관람대를 설치하였다. 연꽃은 불교와 인연이 깊다. 석가모니 탄생 때 마야부인 주위에 오색 연꽃이 피었다고 전하며 衆生을 구원한 釋迦를 상징하는 꽃으로 동양에서는 오래 전부터 神聖시 해왔다. 그러니 불교의 믿음을 가진 사람에게는 성지 순례를 겸하는 셈이 된다.

연꽃의 꽃말은 순결이다. 진흙에 뿌리를 내리고 있지만 그 더러움에 물들지 않고 妖艶하지도 않으며 온갖 번뇌를 씻어주려는 듯 환한 미소를 지어 보인다.

시의 내면엔 지금 비가 내리고 바람이 불고 있다. 꽃잎이 열릴 것인가? 닫힐 것인가? 숨 죽이는 고요, 寂滅이랄까? 대답은 自明하다. 이미 화자는 비 내리는 풍광 속에서 〈자비의 속삭임아/ 깨달음의 눈물은/ 연잎에 몸져 누워 그 영혼을 노래하나〉, 환희심에 다가가 있기 때문이다

하이얀 연꽃 송이가 고요를 깨트리는 그 순간 화자의 감출 수 없는 가슴엔 "고향길"이 화두가 된다는 것이고 북쪽이 아닌 남쪽 끝 황홀감에서 젖어서 그렇다는 것을 짚어보면 작가인 禹 詩人에게 고향은 信仰에 다름 아님을 立證하게도 된다.

문득 필자의 머리엔 이런 생각이 스민다. 가난한 심봉사의 딸인 효녀 심청이를 왕비로 환생시킨 꽃이 또한 연꽃인 것을… 북에 부모를 두고 온 효심의 발로가 아니겠는가? 꽃으로 몸을 불사르고 저녁쯤이면 잠잘 준비를 하는 것처럼 꽃잎을 닫고, 뭔가 생각이 있는 듯… 그래서 더 매력있는 연꽃. 독자여! 지금은 연꽃의 청순한 지혜를 배울 시대인가 봅니다.

맹자님의 54대
후손이신 맹사성은
충과 효를 겸비하신 눈부신 젊은 정승
淸白吏(청백리)
표상이신 고불
아! 온양의 자랑입니다

적막한 행단 고택

청렴결백 머문 仕途(사도)

매미 울음 추억 속을 아련히 건네주는

초록이

고운 사위여

저! 연민의 정적이며

무상의 은행나무

600년을 자랑하네

九槐亭(구괴정)의 느티나무 바침대로 자리하고

애틋한 江湖四詩歌(강호사시가)

애모 속에 깊어간다

몹시린 대지 위에

싸늘하게 누운 함성

분별없는 아우성이 산자락을 허무누나

문명의

차가운 손길

낯선 바람 불고 있다

-〈古佛(고불) 孟思誠(맹사성)〉_ 고택을 찾아서

　온양에 있는 맹사성 고택을 답사한 뒤 그 분위기와 흠모의 마음을 시로 형상화한 작품이다. 교통이 발달하고 자치제가 실시되면서 지역에 대한 홍보와 행사가 적극성을 띤다. 정보가 공유되고 답사의 발걸음도 잦아졌다. 우리 문화를 바로 알고 배우려는 이런 운동이야 말로 溫故而知新(온고이지신) 아니겠는가. 그런데 다녀

와서 작품을 쓰기는 여간 어려운 게 아니다. 우선 정확한 스케치가 되어야 하고 그 共感 위에서 술이 醱酵(발효)에 의해서 맛을 내듯 작가의 독특한 시선이 가해져야 독자에게 감흥을 준다.

이런 면에서 禹 시인은 남다른 솜씨를 가졌고 이런 류의 詩篇이 몇권의 시집 곳곳 여러편 보인다. 전반부는 풍광을 배경으로 古佛이 교과서에 실린 시조 江湖四詩歌의 작가이며 청백리였다는데 촛점을 맞추고 있고, 후반부는 충효사상을 퇴색시키는 낯선 문명에 대한 비판적 시각의 날끝을 드러낸다.

벌써 古稀라니 믿어지지가 않습니다
정옥아! 이렇게 너의 이름 불러도 좋을런지
오늘은 너를 위한 뜻깊은 자리, 다시없는
시간이니 우리 다정하게 그런대로 이야기 합시다.
한 많은 가슴에 고향이 몹시도 젖어오는 초가을

가을은 이렇듯 깊어가고 흘러간 반백년이 그래도
소중해 봉선화 물든 손톱끝에 묻어오는 하이안
향수가 이렇게 그리운 아픔으로 다가오는데

남성병원 오솔길은 가랑머리 곱게 따내린 보랏빛
꿈을 키우던 우리의 보금자리였지,
개성공립여자중학교 육학년이 된 어느 날 불행히도
1950(단기 4283)년 6월 25일 한국전쟁이란
뼈아픈 운명앞에 눈물 많은 세월을,
아니 그 아픔을 가슴에 묻고 살아왔지…

이화여자대학에 진학하기를 유일한 꿈이였던 너와 나는 선교사가 운영하던 남성병원의 미국사람에게 영어를 개인지도 받자고 우리는 깊은 언약을 했지. 이것 또한 떠도는 구름처럼 흘러가고 지금은 석양의 노을빛 추억일 뿐 그때가 얼마나 소중하고 행복했던 시절일까?

이렇듯 다가오는 내 유년의 고향 아침 등교 길에 대문을 나서면 큰 행길의 건너편 너의 집이 보이는데 언제나 마루에 있는 바라지가 활짝 열려 있고 그림같은 너의 집은 아침 햇살에 유난히도 눈부셨는데 지금도 너의 공부방과 정갈하고 예쁜 앞마당이 모두 환히 보이는 듯 다가오는데 이 모든 기억이 슬픈 바람 같은 추억이 될 줄이야,

우리는 고려교 다리 앞에서 만나 종종 등교길도 같이 했었지 어느날인가 혼자서 돌아오는 하교길에 너의 어머니는 그 길목에 너를 기다리다가 나를 보시더니 정옥이는 왜 안오니… 하시던 그 말씀 지금도 내 귓전 울리는데 정옥아! 어머니는 그 길목에서 하많은 세월을 너를 기다리고 또 기다리셨겠지 아마 오늘도 서성이고 계실지도 몰라 행여나 하시고….

1.4후퇴때 서울 계신 아버지에게로 혼자 보낸 너를 얼마나 후회하셨을까? 그리고 그 이별로 인한 고통을 참아야 할 수 밖에 없었던 불쌍한 너의 어머니 세월만큼 사랑의 힘을 느끼는 것이 없는데 그 이별의 끝에서 얼마나 울고 또 우셨을까?

그렇게도 어느 것 하나 부족함이 없이 큰 사랑속에 곱게 자란 네가 삼남매를 옥이야 금이야 키웠고 인자하시던 너의 남편은 사랑하던 너를 두고 먼저 저 세상으로 떠나셨으니 그래도 참을성 많고 가정교육을 잘 받은 의젓한 너는 오늘을 이겨내며 이 동그란 자리에 많은 축복을 받고 있구나.

아름다운 친구야!
세월이라기보다 남은 시간을 좀 더 아껴 써야겠지 부디 건강하시고 좋은 나날

되시기를 잊을 수 없는 그 남성병원의 가을을 시로 적어보았어

-〈아름다운 친구야〉_ 장정옥에게

  긴 시를 원문 그대로 인용하는 것이 효율적이지 못한데도 이렇게 한 까닭은 이 시가 하나의 표본이기 때문이다. 산문시는 정확한 내용에 승부를 건다. 굳이 해설을 필요로 하지 않는다. 실향민 일 세대가 가고 나면 누가 이런 시를 쓰겠는가? 그런 점에서 기념적 의미가 크고, 禹 시인은 추억을 공유하면서 스스로 울고, 詩로서 주변을 많이 울릴 수 있는 재주를 가지셨다. 울고 울면서 마음이 맑아지는 이치랄까?

  이 시의 장점이라면 원초적 우정을 사진 찍듯 다정다감한 어조로 선명하게 보여준다는 점이다. 일생 고락을 나눈 고향의 친구나 知人의 모임에 참석해서 축시를 읽고 시간을 함께 하는 일은 스스로에게 더 없는 기쁨이요 德行에 다름 아닐 것이다. 여기엔 반드시 평소의 삶을 애틋하게 바라보는 따사로움이 깔려있음은 물론이다. 그래서 그런지 여러 편의 이런 시를 읽으면서도 지루함보다는 부러움과 감동이 오래 남음을 밝힌다.

두분의 가슴 속에/ 내 생각이 포개지면/

울어야 할 추억들을 무슨 말로 대신할까/

사유의/ 맑은 햇살의/ 석순으로 돋는다.(중략)

조건 없는 깊은 사랑/ 그 이름 높은 뜻은/

의미있는 하늘인데/ 저렇듯/ 아침을 맞는/

용기 푸른 강이 흐른다.

- 〈조건 없는 사랑〉

편의상 생략해서 보여주는 편법을 썼다. 참고로 이 시는 텔레비전 〈그 것이 알고 싶다〉에서 두 다리가 전혀 없는 네 살 어린이를 입양한 한 가족의 모습을 보며 쓴 작품이다.

이런 〈조건 없는 사랑〉이 石筍을 돋우고 禹 시인의 마음을 거쳐 독자를 움직이며 文學이 되는 과정을 읽는다. 〈저렇듯 아침을 맞는 용기 푸른강〉 행간에 스민 감격과 베풀며 살리라는 다짐이 맑은 이미지로 가슴을 씻는다. 이것은 禹 시인의 우리 사회에 대한 연민과 깊은 소망의 속내를 드러낸 소박한 事件이기도 하다. 이런 類의 詩가 하나만이 아니다. 인적 없는 새벽 길에 신호등을 잘 지키는 두 소녀의 모습을 아름다운 이미지로 刻印 시킨 〈아직은 새벽인데〉도 여기에 속한다.

이제 시집에 실리는 詩들을 간추려 볼 시간이 되었다. 시 읽기를 통해 얻어낸 결론적 요점은 잃어버린 "고향"에 대한 그리움과 통일에 대한 간절한 熱望을 담아 아름다운 서정시로 빚어낸다는 것이고, 두 번째는 여행을 하면서 풍광을 배경에 두고 앞선 문화에 대해 긍정적이고도 예리한 시선으로 맑은 시상을 추출하여 形象化에 成功 한다는 점이다. 다음으로는 동창생의 古稀에 보내는 축시라든지 일상의 생활 가운데 시를 가슴에 품고 다닌다는 점이 특징으로 드러난다.

걸어다니는 시인이라고 할까? 책상에 앉아서 이미지를 떠올리는게 아니라, 자연 혹은 역사, 텔레비전을 시청하면서도 시에 대한 화두를 놓치지 않는 매우 부지런한 시인임을 거듭 확인하였다.

時調의 틀을 지킨다는 자체는 시의 行步에 있어서 우직함일 것이고, 그 가운데 다양한 비유와 상징, 形態의 美를 추구하면서 현대 문명의 虛實을 꿰뚫고 포괄한다는 것은 곧 詩精神에 투철함이다.

農耕사회가 공업사회로 다시 첨단 정보화 되면서 우리는 많은 것을 잃었다. 문학에 있어서도 포스트모던이니 解體니 하면서 전통시를 경시하는 풍조가 생겨나고 우려의 목소리도 높은 실정이다. 실로 詩에서 敍情을 빼고 나면 문학이 얼마나 쓸쓸하고 삭막하겠는가?

필자는 禹시인의 시를 읽으며 어쩌면 어머니 같고 큰 누님같은 따사로운 숨결을 느낄 수 있었다. 그것은 아무래도 작가의 진솔한 마음과 투명한 시선 탓이요, 각각의 시편들이 傳統 정서에 뿌리를 두고 있음이다, 또한 발상과 표현의 자연스러움은 대중을 詩 안으로 빨아들이는 힘과, 그 감동으로 향기와 여운이 오래 남는 특징을 갖는다. 시의 경작이나 삶이거나 한마디로 誠實하게 살아오셨음에 대하여 아낌없는 박수를 드립니다. 어느 시대나 성실은 최상의 美德이기에……

믿기지 않지만 古稀를 맞는 우숙자 시인과 동창생들의 손톱에 봉숭아 예쁘게 물든 초생달이 시울기 전 고향 가는 길이 활짝 열릴 것을 손 모아 축원하면서 글을 맺는다. 부족한 筆力 머리 숙여 작가와 독자의 惠諒을 구한다. 아! 언제였던가 칙칙 폭폭, 칙칙폭폭—, 경의선이여.

디지털시대 서정시의 매력

　"정건우 시인은 참으로 정(情)이 많은 사람, 한마디로 시인이다." 이것이 시집 〈생각하며〉의 초고를 읽은 소감이다. 그의 시는 아름다운 고향 풍경과 아버지 아내 자식 이웃으로 이어지는 따뜻한 시선, 일상의 내면을 비추는 맑은 심성이 자연스럽게 배어 있어서 잔잔한 감동을 준다.

　어쩌면 해설이 독자가 시를 감상하는데 사족(蛇足)이 되지 않을까 하는 두려움을 숨길 수가 없다. 그럼에도 필자가 몇 마디 말을 남기게 됨은 전화로 전해온 그의 겸허하고도 진실된 소망과 시에 대한 열망을 소중한 인연으로 이어가고자 함이며 그의 좋은 시를 독자와 함께 읽는 즐거움을 내 스스로 누리기 위함이다.

물이 내린다 물이
부유(浮游)하던 저들의 목을 옥죄는

중력의 고통을 벗어 던지고
환속하는 스님의 바랑에 담겨
바스라진 상념처럼
껍질이 되어 내린다
서늘하게 식어버린
테두리처럼 내린다

뜨거운 가슴하나 품지 못하고
표면에서 바글바글 끓다
떠나보내느니
쉼없이 들여다 봐도 알 수 없는 속내
질리도록 투명한 어둠

담기고 싶은 것이다
바닥까지 속을 연 땅의 용기(容器)에
부숴져 안기고 싶은 것이다
박리(剝離)된 표피가
그의 내면(內面)에서 녹아들며
종이 한 장 비집지 못할 숨막힌 밀도로
가랑가랑 채워져 넘치고 싶은 것이다

그에게 속하여
후회할 그 무엇도 없이 온전할
그를 꿈꾸며
세상 마지막 인 듯 처음 오는 소리로
물이 내린다.

- 시 〈비〉

음악이 되어 비가 내리듯 감각적인 위 시에서 필자는 '박제된 표피'와 '그'에 주목한다. 문명의 속도를 따라잡지 못하는 공허한 정신세계를 촉촉이 적셔주는 빗방울을 바라보면서 그 소리도 듣고 그를 꿈꾸는 화자와 독자는 물아일체(物我一體)의 행복을 누린다. 그는 누구일까? 그의 내면에 스며드는 빗방울을 부러운 눈으로 바라보는 이미지가 매우 신선하다.

앞부분에 중력의 고통을 읽어가던 독자의 마음은 '스님과 환속' 영화 장면도 떠올리고 끝부분에 이르러 첫사랑의 연애감정을 느끼며 마음은 가벼워진다. 메마른 현대인의 삶에서 시를 통해 녹색의 에너지를 얻을 수 있다면 시를 읽는 기쁨 아니겠는가.

'그'에 대한 상상과 여유를 남겨놓은 것은 독자의 층위를 두텁게 하며 곱씹는 맛을 남긴다. 한국 현대시사에서 주요한/ 장만영 등 〈비〉를 주제로 많은 시인이 시를 썼지만 독자에게 널리 읽히는 명작은 드물다. '몰래 지껄이는 병아리 같이// 다정한 손님같이' 비가 옵니다. '노래했던 주요한의 〈비〉와 함께 필자는 정건우 시인의 치열한 시인정신과 어떤 가능성을 이 작품에서 보았음을 밝힌다.

오랜만에 김형이 또
느즈막하게 취했나 보다
말없이 사는 일에 이골난 그가
취하면 똑 고향 옛집 토담으로 보인다던
아파트 담벼락을 부여잡으려 버둥대며

아내를 부르는 모양이다

미애야 미애야

늘어질 대로 늘어지는
두 번째 이름을 부르는 소리가
어슴푸레한 단잠을 비집어
녹음하는 유언처럼 들려오는데

반쯤 열려진 귀밑으로
억장이 무너져 쌓인다

지척에 마누라는
잠꼬대로 널브러졌을
달 없는 한 밤

손가락이 몽창 뭉개지도록
부둥켜 안고 싶은 가슴이
내게도 있었던가

목젖이 다 문드러지도록
저리 부르다
지쳐 쓰러질 이름이 하나라도 있었던가.

- 시〈미애야〉

'미애야 미애야'를 부르는 묘사는 매우 사실적이며 비극적이

다. 목젖이 문드러지도록/ 저리 부르다/ 지쳐 쓰러질 이름이 하나
라도 있었던가? 진심으로 사랑했던 사람이 있었던가? 신문을 펼
치고 가족해체 현상을 보이는 사회의 단면을 떠올리면 씁쓰레해
진다. 시가 사회문제의 처방까지 내놓을 필요는 없더라도 이웃과
주변에 따뜻한 관심과 날카로운 시선을 통해 작품 속 사건으로 재
구성하고 형상화해서 삶을 되돌아보게 하는 힘은 갖추어야 한다
는 게 현대시에 대한 필자의 인식이며 정건우의 여러 시들은 이런
덕목에 매우 충실하고 극적인 요소로 재미를 더한다.

  그의 이웃과 노인에 대한 날카롭고도 따뜻한 눈길은 시 〈세상
밖을 흐르는 강〉에서 알맞은 비유와 깊은 철학적 사유를 통해 높
은 봉우리를 이룬다.

　　일찌감치 하룻밤 이승의 잠을 비운 노인은
　　어설프게 밝은 새벽을 어정대다
　　아파트 소방도로 골목골목을 누비고 다닌
　　아침과 함께 나와섰다
　　벌써 몇 달 째
　　밤새워 땟국 흐르는 바지 대님을 풀고 또 고쳐 매면서
　　꼭 오리라 믿고 기다리던 그 내일
　　어제 같은 오늘
　　단 하루만의 소망
　　서민아파트 한 쪽 귀퉁이를 막은 철제난간에
　　고단하게 무거운 머리를
　　포갠 손등에 얹어놓고

꾸역꾸역 밀려드는 통근차를 바라보는 노인은
이 좁은 도로가 세상 밖을 흐르는 강이라 생각한다

- 〈세상 밖을 흐르는 강〉 일부

　도로와 강을 통해 인생을 멀리 높이 내다보는 노인에 대한 깊은
존경심이 강물처럼 작품에 흐르고 이승과 저승이 연결된 것이라
는 논리에 이르러 평안과 설득을 얻는다.

아내가 넘어졌다
반 토막난 우리 주식의 적극 매수를 권했던
애널리스트가 실실 웃는 증권방송을 보던 중
천정에 붙은 모기를 잡다 의자와 함께 나뒹굴었다

밤 새 아내와 가루며 정밀하게 잠행한 모기는
비틀어 쥔 신문지에 선혈 낭자한 궤적을 남겼다
아내는 입도 못벌리게 허리를 다쳤다
아아 아내는 이렇게 사소한 일에 몸 던지며 산다

질주하던 자동차의 타이밍벨트가 끊기듯
추력잃은 아파트가 조용해졌다
웃도 울도 못하는 두 아들 옆에서 나도 아들이 됐다

내가 할 수 있는 일이 하나도 없는 구급차 안에서
꿈길을 걷듯 아내가 유언한다
첫째가 박살낸 교탁유리는 내일 방과 후 배달 된단다

모레 시험치는 둘째는 언더라인 스무 번 해야 외워진단다
내 카드빚으로 윗집서 빌린 돈은
다음 주 수요일 꼭 갚아야 한단다

내 빚은 나도 모르고 둘째도 제 비밀을 모르고
첫째만 소리를 냈으니 알텐데 아내는 셋을 다 안다
발등이 쿵 하며 찍혀야만 천리를 길길이 날뛰는
화살 과녁같은 내 속이 이렇게 뒤틀리는데
사소한 일에 몸 던지는 아내는 오죽할까?

사는 동안 수 없이 비틀어버리고 싶었을 순간순간이
순전히 제 몫으로 되돌아옴을 아는지
비틀면 제 손아귀에 열배 힘이 얹힘을 아는지
질러대는 순연한 비명에 자위하며
자신을 비틀며 살아온 아내

그래서 아내는
저렇게 비틀린 신문을 꼭 쥐고 있었는가.

- 시 〈아내 넘어지다〉

이불속을 삐져나온 아내 발바닥이
눈 온 밤처럼 뽀얗다
잘 때 만이라도 그 홧홧했던
하루의 열기를 식히려
오죽이나 내밀고 싶었던 얼굴이었을까
걸음을 떼일 때마다

눌렸던 피가 흩어 모여
희락붉으락한 길을 쉼 없이 걸어오며
몸이 엎어져야 비로소
온전하게 볼 수 있는 삶의 밑바닥

더듬어보니
투박하게 만져지는 뒤꿈치의
뭉툭한 독기
이 모진 기운이 아니면 내 어찌
잠 깨인 이후를 똑바로 설 수 있으랴
때로는 나도 귀찮아지는
체중을 받치고 있으랴

사는 모습이 별게 아니라서
붉었다가 희어지는 과정의 연속이어서
저만이 홀로 꿈꾸며
가고 싶은 그 길을 가기 위하여
안온하고 뽀얀 이 작은 바닥을
다시 내어 말리느냐.

- 시 〈발바닥〉

한꺼번에 시 두 편을 독자에 읽도록 하는 우매한 일을 필자는 감히 저지른다. 아내를 소재로 시를 쓰기는 쉽고도 어렵다. 그러나 삶에 대한 진정성으로 하여 두 편의 시는 단순하고도 큰 감동을 준다. 왜? 하필이면 발바닥일까? 늘 수고 하면서 변변한 인사도 받지 못하는 사람들 그 중에 대표적인 사람이 가족 구성원 중에서 '아내'이고 그 중에서도 발바닥의 수고와 고통이 컸을 것이라는 냉철한 분석이 이 시의 뼈대를 이룬다. 이렇듯 '아내'와 '발바닥'의 존재를 인식하고 시의 높은 산으로 끌고 가는 과정이 자연스럽고 명쾌하다. 이 호소력, 이 힘은 어디서 오는가? 천성의 착함이요, 습작에 흘린 땀방울이 적지 않음을 여러 다른 작품의 구조를 통해서 독자는 확인하게 된다.

그대 배알도
기실은 구불구불 하였겠으나
이렇게
쪽바로 편 길이가 십리도 넘었다니
몽창 들어낸 그 속은 이제
얼마나 가벼울거냐

다 비우고 나니
허망하게 어두워진 속내를
스스로 불 밝힌 그 가슴은
또 얼마나 자유로우냐

매끈하게 몸열어 이 길을 가고자 하는 모든이에게
또 다른 빛으로 있고픈 그대는
삶의 통풍구다
나부대던 거풀들을 솎아대는
낮은 기관지다

겸허하게 밝은 그대 안에서
나는 속죄한다

삼면을 곁눈질 할 겨름도 없이
그저 앞만 보며 달리는 침묵속으로
후면경에 뚜렷히 비쳐오는
차선같이 긴 후회

아슴아슴하게 풀어지는
낡삭은 어둠속에서
초근하게 눈시린 햇빛을
- 83 -
핸들위에 얹어놓는 그대
죽령터널.

- 시〈죽령터널〉

　속도와 편리성을 추구하는 현대인들이 터널을 뚫었다. 죽령은 영남과 강원도 그리고 중원/ 서울을 잇는 고개, 낭만과 애환을 잃었다. 이런 일반적인 생각의 반대편에서 착상은 빛난다. 내장을 내놓고 고통스러워야 할 산이 시원함을 느낀다. 그동안 산(山) 너도 얼마나 답답하고 고통스러웠겠느냐. 기관지를 앓는 환자도 시 안에서 쾌유를 얻는다. 세상의 모든 근심은 넓은 가슴과 시원한 시야를 통해 '겸허하게 밝은 그대' 그리운 사람과 새로운 세상을 만나게 된다. 이것은 긍정의 힘이요 해체로 고통을 받는 현대사회 끝끝내 인간에 대한 신뢰로 화해를 꿈꾸는 서정시의 큰 힘이다.

피의 능선에서 단장의 능선에서

처절하게 싸웠던 피가

까맣게 흘러흘러 스며든 오랜 이 땅에

장막이 걷히듯 오고 또 오는 새벽 여명을

피 먹은 땅속이 움틀대며 몸부림치다

산모처럼 자지러지며 토해내는 울음

바다여! 구름바다여

밝아오는 산 등성이로 번져가

천년의 시린 가슴을 비벼대며

햇빛폭포를 거슬러 사라지는

과일향 그득한 슬픈 바다여.

- 펀치볼의 운해(雲海) 일부

　낯선 이름의 유래를 밝히고 종군기자의 감성어린 시각과 분단의 처절한 비극을 그대로 간직한 펀치볼(Punch Bowl)이 빚어내는 운해의 아름다움을 노래한 가편(佳篇)의 시(詩) 일부를 나타낸다. 이 시집엔 정건우 시인의 국토 사랑과 특히 양구를 비롯한 '강원도의 힘'을 섬세한 붓끝으로 그려낸 재미있는 작품이 시〈양구 피라미〉〈송우리 미루나무〉 비롯하여 빼곡하다.

　〈부러지〉〈끄리〉〈소쿠라지〉가 팔팔 노니는 양구 서강에 달려가 아예 살고 싶다는 생각을 시를 통해 얻었음이며 이 시를 통해 양구와 정건우 시인이 참 부럽고 행복하다는 느낌을 갖게 되었음을 밝힌다.

친구 집 가는 길에 키 큰 미루나무 있다
신작로 뽀얀 먼지 뒤집어 쓴 채
칼바람 안고 망연히 서 있는
연리지

건너 편 산 밑을 흐르던 강물이
황강리에 미처 닿기도 전
누가 부르기에 멈춰 설 때마다
또 잊은 가슴
굽은 길을 어기적 어기적 봄 인듯 올 때
연리지 그 새 무료하게 존다

친구 집 뒷산이 무너져 내린 듯
누런 황톳물이 봉창으로 흘러
울컥 울컥 미루나무 발등을 적셔 대도
친구는 툇마루에 길게 누워 발목만 까딱인 채
날 고구마를 이리저리 입으로 굴려
궁시렁 대면서 잘도 먹는다
집 앞 숲이 다 없어진 것 같아
빌어먹을 장마

조각같은 반달이 서늘하게 떠 있어도
늦은 여치는 여기저기 울고 미루나무에 기댄 소녀는
아마도 친구의 첫 사랑인 듯
알아 듣지도 못할 말 서로 뜯들여 하고
친구는 앞굽으로

소녀는 뒷 굽으로 나무만 찬다
답답한 미루나무.

- 시 〈송우리 미루나무〉

정건우의 시에는 고향에 대한 애정과 연민 추억이 알맞게 배어 있다. 필자가 절절하다는 말을 쓰지 않는 것은 시를 전개하면서 자제력을 갖고, 눈물이나 큰 목소리를 아낀다는 것이다. 그는 독자를 쉽게 흥분 시키지 않고 여유를 갖고 바라보게 하고 서서히 감흥을 일으키고 감동에 다가가도록 사물을 배치한다.

이 시에서 미루나무와 나는 이만치 떨어져 있다. 친구 집 가는 길. 키 큰 미루나무와 동화적 상상을 물씬 풍기는 친구와 소녀의 낭만적 분위기를 연출하는 솜씨가 대단하다. 말귀를 못 알아듣는다고 애꿎은 미루나무를 발길질하면서 화자는 세월과 우정 그리고 사랑을 새김질한다.

정건우 시인의 시인정신과 시적 가능성을 기쁘게 확인한 여름날 오후! 시의 산 을 오르며 독자와 함께 끝까지 행복할 것을 믿는다.

말을 걸어오는 시, 그 감흥과 절제

바람이 꽃씨를 떨어뜨린 그날이 가을이었던가요? 눈 덮인 땅속에 묻혀 있다가 새싹 돋아 어느 새 여름입니다. '그의 이름을 불러주었을 때 그는 나에게로 와서 꽃이 되었다' 김춘수의 시를 학교의 담벼락에 크게 쓰고 황사 속에서 누군가 여러 번 색칠하고 있었습니다. 봄의 둘레길을 걸으니 시들이 말을 걸어옵니다. 여린 몸이 정신의 꽃인 시의 소나기를 흠뻑 맞고 떨리는 짜릿한 이 멀미, 무슨 말을 할까요? 감흥에 취해 가슴을 열고 '소가 달아난 하늘' 같은 상상을 하다가 드디어 절제를 버리는 바보가 됩니다. 들판에는 모내기가 한창입니다. 좋은 느낌과 신선한 이미지 앞 할 말이 없어도 부끄러움을 무릅쓰고 이말 저말 깨끗한 말 때묻은 말 씻어서 독자와 소통을 이루려는 것은 그저 스스로를 치유받기 위한 까닭입니다.

“돈이 필요한 사람은 오세요”
“은행으로 오세요.”

황금빛 은행나무가
반짝 반짝 금돈을 흔들며
사람을 부릅니다.

배고픈 사람 지나가면
노란 은행잎 떼어주고
직장 잃은 아저씨 지나가도
골고루 한 장씩 나누어 주더니

금세 금돈을 다 써버린 은행나무
텅 빈 손이 되어버렸습니다
가만히 지켜보던 넉넉한 하늘이
빙긋 웃으며

은행나무 가지위에
살포시 내려 앉았습니다

겨울 바람이 달려와 말했습니다.
"어, 은행나무에 하늘이 열렸네?"

- 이옥근 시 〈은행나무〉 (화백문학)

웃음으로 재미와 의미를 선물하는 동시 한 편입니다. 어려움 없
이 소통이 잘 되고 시원한 느낌으로 가슴을 씻어줍니다. 은행나무

에 대하여 이런 생각을 가진 사람은 많았을 것입니다. 그러나 창작은 표현입니다. 감정을 살려 자연스레 흘러가는 문장은 운율을 타고 대화는 노래가 되고 놀라운 깨우침이 됩니다.

돈을 맡아주는 은행과 같은 이름을 가진 나무에 대한 소박하고 날카로운 생각을 정감있게 표현하여 시의 집을 아주 튼실하게 지었습니다. 은행나무 아저씨는 마음이 넓고 푸근하여 외롭고 어려운 사람에게 돈을 아낌없이 나누어주고 그래서 맑은 하늘이 놀러 오십니다. 시어의 배치와 행간 전체를 이루는 구도가 알맞게 배치되어서 누가 읽어도 깊은 울림에 즐겁게 다가갑니다. 은행이나 은행나무 곁에 펼쳐서 시민들에게 선물로 주고 싶은 작품입니다.

햇빛 눈부신 날 길을 가는데
톡!
누군가 우주 여는 소릴 내는 거야, 글쎄.

가만 가만 다가가 들여다보자
지름 1cm 보랏빛 소우주가
쌍안경을 확 끌어 당기는 거야, 글쎄.

넌 아무리 예뻐도
큰 꽃의 들러리다 했더니

쬐끄만 꽃으로 풀 숲에 묻혀 살아도
오늘 하루도 당당히 남자로 산다며
불알 두 쪽을 척 내미는 거야, 글쎄.

- 최정희 시 〈개불알풀〉 (화백문학)

햇빛 눈부신 날 길을 가다가 만난 것이 어디 풀 뿐이랴. 지름 1cm에 눈을 주니 쌍안경을 확 끌어당기며 가슴을 열어보이는 보랏빛 개불알- 우주와의 엄청난 크기의 차이를 극복하고 당당히 말을 한다. 작은 우주 그 소리를 들을 수 있는 사람이 곧 시인이요 생명 사랑이 아니겠는가? 넌 아무리 예뻐도 들러리라고 무시하려는데 글쎄, 우리말 그 '글쎄' 의 힘이 놀랍기만 하다. 우리는, 나는 당당하게 살고 있는가. 양과 높이만을 셈하고 좇다가 정작 존재의 의의를 잃고 있지나 않는지? 이 시는 개불알이라는 꽃이름이 지닌 해학적 상상 위에 삶을 예쁘게 돌아보게 하는 매력을 가졌음이다.

전생을 논밭으로 뛰고 달리던
큰 아버님 주검 앞에 사람들은 참 편안히 잘 돌아 가셨다며
밤새 소주잔을 건냈다

생애가 그리 분주했던지라
수의를 입히다 보니 눈은 감고 있는데
마른 장작같은 손이며 다리가 헌 농기구 닳듯 삐쩍 낡고 헐었다.

평생 경운기 한 대 없이 리어카로 짐 나르고
누렁이로 논밭 갈던 친 환경 농삿꾼이 중장비로 땅 파 낸 곳에 묻히고
트럭에 실려온 잔디 덮고 누웠는데
자는 것도 아니고 쉬는 것도 아니었다.

아침이면 또 벌떡 일어나 논밭으로 내달을 것만 같았는지
온 동네 사람들과 자손들이 힘을 합해

단단히 파묻고 밟으며 깊이깊이 가두고 있지 않은가

허참,
그러는게 아니래두,
함부로 부려 먹은 죄까지
마구 파묻고 있지 않은가

- 박성수 시 〈농삿꾼의 장례〉 (화백문학)

시골 농삿꾼을 보내는 장례의 풍속을 사실적으로 묘사하고 있다. 친환경 농사꾼이라 했던가. 화자의 큰 아버지를 바라보는 시선이 애틋하고 따사롭다. 삶은 고단하였고 저만큼 중장비가 보여도 비교적 그 마지막은 평온하고 행복하시겠다는 느낌으로 오는 것은 어떤 연유일까? 온 동네 사람들과 자손들이 힘을 합해 단단히 파묻으며 바람들지 않게 밟고 밟으며 달구 달고 달구하는 소리가 들리는 듯, 삶이 사람들로부터 존귀하게 현재는 물론 꽤 오래도록 그리움으로 남을 것이라는 데 생각이 미쳤기 때문이다.

이러한 공동체 문화가 얼마나 이어갈 수 있을지 그 여건은 매우 열악하고 난감하다. 누구에게나 닥쳐올 소멸과 세상과의 이별 앞에서 이런 시를 읽으며 잡다한 것들을 내려놓고 가벼워질 수 있지 않겠는가? 죽음에 대한 소재로 시를 쓰다보면 감정이 넘치기 쉽고, 무거워지기 십상인데 명상에 잠기는 것은 시가 품고 있는 지혜의 샘물이 맑기 때문일 것이다.

망초 명아주 강아지풀 쇠비름 바랭이 깨풀

고들빼기 쑥 별꽃 황새냉이 벼룩나물 독새풀

작물 사이마다 비집고 살아가는 잡초

어린 풀은 어린대로

다 자란 풀은 자란대로

뽑히지 않으려고 발버둥치지만

잡초라는 이름으로 뽑힌다

어떤 풀은 뿌리가 끊어지고

어떤 풀은 줄기가 끊어지며

뚝뚝 소리를 지른다

소나무 가지가 눈의 무게로 부러지며

바위가 분리의 힘으로 결합이 깨지며

언 강물이 저온으로 배가 갈라지며

쩡쩡 소리를 지른다

모든 물상들은

입이 있거나 없거나 존재가 부정당할 때

소리를 질러 저항한다

들으려 할 때만 들리는 소리

잡초 뽑으면서 듣는다.

- 이태규 시 〈잡초뽑기〉(문학과 창작)

　　잡초 뽑기의 체험을 바탕으로 삶에 대한 성찰이 돋보이는 시 작품이다. 어디 쯤에 뚝뚝 쩡쩡 소리를 증폭 시키거나 변조를 시도할 법도 한데 평상심을 잃지 아니한 진술의 태도와 글의 맥락이 설득력을 가지고 '그래 맞아' 고개를 끄덕이게 한다. 시의 저변에 도사린 '잡초와 꽃의 분별이 정당한 것인가?' 풀과 바위의 생태

를 통해 사람 사는 세상의 억울함과 그 저항에 대한 인식을 읽어
내는 것은 수용자인 독자의 몫일 터이다. 그렇다. 시는 창작자 혼
자 하는게 아니라 감상자의 역할을 어느 정도 남겨두는 배려가 시
를 읽고 또 읽게 하며 소통의 길을 열게 한다.

　　창 앞에 난을
　　놓아 보고야 알았다

　　길도 없는 하늘을
　　어떻게 가 닿을 수 있는지
　　그런 하늘 길엔 어떻게
　　눈보라도 바람 속을 섞어 치는지

　　선연한 잎 하나에
　　스윽 가슴을 베이고도 저 사내
　　어떻게 아무렇지도 않은듯
　　길 나설 수 있는지

- 임승빈 시 〈난(蘭)〉 (문학과 창작)

　　하늘에 가는 길을 난은 알고 사람은 모르고 있었다니, 난을 키
우며 문득 깨닫게 되는 이 놀라움은 신대륙의 발견에 비견될 것이
다. 추운날 지나 삶에 위안을 주고 소홀하면 '정신차려' 날카롭게
가슴을 베이는 난의 서늘함, 사내는 눈보라 속 멀리 가고 있을까?
어여쁜 몇 줄 글의 향기도 아무렇지 않게 몇 백 리 길 위에서 눈보

라처럼 독자의 가슴을 능히 파고 들 것이다.

　작품 〈난〉 앞에서 긴장을 풀고 절제를 지나 드라마 예고편 예컨대 '짝패'를 연상하다가 돌아가는 길을 잃고 난이 가리키는 하늘을 물끄러미 바라만 본다.

　　　연암은 열하를 일러 '사나이가 울만한 곳' 이라 했는데
　　　당신은 바다를 일러 '사랑이 울만한 곳' 이라 한다//
　　　지금은 세계가 확장되는 시간//
　　　난 한번도 세계를 제대로 읽어본 적이 없다
　　　그건 늘 당신으로부터 사랑이 왔기 때문
　　　그 밖의 것에 대해서는 나중에, 아주 나중에 말할 수 있다//
　　　지금은 사랑이 확장되는 시간//
　　　물고기가 키스하는/ 이 명랑, 이 발랄!
　　　우리는 본능적으로 어떤 시간을 활용할지 아는 연인처럼
　　　혹은 맨처음 바다로 나아간 최초의 사람처럼//
　　　우리는 진짜 인생을 원해
　　　저 바람 좀 봐 애인을 도대체 어디로 데려가는 거야
　　　저 파랑, 저 망망!//
　　　그리고 공연히 무작정의 눈물이 왔다

　　　　　　　　　　　　　　　　　- 안현미 시 〈사랑〉 (창작과 비평)

　진짜 인생과 사랑을 열망하는 속내를 드러내는데 열하와 바다 연암과 당신의 설정이 명랑한 글귀로 독자를 끌어당긴다. 저 바람 좀 봐 애인을 도대체 어디로 데려가는 거야 저 파랑, 저 망망! 사랑과 무작정의 눈물 그 거리는 얼마나 될까? 맨 처음 바다로 나아

간 최초의 사람 그리고 본능적으로 어떤 시간을 활용할지 아는 연인들 그들이 곧 진짜 인생을 사는 것이라고 이 시는 굳이 말을 하지 않았다. 말보다는 물고기로부터 연암에 이르기까지 시간과 공간이 확대되었다가 축소되기도 하고 각각의 위치에서 인격을 지니며 '사랑'을 위하고 즐겁게 돕고 있다.

　한국 시단에서 서정이 넘치거나 부족하거나 두 가지 현실은 심각한 병리현상으로 지적된다. 그렇더라도 불안하고 불가해한 현실을 앞에 두고 자유를 누리며 도전하는 것은 시론을 초월하여 시인정신을 개척하는 통로요 개성일 것이다. 남의 시를 폄하하기보다 시론이 다름을 인정하고 좋은 작품에 박수를 보내는 독자가 될 것을 신록 속에서 바랄 뿐이다.

현대인의 소외와 시의 감동

공업화와 정보화가 되면서 사람들은 고향을 떠나 도시생활을 하거나 산업(産業) 현장에서 땀을 흘리며 살고 농어촌엔 노부부가 자식들을 그리워하며 외로운 삶을 힘들게 꾸려간다. 소에게 오상(五常:仁義禮智信)을 나누어 가지며 연민을 느끼게 되다니 어찌 말이 되는가? 그러나 소만도 못한 사람이 좀 많은가? 소가 아니면 늙고 병든 몸이 누구랑 정을 나누며 소통할 것인가? 이것을 상징적으로 보여주는 영화가 '워낭소리' 인데 장안에 화제를 던지며 감동을 주었다.

멀티미디어시대 한 집에 살아도 생각은 너무 달라서 극과 극을 이루고 그러려니 하면서 산다. 다 아는 사실인데 새삼스레 무슨 호들갑이고 감동이냐고 외면할 수도 있겠지만 그것이 나의 문제이며 우리의 문제라는 것을 매우 사실적으로 보여주며 경종을 울

리고 눈물을 쏟게 한다. 이 한편의 독립영화를 만들기 위해 몇 년
의 정성을 쏟았을까?

　라디오 방송을 들으면서도 감동할 때가 있다니, 관람객 200만을 넘겼다고 떠
들썩한 다큐멘터리 영화 워낭소리를 만든 이충렬 감독이, 음악을 담당한 허훈 감
독과 해금을 연주한 민소윤이 다 같이 입을 맞추기나 한 듯이 "이 영화가 이렇게
사랑 받으리라고는 꿈에도 생각 못했습니다. 행복합니다." 이런 말을 하는 것을
듣는 것도 결코 예사로울 수 없는 사건이긴 하지만 늙은 농부 내외의 사이에서
진짜 가족 같은 끈끈한 사랑으로 끝까지 버티어 자연사로 귀결되었다는 40년을
산 소 한 마리의 사실 하나가 나를 못 견디게 감동하게 하느니.
- 오하룡 시 〈워낭소리〉 (농민문학 봄호)

　이 시는 다큐멘타리 영화 〈워낭소리〉에 대한 소박한 감상이며
탄식인데 독자의 무릎을 치게 하는 힘을 가진다. '바로 그것이야
나도 그랬어. 그 영화 참 좋았어' 이런 소리가 들리는 듯 짧은 글
속에 진실된 고백이 담겨 있다. 문학과 시가 과학과 다른 덕목으
로 꼽고 싶은 것으로 인생에 대한 시선이 어떠하냐? 따뜻한 정감
이 묻어나는가? 날카로운 깨우침을 주는가? 그리고 진정성일 것
이다. 늙은 농부 내외와 소 사이에서 끈끈하게 우러나오는 사랑의
가치를 어느 저울에 달아서 셈할 것인가? 조선 성리학을 몇 단계
진보시킨 인물성 동론(同論)과 이론(異論)이 현대에 와서 새삼 빛
이 되는 느낌을 독후감으로 가슴에 새긴다.

　쓰레기통 속에 버려진

몽당연필이
나를 보며 웃습니다

덕지 덕지 묻은
내 손때를
훈장처럼 두르고
절대 순종으로
나를 섬기다가
나에게 버림 받고서도
나를 보며 웃어 주는
일편단심의 몽당연필

나는 마지막 날
세상이 나를 버렸을 때
세상을 보며 웃을 수 있을까
몽당연필의 일편단심 교훈을
가슴에 안고 뒹굴고 있다

- 이명우 시 〈산골풍경.146〉 (농민문학 봄호)

맑은 시심을 가지면 곳곳에 시가 널려 있는가? 도처에 유청산이라. 어려운 현실 속에도 있고 아름다운 경치 풍광을 벗어나 미래의 우주에도 있고. 사나이 눈물 속에도 있고 꽃같은 소녀의 가슴에도 있고, 그렇다 시(詩)는 도처에 있다.

쓰레기통에 들어간 몽당 연필의 웃음을 보고 어렵지 않게 내 인생이 끝났을 때, 누구에게서 버려졌을 때, '저 연필처럼 웃을 수 있겠는가?' 반문하면서 시는 이내 끝이다. 시가 시냇물처럼 흘러가는 길섶, 훈장이라는 말이 절대 순종과 부딪히며 옛말로 들리는가 싶더니 때를 씻고. 몇 바퀴 회전 여유를 갖다가 또 흐르고 일편단심 뛰어내린다. 단순 구조를 가지고 깊은 울림과 깨달음을 준다. 몽당 연필에서 웃음을 발견하는 심성과 날카로움이 혼탁한 현실에 시원함을 준다.

아끼는 돌 하나
대물림한 숫돌이다
대를 이어 칼과 낫을 갈았다
낫을 가는 동안 나는 파란들에 나온 초동
검정고무신을 신고 논두렁길에서
무지개 서는 산 너머에 가고 싶었다
저 산 너머
세월이 그 너머로 나를 떠민다
빗자루 걸레나 숫돌처럼 살라는
한 스님의 말씀
살을 깎아 쇠에 날 세우는 숫돌에
다짐하듯 낫을 간다
숫돌에 흐르는 물이 눈물보다 진하다

- 엄한정 시 〈파란 들〉 (농민문학 봄호)

돌이 어찌하여 파란 들이 되는가? 호기심과 상상의 즐거움을 준다. 낫을 갈면서 쇠는 깎이고 화자는 어린아이(樵童)로 돌아가 마음이 젊어지고 즐거움을 누린다. 빗자루, 걸레나 숫돌처럼 살

라는 한 스님의 말씀도 생각나고 어느새 돌과 이야기라도 주고 받
는듯 그래서 숫돌은 그냥 숫돌이 아니고, 그냥 물이 아니라 사람
의 눈물로 느껴지는 경지에서 삶을 되돌아본다. 집에서 칼과 낫을
갈아 쓰는 사람이 얼마나 될까? 숫돌에 문지르고 갈면서 버리고
씻으며 마음도 다스린다. 대물림한 숫돌로 낫을 갈면서 추억을 떠
올리고 푸르게 푸르게 교감하는 과정이 자연스럽다. 차분하게 설
득력을 가지면서 감동으로 오래 남는다.

뜨거운 눈물
부뚜막으로 흘리며
속이 타들어갔던 무쇠 솥

어머니의 거칠어진 손놀림으로
박박 긁어대던 운명의 교향곡
밥을 태웠다는 아버지 호통에
몽당 부지깽이로
솥뚜껑을 펑펑 두드려야 했던 어머니

어머니의 속이 타면 탈수록
고소한 맛의 누룽지는
이 십리 먼 학교 길에
늘 허기진 배를 채워 주었고

지금도 우리들이 토해 놓은 인생의 맛처럼
씹으면 씹을수록 맛이 나는 보리누룽지

　　　　　　　　　　- 김경수 시 〈보리누룽지〉 (농민문학 봄호)

하이퍼와 사이버시대 인간관계의 새로운 패러다임이 압박으로 작용하는 바쁜 일상 속에서 위와 같은 시를 읽으면 부모님과 형제들이 생각나고 고향에 온 듯 향수를 느끼게 되니 창작의 보람이 어찌 적다고 할 것인가? 추억을 공유하며 가난과 여러 문제를 극복할 수 있었던 문화의 원천은 무엇인가? 교향곡이 별 것인가? 여름에 옥수수 수박 참외가 제 맛이듯 삶이 무덥게 달아오르고 숨을 막히게 할 때 가난했던 시절 추억이 서린 이야기를 내포하는 시 한 편이 삶의 여유를 찾아주고 활력을 심어주는 것을, 문학하는 사람들 스스로가 존귀하게 여기고 여행을 떠나듯 기뻐하면서 창작에 나서야 하지 않겠는가?

미래는 어려움을 극복할 수 있는 끈기와 상상과 투지를 더 더욱 필요로 하고 그 경쟁은 더욱 치열할 것으로 전망된다. 보리누룽지 이 맛에서 전통문화의 원류 그 생명력과 가치를 되새김하고 그 단절을 걱정함이 아닌가.

어머님이 보낸 보따리에/ 쭈글쭈글한 사과 두 개//
자식 주고 싶어서/ 먹지 못하고 아끼고 아끼다가/
당신 얼굴보다 더 쭈글쭈글한 사과//
껍질과 살이 말라붙어/ 깎을 수도 없는 사과 두 개를/
내 가슴 깊이 담아 놓는다//
사과 두 개로 뿌듯했을/ 어머님의 향기가/ 오래도록 내 곁에 머문다
- 권용례 시 〈쭈글쭈글한 사과 두 개〉 (농민문학 봄호)

'쭈글쭈글' 단어 그 자체는 볼품이 없지만 이 시를 다시 읽어서

감동에 이르는 핵심이다. 쭈글쭈글 사과에서 늙으신 어머니를 생각하며 효심에 젖는 화자의 갸륵함과 자식 주고 싶어서 아끼고 아끼다가 쭈글 쭈글이 된 사과가 일순 어머니와 동일시된다, 먹거리로서나 상품 가치와 무관하게 인격을 얻게 되는 사과는 쭈글쭈글해서 가엾은 존재가 아니라 어머니의 뿌듯함으로 수명과 복덕을 누리며 가슴에서 향기까지도 내뿜지 않는가.

입춘과 우수 지나 불어오는 바람/ 어느날은 부드러운 듯하다가/
또 어느 날은/ 얼음 깊은 골에서 막 빠져나온 것 같은 칼 바람이다//
이런 날씨를 변덕스럽다고 하지 마라/
겨울잠에서 깨어나지 못한 생명들을 위해/ 강약을 조절하며/
따뜻한 입김을 불어 넣다가/
저체온 그 밑바닥까지 떨어진 자신의 몸을 일으켜/
봄이 왔음을 알리고 싶은 것이다//
그러다가 때론 지쳐/ 열린 창문으로 쏴-하고 들어온 찬 바람은 /
꽁꽁 언 얼굴로 다가와/ 우리들 뺨에 한참을 부비고 있는 것이다//
이른 새벽 쇠죽을 쑤고난 후/ 방으로 들어선 아버지가/
자식들을 깨우기 위해 뺨을 부빌때면/ 어김없이 쏟아지던 그 냉기/
그렇게 아버지의 몸은 바람의 집 한 채였던 것//
대지의 씨앗들을 어루만지는 허리 굽은 바람/ 사계절의 시간을 지나/
낱알의 곡식들이 모이는 동안/
볏집처럼 가벼워진 아버지의 몸은 녹슬어 우두둑거리는 관절의 마디와/
갈퀴가 되어버린 두 손으로/ 닫힌 하늘의 문을 열고 있었던 것//
살아생전 자신의 인생을 송두리째/ 자식에게 모두 내주고/
아직도 주어야 할 것이 너무 많다는 듯 걸음걸음마다 촉각을 세우고/

하늘의 문을 열고 내려온 아버지의 육신이/ 봄으로 가는 길목에서서/
인생의 미숙아로 남은 내 손을 잡으며/ 발아되지 못한 것들을 깨우고 있다.
- 조윤주 시 〈바람 혹은 아버지〉 (예술세계 2009년 2월호)

입춘과 경첩 겨울에서 봄의 경계라 할까? 매서운 칼바람에게서 아버지를 발견한 시의 화자는 추위는 이미 물리친 지 오래, 할 말이 많다. 참으로 많은 걸까? 쇠죽을 쑤고 방에 들어와 자식들을 깨우기 위해 뺨을 부비던 날의 아버지, 정이 느껴지던 그 촉감 그러나 어찌나 차던지 회한도 잠시 바람 속에 집 몇 채를 지으며 아버지를 만나고 있다. 상상은 초승달로 금강송(金剛松)도 벤다고 아니 했던가? 상상 속에서 하늘 문을 열고 내려오신 아버지의 육신을 만나는 딸 그래서 손을 잡고 바람 속 즐거운 상상이다. 효심이 행복을 누리며 감동의 밭을 경작함이다.

농민문학에서 여러 시인들이 봄을 예찬하고, 한식과 청명의 풍속을 주제로 좋은 시를 창작하였다. 한 두편 인용하여 몇마디 덧붙임이 작품에 사족이 될까 몸을 낮추며 필력의 부족과 송구스러움. 고개 숙여 꾸벅(절로써) 혜량(惠諒)을 구한다.

시는 고백의 문학이다

애태우던 가뭄이 가고 장마철을 맞으니 누군가 참았던 울음을 우는지 시원스런 빗줄기가 가슴과 귀를 씻습니다. 우리 여름 시단도 내면의 땀을 흘리며 시의 밭을 열심히 경작하는가 하면 여행을 통해 자연을 접하고 문학을 논하는 〈문학학교〉가 다양한 프로그램으로 성황을 이룬다니 녹색의 들판을 보는 듯합니다. 첨단의 문명 앞에서 자신있는 삶을 살아가려면 그 몇 배의 심리적 두려움과 맞서야 하고 싸워서 이겨야 하는데 늘 이기기만 하던가요. 투명한 눈으로 사물을 보면서 〈뉘우침〉과 자성으로 패전의 진실된 고백을 자청하는 사람, 바로 시인이 아닐까요? 꿈 속에 살면서 현실에선 웃으며 기꺼이 져주기만 하는 시인의 얼굴을 만해는 작품으로 보여주셨지요.

당신은 두견화를 심으실 때에 〈꽃이 피거든 꽃싸움하자〉고 나에게 말하였습니다
꽃은 피어서 시들어 가는데 당신은 옛 맹세를 잊으시고 아니 오십니까

나는 한 손에 붉은 꽃수염을 가지고 한 손에 흰 꽃수염을 가지고 꽃싸움을 하
여서 이기는 것은 당신이라 하고 지는 것은 내가 됩니다
그러나 정말로 당신을 만나서 꽃싸움을 하게 되면 나는 붉은 꽃수염을 가지고
당신은 흰꽃수염을 가지게 합니다
그러면 당신은 나에게 번번히 지십니다
그것은 내가 이기기를 좋아하는 것이 아니라 당신이 나에게 지기를 기뻐하는
까닭입니다
번번히 이긴 나는 당신에게 우승의 상을 달라고 조르겠습니다
그러면 당신은 빙긋이 웃으며 나의 뺨에 입맞추겠습니다
꽃은 피어서 시들어 가는데 당신은 옛 맹세를 잊으시고 아니 오십니까

- 한용운 시집, 님의 침묵〈꽃싸움〉

　　암담한 현실 속에서 〈님〉이 오시리라는 변치 않는 믿음을 형상
화한 연시풍의 탁월한 이 시 앞에 세상의 모든 말들은 무릎을 꿇
을 밖에. 명시 한 편을 감상하였으니 이달의 시들을 살펴봅니다.

이 찬란한 봄을 맞기엔 버겁던가요
남은자 억장엔
그림자 밖에 없나이다

릴케의 가슴으로
사랑하자 않았더이까

버린 세상 말고
막힐 것 없는 그 곳에 둥지틀어 살으소서

산다는 건
부스러기처럼 떨어져 나가는
죽음의 복판 아니던가요

하나
이 세상 기억 차마 잊으시겠습니까

그럴까봐
아주 나중에

세상 소식 한 다발 챙겨가
사후라는 찻집에서 뵙겠습니다
- 임솔내 시 〈지해 시인 유고집을 받아들고〉 (한맥)

필자가 편의상 긴 시를 줄여서 핵심 부분만 보여줍니다. 가깝게 정을 나누던 시인의 유고집을 받고 일찍 보낸 섭섭함에서 씌어진 소박한 추모의 시입니다. 어찌보면 사소하지만 〈릴케의 가슴으로 사랑하자〉 사랑하자 하였으니 억장이 무너지는 충격이요 슬픔이었을 것이다, 그런데 이 시는 슬픔에 머무르지 않습니다.

틀림없이 막힐 것 없는 그 곳에 둥지틀고 잘 살 것이라는 위로와 다짐을 스스로에게 합니다. 〈세상 소식 한 다발 챙겨가/ 사후라는 찻집에서 다시 뵙겠습니다.〉 이 대목은 생사일여(生死一如)

의 긍정적 세계관을 잘 드러낸 表現(표현)이며, 특히 사후라는 찻집은 안온한 느낌과 함께 매우 인상적입니다. 또한 〈산다는 건/ 부스러기처럼 떨어져나가는/ 죽음의 복판 아니던가요〉에 이르면 삶의 덧없음을 인식하고 꿰뚫는 통찰력과 만나게 됩니다.

임솔내 시인은 다른 시들 〈외사랑〉 〈고백의 돌〉 등에서 사용하기 힘든 과감한 시어를 써서 다소 과격한 듯 하지만 시에 대한 치열성으로 내면을 단단하게 다지고 있음을 보여줍니다.

하버지

어쩌쩌

우리집에 왔다가 갈 때나

전화통화할 때

내게 하는 인사말이다

우리 식구들은

그 말의 뉘앙스를 안다

문득 문득 그 목소리가 듣고 싶을 때가 있다

집사람이나 정아도 은빈이 이야기만 나오면

어찌 그렇게도 마음이 똑 같을까

그 애가

우리들에게 주는 즐거움은 무량하다

이제는 두 돌이 지났고

또 봄이 무르익어 가니

집 뜰에 날아오는 참새와 꽃들의 이야기를

할 수 있을 것이다
가뭄 끝에 며칠 사이 비가 조금씩 내려
모란도 봉오리를 열려고 한다

- 이창년 시 〈손자 이야기〉 (한맥)

손자 〈은빈〉이의 서툴지만 정감어린 말과 재롱으로 온 집안이 즐거워지는 〈가족 드라마〉 분위기를 배경으로 낮게 깔고 이야기를 풀고 있습니다. 손자 키우는 재미의 무량함을 말하면서 자칫 자랑으로 흘러서 팔불출이 될 수 있는 위기를 이 시는 잘 극복하고 있습니다.

두 돌이 지나 아이가 산수와 영어를 할 수 있을까요? 했다면 그야말로 욕심이요. 通俗의 나락으로 떨어졌을 법한데 소박하게도 참새와 꽃들의 이야기로 무르 익은 봄과 시의 분위기를 고조시킨다. 그리곤 언제 내가 손자 이야기를 했던가 시치미를 뚝 떼고 〈며칠 사이 비가 조금씩 내려 모란도 봉오리를 열려고 한다〉. 하고 시선을 집중 시킵니다.

여기까지 이 시를 읽어온 독자는 어렵지 않게 모란이 봉오리를 열려는 것과 손자의 공통점을 깨닫게 되면서 높은 상징의 세계에서 시름을 잊고 봄이라는 계절과 하나가 됩니다. 아! 이래서 부모는 천년수요 자손은 만세영이라 했던가요. 열락과 영화가 별 것이던가요? 그 것을 얻고 읽는 것은 짧은 순간. 이 시는 마지막 연의 기막힌 서정성으로 독자에게 힘있게 환기시키고 있습니다.

누군가 손자와 꽃 어디가 더 예쁘세요? 했다손 우매한 질문에도 웃음으로 賢筶하는 이 땅의 할아버지들.

> 울려라 풍악을 울려라
> 얼쑤 어이 허이 깨－앵 씨－잉
> 놀아라 꼭지껏   뛰어라
> 조오타 읊어라

> 도요새, 반지락, 철새, 농게, 꽃게, 망둥어, 갯지렁이, 피조개, 민챙이, 소라고둥, 백합……, 갯벌, 습지, 호수, 산 등등의 대장군, 여장군/ 하늘에서 내린 듯 바다에서 솟은 듯/ 전국 각지에서 일제히 모여들어/ 갯벌에 우뚝우뚝 떡버티어 들어박혀/ 퉁방울눈 부리부리/ 주먹코 벌름벌름/ 대문니 으르렁 딱딱/ 작두날 혓바닥 널름널름/ 스피커입 우렁우렁/ 물고기 입에 문 여의주 번쩍번쩍/ 새만금호 돛배 하늘 높이 두둥실/ 물렀거라 잦았거라/ 자연개발 생태파괴/ 재해초래 생명말살/ 악귀야 잡귀야/ 엇쐬 물렀거라

> 쳐라 매우 쳐라
> 돌아라 휘돌아라
> 얼씨구 절씨구
> 어리라 저리라
> 어리 저리 씨구 씨구

- 백우선 시 〈새만금 갯벌을 위하여〉 (리토피아 여름호)

부안군 변산면 해창 바닷가에 세워진 장승과 매향비를 소재로 새만금 갯벌을 지켜야 할 당위를 신명나게 보여주고 있습니다. 갯벌 생태계의 이름들을 질퍽하게 나열하곤 얼쑤 한 마당 각설이 장

단 곁들여 어리 저리 씨구 씨구 풍악도 울리고 여기엔 〈개발〉이라
는 글자가 발붙일 여지라곤 없습니다. 이래도 개발할테냐? 갯벌
의 위기를 물렀거라 물렀거라. 위협 하면서도 자연과 인간이 함께
숨쉬며 돌아라 휘돌아라 품바타령의 풍자와 익살이 흥겹게 넘쳐
납니다. 위기 상황을 희극으로 표출한 역설적 발상이 즐거움과 함
께 심각한 감동으로 남습니다. 날씨 좋은 날 태풍을 예측하고 준
비하게 하는 일은 예부터 노인과 시인의 몫 아니던가요? 이 갈등
과 심판의 역사를 어찌 외면 하리요.

대왕암 고래 턱뼈에 수평선이 걸려 있다.
몇 십년만에 보는 추위도 한풀 누그러져
음력 섣달의 하순 쪽으로 가고
회항하는 고래의 검푸른 등에 일어나는 청람빛 바다
모처럼 방어진에 온 이영걸 홍해리 시인과 나누어 보고 있다.
이십오년 전 우리 처음 만났던 진주
촉석루 아래로 남강이 흐르고
아직도 따뜻하게 묻어나는 세월
밤새도록 마시다가 그것도 모자라 이튿날은
삼천포까지 가서 바다를 불러다 놓고 또 마시고
그 여름 푸르던 삼십대를 훌쩍 뛰어넘어
이제는 환갑이 되었거나 이미 지나 귀밑에 서리가 내리고
아득한 그리움의 그 너머에 눈길 가 머물 수 밖에
하얗도록 서 있는 등대의 불빛 서늘한 등탑에 올라
비워둔 자리 주섬주섬 바다를 퍼담은 이순의 한나절
날이 가면 갈수록 추억은 늙지 않고

- 김석규 시 〈이순의 한나절〉 (시문학)

주섬주섬 추억과 일상을 풀어놓고 바다야 너는 알지 내 마음을… 요약하면 이렇다. 홍해리 이영걸을 먼저 알아보고 버선발로 달려오는 바다.

세월을 달려간 기차는 다시 돌아와 바다를 불러 이게 인생입니다. 바다의 역동적 심상과 반가운 마음이 일심동체로 만나서 日常이 詩가 되는 과정을 리얼하게 보여줍니다. 이 시는 느슨하지만 술과 친구와 바다와 〈휴머니즘〉이라는 단어를 써보게 하는 놀라운 힘을 가졌습니다. 그래. 그날은 아마 바다도 술을 많이 마셔서 시 몇수 흥얼거리며. 멋드러지게 아니면 앙칼지게 〈여자〉가 되었을 거라는 생각. 왜냐? 〈홍해리, 이영걸〉 괜찮은 남자요 시인이므로. 결투가 아니라도…. 삼십년전 남자를 알아보고, 버선발로 달려온 바다, 바다인들 어찌 쉽게 잠이 오겠는가? 이것은 필자의 상상입니다.

잡초 무성한 마당귀 우물가에
화르르, 화르르,
석류처럼 꼬투리를 터뜨립니다.
인적 끊긴 집 둘레로
고추잠자리만 비행할 뿐,
먼지 낀 헛간에는 녹스는 농기구들.
허물어진 돌담을 끼고
해바라기만 줄지어 서 있고
그 무표정한 그늘을 딛고
토실토실 물이 오른 봉숭아 몇 그루,
듬성듬성 버짐이 핀 기와집 처마 밑에
해마다 둥지 트는 제비와 놂
흰색 분홍색으로
여름을 부지런히 피워올립니다.

그런 날,
어머님 손톱에도
문득 바알간 꽃물이 듭니다.

- 임동윤 시 〈하지〉 (문학과 창작)

어쩔 수 없이 廢墟(폐허)가 돼 가는 우리 농가의 한 모퉁이를 정감어린 눈빛으로 담아냅니다. 열거하면 헛간에 녹스는 농기구/ 허물어진 돌담을 끼고 줄지어 선 해바라기/ 듬성듬성 버짐이 핀 기와집 처마/ 여기서 초점은 봉숭아에 맞춰지고… 바알간 물이 드는 〈어머니〉의 손톱을 떠올립니다.

　대부분 씁쓸한 심상인데 젊은 날의 어머니와 기쁘게 화르르 화르르 꼬투리를 터트리는 봉숭아의 이미지는 대조적으로 환합니다.

　주머니를 부풀리는 봉숭아와 그러지 못하는 농촌의 경제 현실을 대비적으로 읽을 수 있도록 이 시는 길을 열고 있습니다. 무표정의 폐허에서 봉숭아를 통해 어머니를 생각하고 눈물 대신 즐거운 표정을 창출하는 솜씨가 범상치 않음입니다. 끝에 두 연 마지막 행의 점진적 변화도 날카로운 시의 觸手(촉수) 〈문득〉 감각이 예민해 집니다.

詩와 山

　여름이 물이라면 가을은 단풍과 낙엽이다. 詩에서 산과 물을 빼면 무엇이 남을까? 지자는 물을 좋아하고 인자는 산을 좋아한다. 지자는 움직이고 인자는 조용하다. 智者는 즐겁게 살고 仁者는 장수한다. 子曰 知者樂水 仁者樂山 知者動 仁者靜 知者樂 仁者壽 《論語》. 山은 다양한 암시와 상징으로 문학의 젖줄이 된다. 山을 구성하는 요소로 높이, 수직성, 질량, 형태 등이 내적 자아와 만나서 상승작용을 한다.

눈 녹은 내린천에 발 담그고
바위에 책상다리한
늙은 술꾼
나르시스들

바짓부리 걷고

허리띠 풀고

장떡에 표주박 기울이는 멋은

어떤 벼슬 부럽지 않네만은

폭포 밑 용소에 열목어 헤엄친다

자랑하는 길라잡이는

산 속 신선인가

산사나무 꽃 핀 언덕길로

광천수 뜨러 간 친구는

왜 이리 늦노

풀 섶에 초롱꽃이 켜지기 전에

거리로 돌아가야 할 우리 일정

구름 밖 골짝 물에 빠진

내 그림자에 다시 취해 볼 날은

기약 없구나

- 윤명 시 〈방태산 휴양림에서〉 (한맥)

눈 녹은 내린천의 계곡을 배경으로 詩의 깊은 맛이 담담하게 드러난다. 이 시에서 분위기는 화창한 봄인데 가을에 읽으며 묘한 여운을 느낀다. 5,6년쯤 전 신문과 방송에서 내린천 댐을 막는다고 했을 때 〈자연의 寶庫〉요, 〈한국의 허파〉 이런 말을 들으며 필자는 〈물을 흐르게 하라〉를 화두로 삼고 그 때마다 산을 떠올렸다.

　잠시 필름을 십여년 전으로 돌리면 〈산은 산이요 물은 물이다〉, 누더기 옷을 걸친 스님이 세상을 향해 던진 말인데 그 가르침이 의문과 함께 선명하다. 지극히 당연한 말을 〈어리석게〉도 왜 하셨을까. 누가 뭐래도 산은 스스로 산이요 물은 물이다(山自山.水自水) 촛점은 〈당연한데 현실은 당연하지 않으니 어찌된 일이냐 사람들아〉 그리고 시간이 얼만큼 흘렀을까. 세간엔 그 말을 알아들었음인지, 내 탓이요, 사람 탓이요 각성의 소리가 높았다.

　다시 詩의 내면으로 들어가보면 산 속에 눈 녹은 물이 瀑布(폭포)와 沼(소)를 이루고 마음껏 흐르니 陶淵明(도연명)의 〈무릉도원〉과 다르지 않다. 그런데 재미를 더하는 것은 〈시간〉이 너넉하지 않음에서 오는 내적 葛藤(갈등)의 알맞은 표출이다. 오래 머물고 싶은데 머물 수 없으니 이 일을 어쩐다.

　어찌보면 방태산 휴양림에 가서 산이 쓴 시를 윤명 시인이 천천히 가슴으로 읽어가는 그 과정이 스케치되고 독자를 향해 물결쳐 흘러감이 아닌가. 산사나무 꽃 핀 언덕길 초롱꽃 보러 그곳에 가고 싶다. 산은 산이요, 내린천은 내린천이요, 詩는 〈스스로〉 詩인 것을.

　　이 때 폭우 속에 깜박이던 불빛
　　왼쪽으로 가겠소
　　사진작가 킨케이드의 고백이
　　망설이는 빗속의 실루엣으로

생애 단 한 번의 목걸이 흔들고 있을 때
추억은 간신히 손잡이에 걸려 있었다.

돌아서는 자동차의 젖은 흔적 위
떨어지는 푸른 등불의 눈물 따라
무엇이 일상이고
무엇이 무상인지
되짚지 못할 짧은 사랑의 길엔
늘 그렇게 비는 내리는 것인가.

머지않아 다리를 건너갈
한 포기 구름으로 바람으로
떠나며 돌아올 '나방의 날갯짓'처럼
누구나의 마음 속에 빛나고 있을
메디슨카운티의 노란 불
남은 자의 어깨 위에 내리고 있었다.

- 현상길 시 〈메디슨카운티의 그리움〉 (한맥)

시적 자아는 영화의 감동에 젖어서 강물 깊이 내려가고 있다. 독자여, 이제 무대는 산에서 들로 바뀌고 남녀간의 사랑이 〈무엇이 일상이고 무엇이 무상인지〉 비는 내리고… 비와 눈물의 농도 그 차이를 느끼는 일이 곧 문학 아니겠는가. 사랑의 느낌 그 실체는 무엇일까? 오뇌와 갈등이 없다면 인생이 얼마나 싱겁겠는가. 詩(시)도 그렇다.

〈내가 하면 로맨스요 남이 하면 불륜〉 그런 것이기 보다는 〈순간〉과 〈진실〉 사랑의 느낌을 〈일상〉으로 전환하느냐 〈가슴에 담고〉 가느냐의 본질적인 문제에 시인은 깊이 다가가 있음을 느끼며 "영원히 사랑하면서 내 모든 걸 다 바치고 싶어요. 하지만 하지만… 이 길을 따라나서면 우리의 사랑도 달라질 거라는 걸" 농사꾼의 아내, 프란체스카의 목소리는 이 가을 시를 통해 필자를 전율시킨다.

권총이 아니라 니콘 카메라를 든 사진 기자 로버트는 길을 묻는데…. 딱 나흘 동안 사랑하고 일기장 속에 남아서 유언을 통해 로즈먼 다리에 흩뿌려 달라고하는 애절한 영화의 감동을 되살리게 하는 힘이 이 시엔 함축되어서 들판의 벼들처럼 언어가 구름과 바람을 손짓한다. 〈메릴 스트립〉이 여배우는 예뻐야 한다는 고정관념을 뒤집었다고 하던가. 이런 기회가 온다면 독자여 어쩌겠는가. 이 시에선 熟成이 形象化와 等價를 이룬다.

거센 바람 휘몰아치고
천둥 번개 지난 뒤
까맣게 웃자란 들풀
만지면 손가락에서 피가 날 거 같다.

버리고 내쳐두어도 꿈의 섶을 피우다 시들고
밟혔다 일어서서
결 고운 하늘을 이고
부드러움 녹여 내어
낮은 곳에 삶을 펴지만

가난이 흐르는 맑은 소리
실핏줄 송글송글 귀를 세우면
바람은 안다
가슴은 더 깊이 젖는다는 걸

앙상한 마을 어귀 개 짖는 그림자 가리키며
자꾸만 발버둥치는 달빛
속으로 출렁이는 들꽃은
은장도 같은 구름을 토한다.

- 최승학 시 〈들풀〉 (한맥)

이 詩(시)에서 가난은 그냥 가난이 아니고 맑은 소리의 원천이며 바람은 神通力(신통력)을 지닌다. 그처럼 필자는 〈발버둥치는 달빛 속으로/ 출렁이는 들꽃이/ 은장도 같은 구름을 토한다〉의 깊은 세계를 읽어서 들풀과 인생을 헤아리는 힘이 독자에게 잠재하리라는 믿음으로 시를 그냥 詩로 존재하도록 놓아두고픈 간절한 심정이다. 詩가 설명이 아니요 이미지를 통해 작품으로 형상화의 봉우리에 오른다는 것을 최승학 시인은 몇 편의 시에게 훌륭하게 보여주었기 때문이다.

방조제 아래 앉아 파도 소리를 듣는다.
밤하늘 별들의 은빛 번득임 이마 위에 스치고
지난날 모질게도 달구던 사랑이 배롱나무처럼 손짓한다.
싸늘히 식은 은빛 살갗의 추억
피는 응고되어 원형의 꿈을 낳고

내 내부는 화산의 폭발로 황홀하게 붕괴되어 갔다.

지금, 시체처럼 누운 내 이름은 슬러그

1억3천만 년 동안이나 지켜온 침묵의 소리

금속성의 비음으로 울릴 때마다

폐기당한 목숨의 무게를 달빛에 씻어 본다.

영혼의 쓸쓸함과 눈부신 부활과의 만남은 어디쯤일까?

환한 배롱나무 자취 없는 날

소금기 같은 눈물 바닷물에 적시며

애절하게 노래 부르리,

뼈와 살이 타버린 사랑의 노래를.

- 이선애 시 〈슬러그의 노래〉 (한맥)

〈슬러그〉는 광물을 제련할 때 금속을 빼내고 남은 찌꺼기를 말한다, 찌꺼기가 어찌 〈찌꺼기〉이겠는가? 뼈와 살이 타버린 사랑 그 후를 아시나요? 이렇게 이 시는 묻지 않는다. 1억 3천만 침묵의 소리를 들을 수 있는 〈귀〉와 환한 배롱나무의 꽃핀 그림이 〈은빛 살갗〉이라는 감각적 붓에서 슬며시 드러난다. 〈애절할수록 슬며시〉 사랑은 그런 이라고 혼잣말 하고 있음이다.

〈포스코 광양공장〉 방문기념으로 여러 편의 시가 나왔는데 환경을 깨끗하게 하려면 문인들의 작품이 일정 역할을 할 수 있으리라는 생각과, 〈발로 쓰는 시〉가 현장감으로 〈깨끗한 감동〉 이상으로 소중하다는 점에서 큰 성과였고 편의상 한편을 골랐음을 밝힌다.

단양 금수산 자락에 움막 짓고

갈잎 속 도토리처럼 겨울을 낸다

야위어가는 산골
먹거리가 변변찮아도
따사로이 가난하니
푸른 어둠이 내리면
추녀에는 홍시처럼 별들이 연다

이 산과 내와 별과 달을 두고
손을 흔들며 도시로 떠난 사람들
장차 부메랑이 되리란 생각을 하지 않았다.

산자락 마을에 빈집이 늘고
바람이 빈 마당을 비질하는
세월이 한참 지나면

고향을 떠난 것이 욕심인 것을
허망한 꿈이라 깨달을 즈음은
따사로운 인정을 찾아
금수산 눈밭에 목쉰 부엉이 소리를 찾아
그리운 사람들이 하나 둘 다시 모인다.

- 엄한정 시 〈단양 금수산〉 (월간문학)

말을 구겨 버렸다
절을 구겨 버렸다
比喩가 없어
말[言]과 절[寺]이 빈 절터에 나뒹굴고 있다

주춧돌에 앉아

방금 지나온 生涯를 돌아본다

하백운대 중백운대 상백운대 지나

나한봉 의상봉 공주봉으로 살아왔더니

빈 절터라 했다

어디선가 梵鐘 소리가 들린다

風磬 소리도 들린다

그것은 필시 바람의 짓이었다

주춧돌이 比喩 좋게 노승이 되어

木鐸을 두들긴다

봄볕이 따듯하다 공주봉

산수유꽃 노랗게 물드니

요석공주 모습이 보인다

- 최단천 시 〈자기 詩論 중에서〉 (월간 문학)

　월간문학에선 〈문인산악회〉 특집을 했다. 좋은 작품이 여러 편 있지만 지면관계상 두편만을 살핀다.

　엄한정 시인의 〈단양 금수산〉, 錦繡(금수)산이라 했던가요. 도시로 떠난 쓸쓸한 분위기는 읽어갈수록 〈비단결처럼〉 흘러서 도토리와 목쉰 부엉이와 돌아온 사람들이 하나 둘 바람의 빗질 소리를 들으며 安貧樂道(안빈낙도)를 누린다. 맑은 이미지와 결고운 흐름. 서정시의 〈본보기〉를 자연스럽게 드러냈음이다. 옷깃 속으로 가을을 느낀다.

　이에 비해 최단천 시인은 의도적 〈과장〉으로 山의 感興(감흥)을 갑절 높인다. 주춧돌이 木鐸(목탁)을 두들기는 〈노승〉으로 환치되는 쉼터에서 〈자기 詩論〉은 〈比喩〉라는 수사법의 우물물을 마시고 기지개를 켠다. 풍경과 傳說(전설)의 肉化(육화)를 통해 상상의 높이와 내면의 깊이를 추구하며 독자에게 즐거운 상상을 준다. 산수유 노오란 꽃잎 가운데 요석공주가 웃는다.

두 편의 시를 통해 〈그 山에 다시 가고 싶다〉 이런 마음이 필자에게 생겼음을 밝힌다.

향나무 뿌리내린 사립문 옛 집터
운명의 사슬로 마음 두고
몸만 가던 구중궁궐

부귀영화 무에 그리 대단해
양순의 베적삼은
우째 그리 목메어 하는가.

꿈길에 조차 애저려
아무도 침범 못할 사랑의 모진 경험
한 맺혀 북망을 서둘러 갔는가.

딱하지 딱해
용상을 거절하지 그랬소.
　　　　　- 임솔래 시인 〈강화도령-양순이 사랑 중에서〉 (문예한국)

권력 다툼의 뒷 이야기가 없어도 이 시는 〈드라마〉를 보는 재미를 준다. 양순이와 강화도령의 비극적 사랑이 배경만 바꾸어 요즘

도 있어요? 권력과 돈, 외모 학벌이 무에그리 대단한가요, 다감하
고 포근한 언사 〈거절하지 그랬소〉가 상징으로 가슴에 남는다. 양
순이와 도령의 순박한 사랑이 현대문명 속에도 많지요? 네티즌이
여! 포구로 가서 파도에게 물어나 볼까? 바다의 깊이와 산의 높이
는 본질적으로 다르지 않음을 생각하면서 〈시는 스스로 詩요, 산
은 산이요, 바다는 바다다〉

詩의 씨앗

외로움과 쓸쓸함이 시의 씨앗과 배경이 되어 시상을 키우고 감동으로 남는 경우가 많이 있다. 그래서 시인들은 삶의 분주함에서 벗어나 골방에 처박히거나 문명에서 멀리 떨어진 들이나 바다 폐허의 山寺 등을 찾아 마음의 위안을 얻고 세상을 투명하게 바라보는 눈과 여유를 얻는다. 〈어느 사이에 나는 아내도 없고 ,또/ 아내와 같이 살던 집도 없어지고,/ 그리고 살뜰한 부모며 동생들과도 멀리 떨어져서,/ 그 어느 바람 센 쓸쓸한 거리 끝에 헤매이었다./ 바로 날도 저물어서,/ 바람은 더욱 세게 불고, 추위는 점점 더해오는데,/ 나는 어느 목수네 집 헌 삿을 깐,/ 한 방에 들어서 쥔을 붙이었다〉로 시작되는 백석의 작품 '남신의주 유동 박시봉방'을 읽으면 우리에게 소중한 것이 무엇인가를 깨우치게 되고 자신을 흔들리지 않게 곧추 세우는 맑은 정신의 갈매나무 한 그루를 만나게 된다. 6월 우리의 시단(詩壇)엔 이런 맑고 곧은 시정신이 투철한 작품을 여러편 만날 수 있어서가슴이 시원해진다. 김경수의 〈바위풀〉(한맥 6월) 박미라의 〈그후〉(한맥6월) 나태주의 〈황토빛〉〈들판〉(문학과 창작 6월) 나호열의 〈건봉사, 그 폐허〉〈진부령을 넘으며〉(시와 산문 여름), 한이각의 〈뻘밭〉〈귀가〉(시와 시학 여름) 한명희의 〈생활 그들이 지배하는 나날이 시작되었다〉〈거인〉등 그 외에도 많고 많아서 필자는 시를 읽는 즐거움과 행복한 비명을 질러야 할 판이다.

내가 서 있는 지금 위치는
먼 돌산이 보이는 곳이다
그곳의 생기 넘치는 바위풀이 살고 있음을
몇 년의 등산으로 알고 있다 내 발바닥 밑은 물이 새는
어느 다가구 주택 옥상 옥상에
오르는 길은 오직 한 길뿐 목숨을 내놓지 않는한 다른 길은 없다
내 눈빛이 마주치어 멈추는 곳은
고층 콘크리트 어항 속에서 빠끔 빠끔
헛물을 켜대는 금붕어 서너 마리이다
물러설 수도 없는 내 위치
손을 내어 도시 저편 창을 연다
빨갛게 익은 반투명의 홍시
해가 보인다
답답한 숨소리 틈 사이로 바위풀이
하늘 향해 파랗게 흔들리고 있다.

- 김경수의 詩 〈바위풀〉

이 시는 헛물을 켜대는 금붕어와 파랗게 흔들리는 바위풀의 극명한 대립이 위기에 처한 자아를 대변한다. 물러설 수 없는 내 위치를 시의 중심에 놓고 과거와 현재 미래를 맑은 눈으로 불러다 겹쳐서 보여주며 자신에게 속으로 다짐하고 있지 않은가? 〈희망〉을 잃지 말자고… 이렇듯 물이 새는 다가구 옥상에서 화자의 시선은 내면으로 힘겨운 자신과 금붕어를 품어 안으며, 돌산의 생기 넘치는 바위풀을 만나고 그 위에 반투명의 홍시로 성숙된 의식을 서정적으로 슬며시 내보인다. 고단하고 사악함이 도사린 현실에서 누구를 원망하지 않고 풀의 흔들림에 의미를 주고 미래에 기대며 희망을 갖는다는 것은 어느 때보다 소중하다. 존재에 대한 성찰이 옹골찬 작품이다.

살랑 살랑타고 손까불러 향기로운
들깻잎 몇 장을 거져 주시며
얘야 이것을 가져다 맑은 물로 씻어
저녁상에 올리려무나
또 이것도 가져다가 된장국을 끓여
맛있게 먹도록 하려무나
호박잎 애기 손바닥도 몇 장 얹어주신다

뿐이신가
장마철에 우거진 풀섶 길도
두어 마장 조심스레 열어 보여주시며
얘야 한동안 네가 찾아오지 않아

나의 길이 그만 세상에서

지워질 뻔했었구나

나는 고추잠자리며 풀무치도 몇 마리

보여주신다

- 나태주의 詩 〈들판〉

　중에서 첫연과 끝연에 〈들판은 오늘도/ 인자하신 어머니다.〉의 선언적 싯귀를 편의상 생략해서 보여주었다. 들판의 토속적인 정서가 어머니의 육성으로 그대로 전달된다. 시상의 전개가 자연스럽고 독자에게 편안함을 주면서 "시란 바로 이것이야" 하는 감탄이 절로 나온다. 흙내음 된장 깻잎 내음이 물씬 풍기며, 가슴으로 쓴 시이면서 매우 구체적이다. 우리가 은혜를 입고 떠나온 들판과 어머니는 등가를 이룬다. 그러나 알면서도 소홀하기 쉬운 산업화와 핵가족 시대의 분주한 삶, 그랬어. 맞아 더 잘해드려야 돼? 농어촌이 헐벗고 있잖아? 어디서 무엇들 하는거야? 이렇게 말하지 않고도 그 이상의 환기하는 힘을 이 시는 갖고 있다. 3연에 〈애야 한동안 네가 찾아오지 않아/ 나의 길이 그만 세상에서/ 지워질 뻔했었구나〉 가슴을 아프게 찌르는 절창 아닌가? 이런 시의 가시에 찔려 울어볼 수 있다면 그것은 아픔이 아니라 행복이다. 장마철 풀섶의 이미지로 긴 여운과 함께 큰 감동으로 남는다. 시를 통해서 자연의 순환에 따르며 숫자를 초월해서 살 수 있었던 선조들의 행복과 무한한 넓이를 지닌 어머니의 품을 그리면서 삶에 대해 생각하고 되새김하는 전기를 얻는다면 문학의 위기라고 하는 오늘,

시는 여전히 큰 효용이며 빛이요 나침반으로 매김해도 좋을 것이
다.

- 나호열의 〈건봉사, 그 폐허〉

   이 시는 민족 분단과 수난의 역사를 깔고 앉은 절터에서 새로
지은 절의 모습이 아니라 빈 폐허에 초점을 두고 누구에겐가 편지
를 쓰듯 자신을 향해 전의를 다지고 있다. 세속적 높이를 버리고
맑고 곧은 정신을 통해 질을 추구하며 삶의 칼을 날카롭게 세우고
있다. 칼이 날카로우면 찔려도 아프지 않다고 했던가? 〈폐허〉는
여기서 시인에 의해 더 이상 귀찮고 쓸쓸한 존재가 아니다. 쓰르

라미와 귀뚜라미의 울음, 흰눈 등은 그윽한 서정으로 독자의 심상을 신선하고 그윽하게 자극한다. 누룩이 술이 되듯 폐허는 훌륭한 소재로 생각의 정돈과 상상을 거쳐 시인이 삶과 하나가 되어 어떤 〈그대〉를 자연스레 부를 수 있지 않은가? 선택 그것은 실존이며 삶 자체다 사계절의 광막한 배경을 읽어서 달콤한 사랑으로 〈한 백년 그대를 기다리고 싶다〉로 표현되기까지는 가슴앓이의 시간이 흘렀을 것이다. 독자들은 이 시를 읽으며 김춘수의 〈꽃〉을 쉽게 떠올릴 수 있다. 우리 시단에 이런 패러디는 수 없이 많다. 명작의 영향력이라고나 할까? 발상과 배경이 다른 이 시의 구조를 비교하면서 되짚어보는 것도 독자에게는 즐거움이 될 것이다. 무너진 곳에서 확실히 무너져 삶의 방향을 살피고 다시 일어서려는 무서운(?) 결의가 소박한 시상과 매끄러운 배열로 형상화를 이룬 여행詩의 전형을 보았다.

　　눈길을 걷는다
　　생가 속으로 찔레 열매 두엇 붉게 울고
　　바람은 스란치마를 끌고간다
　　돌아보면
　　묵묵히 따라온 나의 흔적
　　속절없이 차오르는 술처럼 달빛처럼
　　발바닥부터 차오르는 눈

　　생각 하나를 가슴에 묻는 일도 그러하다 (중략)

눈길을 걷는다

　참으로. 작정하고 나선 길은 아니었다

　천천히 발이 젖는다

- 박미라의 詩 〈그 후〉

　제목 〈그 후〉가 가지는 상징성을 음미하면서 읽으면 읽을수록 설득력과 매력을 지닌다. 제목은 주제를 나타내기도 하고 소재이기도 하고 그리고 그 이상의 어떤 힘을 갖기도 하는데 여기서는 종합적으로 완성도를 높이고 있다. 시의 보폭이 어떠한가? 운문의 내재율이 제대로 살아나서 상상을 키우고 그림을 그리며 바람소리와 스란치마와 아름다운 풍경, 그리고 발바닥 부터 차오르는 눈, 천천히 속절없이 젖는 발 매우 음악적이다. 좋은 시 한편은독자에게나 시인에게나 평생 반려(伴侶)가 된다. 지면상 말을 접어둔 한명희 한이각의 작품도 일독을 권한다. 〈생활〉. 그들이 지배하는 날에서 벗어나 기타를 튕기는 베짱이요 숲 속의 공주, 생활, 그들이 쫓아오면 더 깊은 잠을 자는 몽상가가 되어야 한다. 꿈과 현실이 하나되는 몽상, 시인은 자연에서 시의 씨앗을 얻고 착한 심성을 배울 일이다.

삼중주(三重奏)의 화음(和音)

– 이경옥의 시 세계

　李京玉 詩人의 제2시집이 곧 나온다니 기쁘고 그 부지런함에 감탄하지 않을 수 없다. 産苦인들 오죽했으랴. 8년 쯤 되었을까. 문인산악회의 우이동 쪽 북한산 山行에서 도예가로 소개받고 눈 속에 흑백사진을 함께 찍은 기억이 새롭다. 동갑내기라는 점. 佛心이랄까? 노래도 대신 불러주고 친절과 편안함 등으로 이제껏 각별하게 지내왔다. 이런 연유로 詩集 〈사랑을 위하여 loves all 3부〉 18편을 손에 들고 詩世界를 어찌 열어 보일까 하는 두려움과 짧은 내 筆力에 절망하면서 讀者로서 그 감상의 편린을 적어 두는데 충실하고자 한다.

바람소리 들리세요
남섬 뉴질랜드는 하루종일 세찬 바람

그러나 하늘은 너무 맑습니다

떠나온지 이년 삼개월

땅끝에서 이렇게 견디고 있습니다

여름의 크리스마스, 이름모를 야생화가 가득한 바닷가에서

한국의 화이트 크리스마스를 꿈속에 그려봅니다

남섬의 바다는 늘 머물지 못하는

나의 운명을 파도치게 했지요

모든 것이 뜻대로 잘 되시길 빕니다.

-〈편지〉에서

　　자신과 주변에 대한 省察이 돋보이는 작품이다. 다감한 言辭로 물결치는 시인의 바다, 간결하고 정확한 스케치를 읽다보면 우리의 상상력은 하늘로 꽃으로 흙으로 아름다움에 끌리면서 三重奏의 和音을 듣게도 된다. 〈운명〉 나만의 환상일까. 들리세요 고국에 있는 아는 이들이 뜻대로 잘 되길 비는 마음의 소리. 그 울음. 李 詩人의 눈은 見者로서 따뜻하지만은 않다. 제1시집이 〈氷河가 흐르는 江〉이듯이 얼음칼처럼 날카로운 면과, 단호함, 불같이 다 녹어 버리는 그야말로 성깔도 詩 속에 용해되어 있음을 본다.

꽃길 따라 걸으면

한 잎 두 잎

먼저 피었다 지는 꽃으로

오솔길은 덮히고

天使가 되어

고운 빛깔

眞意를 감춘 아름다운 이별.

-〈꽃을 보며〉에서

거듭 읽다보면 內面으로부터 떠오르는 秩序랄까. 서로의 부딪
힘을 무섭게 느끼게 된다. 보자. 꽃길. 오솔길 어쩌면 새소리와 연
인의 속삭임. 언덕 너머엔 희망이 가다림직한 이 공간. 피었다 지
는 시간의 悲劇性과 〈먼저〉라는 단어에서 결국 이별과 죽음의 세
계를 함축했다면 詩는 역시 깊은 것이고 묘미가 새로울 밖에…….
그러나 아무래도 李 詩人의 詩세계는 낙천적이고 화해를 지향하
는 抒情性 그 자체다. 결국 그 길위에 天使의 고운 빛깔과 이별을
아름답다고 삭이고 있으니까? 어쩌면 아이러니인지도 모른다. 인
생도 그러하니까 〈眞意〉에 함축된 어쩌면 화엄과도 같은 무서움
과 아름다움이 부딪히는 默言의 세계에 빠져서 한 순간 포개진 꽃
으로 나는 황홀했다. 李 詩人의 꿈은 무엇이던가.

밤새 허물어 내리는 나의 집
집도 없는 허황한 들길
한 그루 나무를 만났습니다
선배들의 정정한 목소리
그늘진 고뇌
아침의 침상
눈물은 베개를 적시고
뒤돌아보지 않으려 했던
나의 자화상만이 햇살에 불타고 있었다.

- 〈꿈〉에서

의식의 밑바닥을 비추는 〈자화상〉의 창문을 노크해 보자. 불 꺼진 곳에서 영혼은 외롭고 집은 이미 허물어진지 오래. 한그루의 나무를 만났다고 진술하고 있다. 〈소나무〉 선배들(꿈)은 또다시 집을 짓고 나무가 되어 무럭무럭 자라는 게 아닐까. 求道의 길은 이처럼 허물고 짓고 허무는 힘들고도 그러나 소박한 즐거움이다. 한마디로 〈自由〉를 찾아서 떠남으로써, 아니 생각을 태움으로써 얻어지는 것임을 알게 해준다. 海外생활의 외로움이 잘 나타난 作品은 여러 편 있다. 그리움 떨쳐내기가, 마음 비우기가 얼마나 힘 겨운지.

'노오란 머리에 희디 흰 얼굴의 친구와/
여러 잔째 커피만 마셔야하는 운명이여' 라고 탄식하면서
한 줌의 흙을 사랑하듯 /
인사동 골목에 아직도 남았을까
흙 한 줌에 새긴/ 구름 한 자락

-〈찻잔을 바라보며〉에서

그렇다. 아직도 인사동 골목과 따뜻한 사람의 情을 목마르게 그리워하는 詩人……. 그래서 詩人이다.

〈사람으로 태어나기가/ 태평양 한 가운데서 통나무 토막 만난 것처럼/ 억만겁의 연이라는데/ 공해 없는 땅끝의 남섬〉李 詩人의 佛者로서의 면모를 엿보게 하는 詩이다. 천혜의 자연을 가진 뉴질랜드 남섬. 스스로 天國이라고 명명한 이곳에서도 탈출하고 싶다

고 외로움을 토로한다.

> 바다에 떠있는 천국
> 천국이 아닌 곳으로
> 갈 수 있는
> 천국이기에 심신을 모두 벗고서
> 짠 눈물 가득 고인 바다가 된다
> 지나온 것이 더 그리워
> 밀리고 쓸리는 바다.
>
> ─ 〈바다〉에서

왜일까? 한마디로 인연을 소중하게 생각하고 속으로 자식과 남편, 주위 사람과 고국을 위해 눈물 흘리며 간절히 기도하는 전통적 한국 여인상. 佛家의 격언에 '샘물을 지고 갈 수 있지만 샘(물맛)을 가져갈 수는 없다' 는 말이 있다. 그곳의 풍습과 언어에 적응하여 빨리 현지화되어야 하는데, 쉬운 일이겠는가? 그러니 그 외로움은 더욱 커질 수밖에…. 詩를 쓰는 일은 修行者의 마음 다스리는 일과 크게 다르지 않다.

마음을 가라앉히고 잡다한 생각을 버리는 일, 투명하게 보일 때까지 닦고 닦아서 事物의 정수를 찾아 내는 일일테다. 그의 詩에 숱하게 등장하는 고독, 사랑, 꽃, 별들도 어느쯤엔선가 자리를 잡고 겨울 나무의 튼튼함처럼 더 큰 기쁨으로 다가올 것을 믿는다.

겨울을 기다리는 마음을 지나 우리의 믿음에 더 큰 확신을 주는 作品이 있다. 〈기억 속의 사랑〉이 그것이다. 〈사랑한다는 것

은〉이 話頭에 얼마나 매달려서 얻어진 깨달음이란 말인가. 대답
은 이렇다.

> 사랑한다는 것은
> 저마다 갈 길을 열어 주는 것
> 애타는 갈증으로
> 메아리 울리는 해질녘
> 쓸쓸한 그대의 미소가
> 물은 물이 되게 흙은 돌이 되게
> '고독하시지요?' 하시던
> 그 말씀이 들리는군요.
>
> - 〈기억 속의 사랑〉에서

몇 마디 말로 문득 깨달음의 지혜를 가져다 주는 것이 禪詩가
아니겠는가. 우리가 자식을 기르면서, 부부가 외나무다리 같은
生을 함께 가면서 存在로서보다는 所有하려 할 때가 어디 좀 많았
겠는가? 秀作이 아닐 수 없다. 李 詩人의 흙과 고국에 대한 그리
움과 사랑은 속을 태우면서 더 깊어질 것이고 바람과도 같은 외로
움을 타면서 성숙되고 지상의 꽃으로 하늘의 구름으로 자유롭게
펼쳐질 것을 예감했다면 過言인지도 모른다. 허나 나와 가까운 문
우들은 그렇게 굳게 믿고 그날이 오고 또 오기를 기다리며 바라볼
일이다.

예술에 있어서 머물지 못하게 하는 운명이나 여행, 경험, 狂氣
와도 같은 情熱 등은 성장의 밑거름이요, 필수 요소다. 흙손을 닦

으며 지울 수 없었던 고독이 오늘의 李京玉 詩人과 詩를 가능하게 했을 것이다. 듣기로 얼마간 이어질 異域에서의 삶이 한없이 외롭고 힘들게 할지라도 그것은 외로움이 아니요, 힘든 것은 힘든 것이 아니다.

그것은 물론 우리가 익히 아는 바와 같이 이해심 많은 남편의 보살핌과 격려로 하여 그렇고 창작열과 낙천적이고 부지런한 성격처럼 베풀고 베풀면서 무엇이든 잘해낼 것이기 때문이다.

아! 세간엔 먹던 물에 침 뱉는 얼음판인데 흙 꽃 바람이 사랑으로 녹이나니……. 아무쪼록 作品으로 정진해서 도예가로 詩人으로 그 이름과 향기가 그윽하게 남기를 기대해본다. 誤讀과 서투른 칼 마구 휘두른 것에 李 詩人의 佛心과 독자의 양해를 구하면서 友情과 축하의 박수에 가름한다.

시민의식과 시인정신 그리고 휴머니즘

- 박완섭 시해설

인사동의 〈歸天〉 닮은 카페 〈시인과 갤러리〉에서 그를 만났다. 밖에는 눈보라 치고 춥기만 한데 안에는 따뜻했다. 재야(在野)의 괜찮은 시인으로 그를 소개받고 작품을 볼 수 있었으면 좋겠다고 이야기했다. 인터넷문학신문의 편집인으로서 네티즌에게 좋은 시를 선보이려는 속내였다. 문학신문의 사설로 문단과 문학지의 역기능(逆機能)을 거론하고 그 워크아웃을 주장하던 터에 재야(在野)라는 말이 가슴 깊이 와 닿았다.

계절은 바뀌어 꽃봄을 맞아 북상하는 꽃 소식 속에 그의 첫 시집 〈핸들을 잡으면 세상이 보인다〉와 한 묶음의 원고를 받았다. 세상이 어떤 모습으로 비추어졌을까? 몇 차례 되짚어 읽는 동안 어인 일인지 필자는 다른 일로 꼬이면서 시간에 쫓기고 몸 여기 저기 번갈아 아팠다. 그 틈에 어느 문학 모임에서 박완섭 시인의 시집

원고를 나누어 주고 마음에 드는 시를 한 편씩 고르고 그 까닭을 들어보는 기회를 가졌다. 在野 詩人이라는 말이 딱 맞았다. 문학 단체나 문예지와는 거리를 두고 곧은 정신으로 성실히 경작해서 곳간에 작품을 쌓아둔 실력있는 문인으로 공감하는 바가 크다는 의미였다.

이 글은 그러한 독자들의 의견을 간추리고 필자의 거울에 다시 비추어서 나온 産物인 셈이다.

박완섭의 시를 관류하고 있는 의식의 측면에서 살펴보면 첫째는 민족과 공통체에 대한 애틋한 사랑을 리얼리즘의 시각에서 통찰하는 것이고, 두번째로는 서정적 감수성을 바탕으로 자연 현상의 미학적 탐구이며 세번째로는 일상 생활의 체험과 각종 예술 작품에 대하여 인생론적 고찰과 깊이 있는 사유를 통해 형상화를 추구하는 것으로 그 특징이 파악된다.

1. 민족 통일에 대한 열망

오랫동안 남이었던 슬픔을 똑똑히
두 눈으로 보면서
우리의 잘못을 용서를 구하는 50년 시간의 단절
눈을 뜨고 볼 수 없는 낱낱의 실상은
도저히 믿기지 않는 사실이다
맨손으로 쓰레기 더미를 뒤지는

죽음을 마다 않고 강을 건너는

미아와 굶주림으로 허덕이는

북녘의 동포들을 보면서도

미움으로

피로 얼룩진 낡은 이념의 재 포장으로

우스운 꼴의 정치 논리로 벽을 쌓고

북한이 변해야 한다면 하면서

정작 변한 것이 없는 우리는 나만의 이익에

눈 먼 하이에나처럼 싸우면서

죽어가고 있는 저들을 언제까지

모른다고만 할 것인가

죽어가고 있는 저들도

우리들과 똑같은 한 핏줄

한 민족의 뿌리가 아닌가

시베리아의 혹한도 쉽게 녹이는 사랑의 이념

홍익인간의 이념으로 돌아가서

마음의 문을 활짝 열 때

배고픈 눈물보다 뜨거운 사랑의 눈물로

저들도 우리에게 다가올 것이다

머뭇거리기엔 더 이상이 시간이 없다

사랑은 시간을 두고 거리를 두고 하는 것이 아니다

지금이 아니면 더는 기다릴 수 없는 것이

민족에 대한 사랑이다

저들을 위해서가 아니라

우리 모두를 위해 우리는 변해야 한다

그 어떤 것도 끼어들 자리가 없는

뜨거운 포옹으로

하나 되어 가는 길

그 길이 우리에게 주어진 역사의 길이다

총칼로 변질된 이념의 장막을 걷어내고 다시 보면

한반도의 중심은 38선이 아닌 사랑, 사랑이다

- 〈한반도의 중심은 사랑이다〉

　민족의 비극을 꿰뚫어 보면서 마음의 문을 활짝 열고 뜨거운 포옹으로 하나 되기 위해 온갖 정성을 다 쏟아야 한다고, 머뭇거리기엔 더 이상 시간이 없다고 애절하게 호소하고 있다. 이 시를 감상하는 데는 종합적 사고를 필요로 한다. 여기서 분단의 원인을 구체적으로 따지거나 현실에 대하여 일치된 견해를 얻어내는 일은 어렵기도 하고 문학의 영역 밖에서 진보와 보수 혹은 보다 다양하게 논의하는 게 타당할 것이라는 생각을 한다. 그럼에도 불구하고 시의 내면에 들어가서 그 갱도를 살피고 광물질이 무엇이고 얼마만한 사랑과 에너지를 함유하고 있는지 몸으로 부딪쳐 보고픈 욕구를 숨길 수 없다.

　이 시의 제목 〈한반도의 중심은 사랑이다〉는 서술적이고 분명하며 아이러니를 갖는다. 왜 〈아이러니〉인가? 중심에 당연히 사랑이 존재해야 함에도 불행히도 역사는 그렇지 못했기 때문에 그렇다. 서울서 평양까지 기차로 반 나절도 안 걸리는데 50년 동안 누구도 그 기차를 타보지 못했다. 〈이념〉 말고 다른 장막은 없는가 정치와 제도는 그렇다 치고 개인의 의식 속에 이해와 타산을 셈하고 있지는 않는지? 사랑이 무엇이냐고 스스로에게 묻고 모두를 위해서 변해야 한다고 진단한다.

‘시베리아의 혹한도 쉽게 녹이는 사랑’ 의 열기는 남의 일이 아니라 민족 구성원 가슴에 있다고 詩人은 확신과 희망으로 세상을 보면서도 하이에나의 존재를 외면하지 않는다.

이 시의 위의는 대립과 갈등의 요소를 포괄하면서 사랑의 본질에 대하여 깊이 성찰하고 있음이다. 눈 먼 〈하이에나〉는 힘이 센 지배자의 상징으로 숲과 동물 상상력을 유발하면서 심미감을 준다. 여유가 있어서 주는 것도 사랑이요 없는 것을 쪼개서 추위와 배고픔을 나누는 것도 크기를 떠나서 참된 사랑의 실천 아니냐는 말도 이 시의 바닥에서 낮은 소리로 퍼져가고 있음을 깨닫는데는 오래 걸리지 않았다.

국토의 중심에 사랑을 놓고 주적(主敵)으로 대립하던 남북의 남과 북의 통수권자가 함께 사열을 받으며 환호와 감격을 창출하다가도 느닷없이 꽁꽁 얼어붙기도 하면서 그 어떤 드라마보다도 밝음과 어둠이 교차한다고 해서 시와 시인의 간절한 희망을 탓할 수는 없지 않은가.

도라산 역을 지난 열차가 평양과 의주를 거쳐 민족 번영의 핏줄로 시베리아에 이어질 것을 기대하는 시인의 꿈이 가까운 현실로 느껴지며 동해북부 철도가 설악과 금강산의 막힌 육로를 뚫기로 합의했다는 이 밤, 필자의 창밖엔 때 이른 목련이 활짝 웃고 무수한 별들은 또 무슨 이야기를 나누는가.

남을 죽이기 위해 사는
지뢰의 가슴에도 사랑이 있다.
땅속에 묻혀 반세기를 살아온
지뢰에도 꽃이 핀다.
아무도 다가갈 수 없는 지뢰에도
민족 화합의 꽃이 피고
분단의 상징 철조망에도 꽃이 핀다.

말없는 짐승들도 하늘을 바라보며
눈물을 흘린다.

- 〈지뢰꽃〉

경의선 복원공사에 부치는 축하의 헌시다. 청탁을 받거나 시켜서 쓰는 게 아니고 자연스레 우러나와서 시를 발아 시키는 가슴의 뜨거움과 순결성에 주목하지 않을 수 없다. 〈지뢰꽃〉이라는 말을 사전에서 보거나 일상의 대화에서 들어본적이 있는가, 남을 죽이거나 해치기 위해 설치한 지뢰에서 화합의 꽃을 발현시키는 시인의 눈은 맑음이요 그 맑고 맑음이 〈지뢰꽃〉이라는 시어를 창조할 수 있음이다.

지뢰가 무슨 죄가 있겠는가. 짐승들도 기뻐서 눈물을 흘리는데 철조망은 정녕 걷어낼 수 없더란 말이냐, 하늘이여 사랑이여, 공사는 왜 이리 더디고 주무시는가, 말이 무슨 소용인가, 실존과 실천이 중요한 것을…. 이런 감상은 독자의 몫이다.

소떼가 가는 길을 따라가 봤습니다.

소가 가는 길

더는 갈 수 없는 길에서

목이 메어 음매 음매 울었습니다.

소가 가는 길

사람이 못 간다니

그것도 같은 핏줄을 나눈 동포가 말입니다.

우리는, 이것까지 오는 데만

50년이란 세월이 걸렸습니다.

여기서 눈앞 저기

엎어지면 코 닿을 데

바로 손짓하면 잡힐 듯한

저기까지 몇 년 걸려야만

속이 후련할는지

낡고 썩은 이데올로기, 이념에

사로잡혀

언제까지나 서로의 가슴에

총칼을 겨누어야 하는지

한 번도 모자라

또 한 번 피를 봐야 하는지

이 순수한 자연 앞에서

사람만이 죄를 짓고 있습니다.

- 통일전망대에 서면

사람이 가지 못하는 길을 소떼가 가고 이 실황은 전 세계에 생 방송으로 중계되면서 영화 이상의 감동을 준 슬프고도 기쁘고 기쁘고도 슬픈 드라마였다. 사람이 목이 메어서 음메 음메 소 울음을 토하는 현장을 찾아서 〈자연 앞에서 사람만이 죄를 짓고 있습니다〉의 탄식을 읊고 '어찌타 사람이 짐승만도 못하게 사는가' 생각을 간추리는 박완섭 시인, 그는 분명 발로 뛰는 재야의 시인이다. 그렇다고 그의 시에서 숨이 가쁘다거나 목소리가 높다고는 느껴지지 않는다. 그가 현장에서 그린 밑그림은 부드럽고 내밀해서 연필의 촉감이 느껴지며 물감을 진하게 칠하지 않는다.

두 물줄기가 만나 몸을 섞고 사랑을 하는/

강을 두고 갈라선 사람들은/

이념이 다르다고 서로 다른 말로 이야기한다/

큰 목소리도 작아서/ 스피커를 통해 서로의 소리를 차단하고 있는/

임진강을/ 새들은 남에서 북으로 북에서 남으로/

자유롭게 넘나들며 보라 한다/ 한없는 자유의 몸짓을/

좌우의 날개로 균형을 잡는 몸에서 나는 소리를 들으라 한다/

철조망이 있어도 하늘은 푸르고/

도란도란 흐르는 강물은 한 소리로 흐르는데/

누가 이기고 지는 날이 온다고(중략)

강물처럼 천천히 흐르면서 왈츠와도 같이 음악성을 띤다. 갑자기 빨라지거나 별다른 소리 없이 내용은 비극인데 리듬은 흥겹다. 필자는 상상한다. 얼굴을 마주하며 사랑의 눈빛으로 춤을 추는 두 사람 촉촉이 몸이 젖는다. 〈좌우의 날개로 균형을 잡는 몸에서 나는 소리를 들으라 한다〉 이 귀절은 박완섭의 〈역사 의식〉이요 사

랑의 메시지다. 도란 도란 강물은 흐르고 필자는 여기서 서정이
넘치는 성숙한 리얼리즘의 문학을 얻었다.

2. 역사와 문화 기행

남한산성에서 볼 것이 없거든/
대지를 향한 발 기둥을 하늘로 세워보아라//
구름을 하나하나 벗기고/
거기 쓰여 있는 몇 구절 밑줄을 그었던 그 페이지를 다시 보며//
청춘의 젊은 피가 끓던/ 그 역사의 팔짱을 끼고 걸어봐라//
허름한 산성(山城)의 돌멩이가/
지하 여장군 천하 대장군 눈처럼 부라리고 있는 남한산성(南漢山城)을

이 시에서 시인과 화자는 역사에 대해 음미한다. 〈역사란 무엇
인가〉 '과거 사실과 사람과의 상호작용이며 현재와의 대화(對話)
이다. 미래를 지향하며 또한 과학이다.' 라고 말한 영국의 역사가
'E,H.Carr'의 견해가 문득 떠오른다. 왜 볼 것이 없겠는가, 보이
지 않는 것을 볼 수 있는 견자(見者)로서의 눈을 신(神)은 시인에
게 주었다.
　허름한 산성의 저 굴러다니는 돌멩이는 어디에 있었으며 어떤
눈물과 얼마만한 땀방울을 쏟았던 통한(痛恨)의 유물인가? 지하
여장군과 천하 대장군 눈처럼 왜 부라리는가의 연유를 생각하면
서 미래를 예감하고 배워야 한다는 예지(叡智)가 담겼음이다. 시

인과 화자는 산 기슭의 돌멩이와 웅덩이 나무와 풀 한 포기에도 말을 걸려고 한다.

여기가 어디인가? 병자호란을 당하여 명분과 자존심, 국란극복의 깃치 아래 눈물겨운 항쟁에도 끝내 임금이 무릎을 꿇고 선비는 혹한에 끌려가 처형을 당하고 갖은 치욕과 인간이하의 수모를 당하며 봄이 와도 돌아오지 못한 선남선녀는 누구의 조상이던가, 의식(意識)의 허름한 구석은 없는지, 봄이라고 다 같은 봄은 아닐진져. 문명 속에서 대화를 잃고 서로를 소외(疎外) 시키지는 않는지. 귀를 열어둘 일이다.

남해 푸른 물결이/ 요동치는 귓가에/
고구려의 말발굽 소리가 들린다.//
가자, 가자/ 어디든 못 가는 곳 없는 출발점//
대륙의 시작/ 새로운 역사// 다시 찾은 시작/
열린 문에서 / 땅끝이라는 이름을 지운다.

-〈땅끝에서〉

땅끝(土末)을 누구는 호랑이 발톱이라고도 하고 토끼의 무엇이라고도 하는데 시인은 바다의 푸른 물결 속에서 고구려의 힘찬 말발굽 소리를 떠올리며 역사의 새로운 시작을 꿈꾼다.

끝이라는 이름을 지우고 경제 부흥을 통해 대륙 진출과 무역 강국을 그려보는 상상은 거침이 없다. 이것은 삶의 활력으로 일상에 돌아갔을 때 웃음의 원천으로서 정신 건강에 긍정적 작용을 하지 않겠는가.

3. 자연 현상의 미학적 탐구

　폭포, 산, 하늘, 강, 안개, 떡갈나무, 풀과 꽃 등의 자연을 관찰하고 노래하면서 미학학 탐구를 보여주는 시(詩)가 박완섭 시집의 주류를 형성하다는 것은 목차에서 한 눈에 알 수 있다. 다양한 시어들이 역동적 흐름을 형성하면서 독자를 향하고 있다. 〈다리가 짧은 개나리〉 〈우장산 공원〉 〈북한강에서〉 〈여의도 자연학습장〉 〈원두막〉 〈별〉 〈목련〉 〈난초와 할머니〉 〈수국〉 〈꽃다발〉 〈파도〉〈게〉 〈눈썹 위의 까치집〉 〈산 그림자가 산을 끌어 당긴다〉 이와 같이 박완섭의 시에서 제목만 연결해서 바라만 보고 있어도 이미지와 정감이 한편의 서정시를 연상 시키며 기분을 좋게하는 심미적 특성을 갖는다.

> 하늘이 온통 별밭이다/ 잔치를 벌이는 하늘 마당에 /
> 별들의 모습이 분주하다 별들끼리 모여 사는 여기가/
> 별들의 강남 땅인가//별들이 모두 다 이곳으로 /
> 이사를 온 것 같다 //촘촘히 박혀 있는 별들의 눈빛이 빛나는/
> 여기서는 알 것 같다//사람들을 떠나야 하는 별들의 마음을
>
> 　　　　　　　　　　　　　　　　　　　-〈지리산에서 본 별들〉

심산유곡(深山幽谷) 지리산(智異山)에서 바라본 하늘, 공해(公害)가 없으니 온통 별밭일 밖에 그런데 여기가 '별들의 강남땅인가' 하고 충격적인 질문을 던진다. 별이 많고 빛이 밝으니 화자는 시 속에서 "이사를 온 것 같다"며 서울에서도 밤에 돈과 사람이 많이 모이는 강남의 전깃불을 생각하다가 금새 재미없다고 말머리를 돌린다. 별이나 사람이나 호화(豪華)와 향락(享樂)을 동경하고 따라간다면 끝내 무엇이 남겠는가. 그러했다면 시(詩)는 곧 바로 몰락과 파멸인 것을 초롱초롱한 눈빛을 연상하면서 사람들을 떠나야하는 별들의 마음을 알 것 같다고 맺는다. 현명한 판단과 운치(韻致)가 향그러움의 날개를 편다.

> 언덕에 손을 잡고/ 다리를 뻗어 뛰어내리려는/
> 모습이 아찔하다// 조금만 다리가 길었으면/
> 담벼락도 쉽게 넘을 수 있었을 텐데
>
> -〈다리가 짧은 개나리〉 중략

> 따스한 햇볕 아래/ 첫 사랑이 웃고 있다//
> 겨울 눈을 밟고 지나가던 발걸음이/
> 나뭇가지에 매달려 있다// 달빛 속에 눈이 부신/
> 그 남자가 창문을 열고 들어온다
>
> -〈목련〉

'현대시(詩)는 곧 이미지' 라는 것을 증거(證據)라도 하듯이 감각적 이미지로 시의 상큼한 맛을 돋운다. '시인은 가급적 직접적인 말을 아끼고 시 속의 사물(事物)로 하여금 말하게 한다' 는 시론 (詩論)에 충실함이요 그런 방법면에 있어도 시 존재의 본질을 명료하게 드러낸다. 독자는 말보다는 미감(美感)에 의하여 가슴이 떨리지 않겠는가.

> 밤새 산허리를 끼고 있던 강이 눈을 뜬다/
> 사람보다 먼저/ 북한강이 길을 걷고 있는 새벽/
> 숲 속에서, 또 다른 새벽이 걸어 나온다//
> 강의 새벽과 신 새벽이 만나/
> 강은 산 넘어 오는 햇살의 눈을 피해/
> 질펀한 사랑을 한다/ 사람들의 눈을 가리고 한 몸이 된/
> 그들은 눈이 풀린지 오래//
> 이 아침에 사랑 한 번 시원하게 하는 구나/
> 손가락질도 마다하지 않는구나//
> 아무도 못 말리는 떼어낼 수 없는 태양도/
> 북한강에 히뜩이는 얼굴을 씻는다.
>
> -〈북한강에서〉

　북한강의 풍광을 배경으로 에로티즘의 동영상이라도 보는 듯한 착각도 든다. 그러나 경쾌한 리듬과 알맞은 속도는 진부함에 발이 빠지기 쉬운 소재인 '질펀한 사랑' 이 신선하게 느껴지게 작용하는데 이것은 '시에서 고도의 테크닉'. 이 아침 사랑 한번 시원하게 하는구나. 그렇다. 더 무엇을 바라겠는가, 시원함과 히뜩이는 웃음이 시의 맛을 풍미하지 않는가, 독자여

흐트러짐 없는 올곧은 정신으로/ 눈 먼 세상을 내리친다.//

카랑카랑한 목소리는 거침이 없다. /두려움이 없다 망설임이 없다.//

무서운 목소리로 꾸짖는// 이 시대의 스승 앞에/

회초리를 들고 종아리를 걷어올린다./

물 종아리에 /파란 하늘이 돋아난다.

옛날이나 지금이나 폭포엔 수 없는 사람이 다녀갔고. 종아리를 씻으며 시원함으로 근심도 씻으며 사진도 찍는다. 그러나 세상을 눈이 멀었다고 진단하면서 스승 앞에 회초리를 들고 꾸짖음 청하는 예지와 인식(認識)의 날카로움에 찔려서 그대로 누울 밖에 달리 할말이 없다. 독자여, 시의 종아리에 돋아난 파란 하늘은 앙증스러움인가 아니면 깜찍함인가.

4. 일상 생활과 시민의식 그리고 휴머니즘

작품을 읽으면서 필자는 작가의 취미에 대하여 관심을 갖게 되고 그 궁금증이 풀리면서 부러움과 인간적 매력에 끌려서 붓의 균형을 잃을까 하는 걱정을 떨칠 수가 없다. 그만큼 그는 문화 전반에 대하여 다양한 탐구를 하면서도 대충 건성건성 절대로 그렇지가 않다. 느끼기도 하지만 그만큼 쉬임없이 공부하고 되짚어 반추한다는 점에서 그렇다. 〈간송미술관〉〈피리〉〈블랙홀〉〈자기장〉 이런 작품에서는 사물의 정수를 파고 들어가 일상과 우주의 큰 거울에 비추어 생각하는 집요함과 놀라운 형상화를 성실하게 보여준다.

현실보다 아름다운/
이상을 바른 유약의 꿈 속에서 흙을 굽는 고려청자 도공을 보았다//
도공의 마지막 땀방울이/ 불 속에서 한 마리 학으로 날아오르는 것을//
빈 항아리 속으로 들어가/ 청자운학 문매병이 된/
이름 없는 고려청자 도공을//

박완섭의 시정신(詩精神)의 핵심은 무엇인가? 청자도공에 뿌리가 닿아 있는지는 작품이 세월을 두고 예술성으로 그 존재를 드러낼 것이 분명하다. 그의 시창작 태도는 욕심을 내거나 서두르지 않는다. 〈음악과 함께 사는 여자〉 아마 그는 시(詩)에서 여자를 남자로 바꾸기만 하면 바로 그의 모습일 거라는 생각도 여러 시편을 읽으며 얻은 느낌이다. 그가 동경(憧憬)하는 세계는 어떤 곳인가

길을 쓴다/ 아무도 없는 곳에 집을 짓고 산다//
혼자 있어도/ 묵향에 젖어 있으면/ 찾아드는 사람들에게 둘러 싸여/
외롭지 않다// 길이 없는 사람들에게 길을 주고//
한 장의 종이 위에 굽힘이 없는 자세로 서 있는/
가벼운 깃털이 감싼 저 부드러운 세계

-〈붓〉

소시민(小市民)으로서 그의 인생관을 드러낸 작품 〈석촌 호수〉를 다시 읽는다.

나무는 바람에 흔들리고
불빛은 물결에 흔들린다

한쪽에서는 뛰고 걸으며 저녁 운동을 하고

다른 한쪽에서는 벤치에 가만히 앉아

이야기를 하는 모습이

놀이 공원을 배경으로 그림자를 드리우고 있다

도심 속에 공원이 있고

공원 속에 작은 호수가 있는

석촌 호수에는

도시의 번잡함이 뒤를 돌아앉아 있다

물결이 제 속을 들여다보듯이

하루를 조용히 들여다보고 있다

삶을 벗어나 있으면

삶의 깊이를 번져나는 물결 위에

가만히 앉아 있으면

무거운 하루가 한없이 가벼워진다.

　그는 명상을 즐긴다. 땀 흘려 일하고 그 땀을 나누기도 하고 또한 그런 삶을 즐긴다. 한마디로 휴머니즘이다. 사람답게 살려고 열심히 달려가고 관심을 갖고 공부하며 삶을 만끽한다.

　그의 작품에서 문화와 스포츠 정신을 보았고 그의 삶도 작품과 닮은 모습일 것이라는 믿음으로 시인과 가족의 행복을 빌면서 붓을 놓는다. 청소년에게 들려주는 저녁 열시의 귀가 방송(30초) 명사들 원고 대필을 담당했던 한 사람으로서 필자는 감회가 남다르고…, 그의 시 〈나는 그림을 택시에서 본다〉가 발길을 재촉한다.

　청소년 여러분 이제 가정으로 돌아갈 시간입니다/ 서울시 교육청 방송이 끝나

고 나면

나는 나만의 그림을 보기 시작한다//

아직도 못 들어간 청소년이 있을까/ 마음 조리는 어른들의 야경화가//

도시의 불빛보다 화려하게 빛나는 것을/

한폭의 그림 같은 성인전용 필름이 돌아가는 소리/

어둠으로 가려도 빛나는 눈빛은/ 나무와 나무 사이의 풍경화가 되고/

우산 속 비를 피하는 수체화 같은 몸짓들이/ 긴 호흡을 멈추고 보면 한 폭으 정
물화처럼/ 서로의 팔에 끼인 액자에 그림처럼 보이는//

우리의 누이가 근엄한 아버지가 차도로 나와서까지/ 그림을 그린다면/

빠리나 뉴욕을 거친 유학파의/ 신 조류의 영향 때문일 것이다/

너무나 대담해서 자동차 전용 극장 멀티비전을 보는 것 같은데/ 눈살이 찌뿌
려저 원근법이나 구도가 뒤엉키면/ 그림을 보는 사람이 절반을 그리는/

추상화로 보면 된다// 그냥 저냥 대충 지나갈 정도로 마음이 너그럽다면/

미니멀리즘으로 보거나/ 나도 저런 그림을 그리는 사람이라면 행위 예술로 봐
도 되는/ 어느 산길을 배경으로 삼으면 소정의 그림/

어느 들길을 배경으로 삼으면 청전의 그림을 떠올려도 된다/

공원 금지 구역을 넘어서면 자연주의자의 그림이나/

수목 산수로 봐도 좋다// 새벽이 되어 집으로 돌아갈 시간/

똑바른 길을 시계바늘처럼 걸어가면 눈길속의 추사 발걸음을 생각해도 좋고//

충혈된 눈빛이 불 꺼진 가로등 불빛을 밝히며 밤샘 근무를 하고 오는 것이라면?

구중 궁궐에 쓰여진 궁서체로 봐도 된다//

이런 그림들을 택시 안에서 밤마다 보는 나는/ 이래저래 다 좋아라 보는 사실
주의자 관람객일 뿐/나는 그림을 그리지 못한다.

-〈나는 그림을 택시에서 본다〉

나의 무덤 앞에는 그 차가운 비(碑)ㅅ
돌을 세우지 말라.
나의 무덤 주위에는 그 노오란 해바라
기를 심어 달라.
그리고 해바라기의 긴 줄거리 사이로
끝없이 푸른 보리밭을 보여 달라.
노오란 해바라기는 늘 태양같이
태양같이 하던 화려한 나의 사랑이라고
생각하라.
푸른 보리밭 사이로 하늘을 쏘는 노고
지리가 있거든
아직도 날아오르는 나의 꿈이라고 생
각하라.

공감
SECTION 2

생태시와 반딧불

삶이 무거움으로 엄습해 오는 저녁 산책에 나선다. 어디서 〈반
딧불〉 같은 시를 만날까? 숲을 향해 오르면 천천히 가라는 가쁜
숨소리가 나무 등걸을 찾는다. 휘파람에 모른 척 몇 걸음 지나 뒤
돌아보는 꽃같은 순이도 만나고 멀리서 갯내음 안고 오는 바람도
가슴에 넣는다. 휘황찬란한 불빛과 찌든 먼지에 생각을 잃고 얼굴
이 흰 별들은 그나마 자취를 감추고, 20세기 이미지즘의 선구자
흄(T.E. Hulme)의 가을 '얼굴이 붉은 농부처럼/ 불그레한 달이
울타리를 넘어다보고 있었다. 나는 말을 걸지않고 고개만 끄덕였
다' 시귀의 감촉에 찔려 하늘을 본다.

　〈생태시〉라는 말은 21세기 한국문학에서 화두로서 창작과 논의
의 핵심 주제가 되었다. 공업화가 빨랐던 독일을 비롯한 유럽에서
〈생태시〉는 환경파괴에 대한 인식과 저항으로 시작하여 죽어가는

생명을 살려내려는 보편적 생명의식을 대중의 생활철학으로 승화시키고자 노력한다. 1, 2차 세계전쟁을 비롯 6·25 한국전쟁, 베트남전쟁을 겪으며 〈휴머니즘〉이라는 인간 중심주의 사상을 정신적 기저로 하여 문학을 꽃 피웠다. 그러나 베트남전쟁 이후 문명과 신식 무기의 가공할 파괴로 초토화되는 자연의 위기 앞에서 인간도 예외일 수 없다는 깨달음이 〈합리주의〉〈대량생산, 과소비, 시장경제〉〈인본주의〉에 비판적 대응을 보이면서 동식물의 생존권을 보장해주는 참여문학의 한 유형으로 자리잡게 되었다. 우리 '생태시'의 발생과 문학적 견해도 이와 크게 다르지 않다.

자연을 사람보다 하등한 존재로 취급하는 태도를 비판하고 풀꽃 한 송이 벌레 한 마리, 생명 가진 모든 존재를 소중하게 받드는 '생명사랑'이 문화예술은 물론 사회 전반에 실천운동으로 확산되는 느낌이다.

한국의 시단에서도 1980년대 '민중시'의 들판을 지나 민주화가 어느 정도 이루어진 1990년대 문민정부를 거치면서 〈서정시〉의 새로운 양태로 삶을 깊이 성찰하고 자연 생명에 연민을 담은 시가 독자의 사랑을 담뿍 받았다.

필자의 견해로는 이성선의 〈산시〉와 나태주, 구재기, 허형만, 이상국, 구광본, 공광규 등의 작품들에서 성과가 있었고, 특히 김용락의 〈대구의 페놀 수돗물〉은 임신중인 산모들이 병원을 찾아야 했던 '페놀방류사건'을 신문이나 소설에서 많이 쓰는 '르뽀르따즈reportage' 기법을 시에 도입하여 경각심을 극대화하고 사회에 내재된 병인을 밝히며 독자로 하여금 연대의식을 갖게 한다.

그 일부를 인용한다.

물 뜨러 시외 나갈 승용차 한 대 없는 김이박 씨
공단에서 퇴근해 월셋방에 돌아와
우유 탈 물을 못 구해 쩔쩔 매는 아내를 부여안고
그는 울부짖었다 짐승처럼

"이젠 마시는 수돗물마저 계급적이어야 하나?
- 김용락 시 〈대구 수돗물〉 4연중에서 3, 4연

〈농민문학 여름호〉에서는 이흥우의 〈살아나는 새 만금〉〈새 만금마을의 탄생〉과 특집 〈반딧불〉이 주목을 끈다.

할 수도 없고 안 할 수도 없는 것이
오늘의 새만금 간척사업입니다.
하자니 환경단체가 흥분하고
안 하자니
전라북도 사람들이 들고일어납니다.
안 하자니 지금껏 들인 돈이 아깝고
새로운 땅(농토? 공단?)에 부풀던
사람들이 꿈이 깨지고
이권(利權)이 부서집니다. 하자니
바닷물이 썩고 세계에서도 드문
갯벌이 죽고 엄청난 돈이 또 들고
농토나 공단에 들인 만큼의

경제적 성과도 반드시(또는 전혀)
보장되지는 않았습니다.
할 수도 없고 안 할 수도 없는 것이
새만금사업인데
하나의 방도는 있습니다.
하지도 않고 안 하지도 않는
발상입니다. 거기 꼭 필요한 다짐이
있습니다. 첫째 환경단체는
흥분 안 하고 핏대도 안올리고
전북인들은 삭발도 참고
들고일어나지 않습니다. 정부행정
담당자들은 냉정해집니다. 냉정하게
우선 현재의 새만금의 상태를 그대로
튼튼하게
최소한의 보완만 해서 유지합니다.
보는 보대로 튼튼히 있고 바닷물은
물대로 보 사이(몇 군데 트인)를
땅 따라 달 따라 자연의 뜻
간만의 뜻대로 드나듭니다.
하루 두 번은 물이 찬
짠물의 호수가 있고 또 두 번은
망망한 갯벌이 펼쳐집니다.. 서해의
노을이 서방정토(西方淨土)
극락처럼 눈부십니다. 곳곳에
아름다운 작은 섬들이 있습니다.
한국 최고의 예술/ 건축/ 조경의

두뇌들이 모여 그곳에
하지도 않는 안 하지도 않는 최소의
인공을 가한 최고의 자연적 생태적
관광지를 계획합니다.
계획 안 하는 계획처럼, 곰곰이
관광수단은 도보, 차, 기차, 배
잘 생각합니다. 계획은 모두
무료입니다. 자원봉사입니다. 한국
최고의 두뇌들의 자원봉사입니다.
자원봉사니 이권도 없고 핏대도 없고
최고의 두뇌들의 최고의 좋은 일이니
삭발도 없고 사소한 의견차이도 금방
술술 풀립니다. 세계에서 드문
분쟁을 겪은 새만금은
21세기 한국 최고 두뇌들의
자원봉사로 계획해낸
희한한 자연생태의 관광지로 다시
납니다. 새만금이 살아납니다.

- 이흥우 시 〈살아나는 새만금〉 (농민문학)

표류하는 국책산업 '새만금'의 현실 속 깊이 고뇌하고 날카로운 시각으로 〈새만금 풀이법〉이라는 시인 나름의 대안을 제시하며 적극적인 발언을 한다. 21세기 한국 최고의 예술 건축 조경 두뇌들이 자원 봉사로 분쟁을 이겨낸 새만금 자연생태관광지, 시인의 가슴은 갯벌에서 뒹굴고 이미 쌓은 제방을 부수지도 않고 노을은 서방정토 극락처럼 눈이 부시다. 곳곳에 아름다운 작은 섬, 바닷물은 달 따라 땅 따라 자연의 뜻, 간만(干滿) 뜻대로 드나든다.

전문가와 예술인들이 명작 하나 후세에 전한다는 자세로 설계하고 추진하면 이쯤에서도 희망이 보인다는 낙천적인 진술 속에서도 필자는 〈순진성의 아이러니〉를 읽는다. 머리에 붉은 띠를 두르고, 천리행군을 하고 기습적으로 보를 무너뜨리고 극한 대립하는 현장을 외면하지 않고 힘겹게 고뇌하고 꿈을 꾸며, 갈등을 발효시켜 시로 설계도를 그린다.

작가의 꿈과 미래의 결과는 큰 차이가 있을 수 있고 그 거리가 멀다한들 어쩌겠는가? 〈아이러니〉는 삶의 의미를 되새김하며 씹는 재미와 칼칼한 맛을 낸다. 작가의 신선한 발상과 발로 현장을 살피는 적극적 태도야말로 시의 감각을 새롭게 하고 상상을 키우며 위의(威儀)를 세우는 첫 걸음이요 문학의 토대를 튼튼히 쌓는 초석(礎石)일 것이다.

반딧불 잡아놓고 눈을 뜨던 사람들이
오늘의 등불되어 구석구석을 밝히고 있다
문명에 밀려간 반딧불의 날개는
어디쯤에서 숨을 죽이고 있나
칠흙의 밤을 밝히던 혼불의 시대는
낭만마저 삼켜버렸다
고개를 아무리 기웃거려도 갈증만 대롱거리고
현란한 가로등 밑엔
하루살이 윙윙거리며

내 귀를 시끄럽게한다.

- 김려옥 시 〈반딧불〉 (농민문학)

시골에 살던 사람들의 정서를 살찌웠던 〈반디〉 밤에 반짝거리는 빛을 잡으려 좇아 다니고, 잡고 보면 쇠똥을 먹고 자라서 냄새도 나고, 꽁무니에서 반짝이는 인(燐)의 불빛, 그 쬐그마한 개똥벌레 〈반딧불〉은 왜 없어졌는가? 유충(幼蟲)이 맑은 물에서만 자라는데 물을 오염시켰으니 그 존재가 귀하게 된 것은 뻔한 이치이다.

위 시에서는 단어만 들어도 향수(鄕愁)를 주는 반딧불과 여름밤의 추억을 나누어 가졌던 사람들을 긍정적 자아의 같은 선 위에 놓고 동일시 한다. '오늘의 등불' 이라는 말에는 친구들에 대한 믿음과 사회 구석구석 어둠이 밝혀졌으면 하는 소망을 내포하고 시의 후반부는 낭만에 대한 갈증을 가벼운 터치로 표출한다. 그렇다. 사라지고 잊혀지는 어리고 가난했던 날들의 아름다움, 놓쳐서는 아니 될 소중한 끈 아니겠는가.

저기 불빛 좀 보아
꿈이 날아오르네
우리의 조상들 과거시험 때면
저 꿈의 불빛 부둥켜안고
몇 날의 밤을 새웠지 아마

여름 밤 건넛마을 순이

살짝 나와 물방앗간 홈통에
멱 감으러 갈 때
삽살개와
앞서거니 뒤서거니
길 밝혀주었지 아마

그 시절은 꿈이었어
달을 쳐다보며
그곳에 오르는 꿈
결국 아폴로가 다녀왔지만
달라진 건 아무 것도 없었지 아마

꿈이란 게 어쩌면
허황된 건지도 몰라
세월 건너는 아픈 인과가
꿈으로 둔갑하는
지금에사 그 불빛 건져보면
아득한 뒤안길
순간은 영원으로 간다지 아마

- 윤고영 시 〈반딧불의 꿈〉 (농민문학)

과거시험과 형설지공(螢雪之功)은 근대화 이전 사회 선비들의 꿈이요 출세의 상징이며 방방곡곡 전설과 이야기를 걸어놓았다. 훌쩍 건너 뛰어 '아폴로' 가 달에 다녀온 일을 환기하고 거기 무엇이 있었던가 토끼도 계수나무도 없는 '꿈'이란 게 허황된 게 아니냐며 '아마'라는 표현을 써서 넌지시 의문을 제기하고 순간과 영원을 헤아리며 삶의 본질에 다가간다.

'반딧불'은 생태적으로 개똥벌레라는 동물적 상상과 '불'이라는 활력과 욕망이라는 암시를 통해 땅과 하늘을 연결시키고 생명력을 표상한다. 이 시에서는 '반딧불'을 '꿈'으로 해석하고 소멸과 허망함을 지적하며 그 이상의 말을 아낀다. 건넛마을 순이가 삽살개와 앞서거니 뒤서거니 멱 감으러 갈 때의 빛이요 꿈이었던 〈반딧불〉이 있어서 참 좋았다.

그러니 우리가 행복하려면 문명을 좇지만 말고 하찮을지라도 개똥벌레가 살 수 있는 환경을 살려야 하고 끝내 아무 것도 아닐지라도 그 꿈을 잃지 말아야겠다고 생각의 흐름을 맑게 바꾸는 데는 그렇게 긴 시간이 걸리지 않으며 말하는 것보다 훨씬 능률적이고 부드럽고 재미있고 시가 가진 함축의 매력이다.

육지에 속했던 것들이 쓸려, 쓸려
마지막으로 명상에 잠기는 곳,
바다의 것들도 예외는 아니다,
중심에서 멀어지며 더 갈 수 없어
바다의 배설물이 쌓이는 곳,
생명체들이 꿈틀거린다
무학대사가 달을 쳐다보다가
도를 깨쳤다는 이곳, 간월도

바닥까지 드러낸 속내,

온몸으로 석양을 떠받은 채

모든 걸 내어주고 있다.

아니, 모든 걸 허락하고 있다

썩어서 새롭게 태어나는 생명체들,

한때는 내 마음

어린것들에 너무 가 있었다,

풋사랑, 풋과일, 풋내기…

사소한 것에도 눈물나고

그냥 지나칠 일에도 부르르 떨던

마음들이, 어린 시절들이 퇴적되어간다

개펄의 아랫도리 사이로

썰물이 지자, 개펄은

묵은 장맛 같은 냄새를 피우며

몸살을 앓고,

철새들도 더 먼 곳으로 가기 위해

서로의 날갯죽지에 고단한 꿈을 비빈다

어리굴젓의 곰삭은 맛이

혀끝을 타고 온몸을 파고든다

나도 이제 푹 삭고 싶다

- 강성철 시 〈간월도〉 (리토피아)

  달을 바라보는 그 날의 풍광이 얼마나 아름다웠으면 여기서 도를 깨쳤을까? 기록의 여부를 제쳐두고라도 이 말은 최고의 칭찬이자 문학적 표현이며 풍수사상가로서 당대 무학 스님에 대한 사람들의 믿음일 것이다.

간척을 위해 둑을 막아서 육지가 된 간월도는 어리굴젓의 산지(産地)로서 뿐만 아니라 풍부한 먹이가 있음으로 하여 철새 도래지로 새롭게 명소가 되었다. 그러나 내면을 살펴보면 간월도는 〈경계지〉의 위치에서 엄청난 시련을 겪고 있다. 안 쪽은 바다가 육지가 되어 벽해(碧海) 옥답(沃畓)의 변화를 이루고 자동차 문화의 속도를 아프게 받아들이며 갯벌은 양방향에서 더는 갈 수 없는 것들이 퇴적되고 숨을 쉬면서 아직도 비릿한 냄새 새 생명이 부활(復活)한다.

시에서 모든 사물은 명상을 하고 화자는 성찰(省察)의 태도를 취한다. 풋것보다 묵은 것이 좋고 나도 푹 삭고 싶다며 썩어서 다시 태어나는 생명체에 깊은 관심을 보이고 모든 걸 내어주고 모든 걸 허락하는 바다의 삶에서 배움을 얻는다.

가시 많은 탱자나무에는
단추처럼 작은 꽃이 듬성듬성 달렸다
달빛은 푸른 어둠을 적시며 흘렀고
바람이 별 하나 끌어내려
우물 위로 슬몃 넣으면
물방울들 작은 음표로 통통통 튀어 오르기도 했다
뚜루루 뚜루루 꽈리를 불던
일곱 살 적의 나, 할아버지 손에 매달린 채
여우 나는 산골의 이야기도 들었다
종고산에 꽃불이 피어오를 쯤

오동도 동백은 요절하는 목숨처럼

붉은 종소리로 서럽게 지고

손가락 같은 나뭇가지 사이에서

동박새는 안부 없이 고향 떠난

그리운 이름들을 하나 둘 불러 주곤 했다.

- 김정희 시 〈여수 연가〉 (문학예술)

감각적 표현이 여러 사물의 관계를 친밀하게 하면서 의미(意味)를 창조하고 활기를 준다. 아름답고 서럽고 아련한 이야기들이 이미지에 스며서 오래 전 일인데도 신선한 느낌으로 지루함이 없다.

'바람이 별 하나 끌어내려/ 우물 위로 슬몃 넣으면/ 물방울들 작은 음표로 통통 튀어 오르기도 했다.'

동심의 세계가 맑고 맑아서 세상을 씻고 바람을 시켜 마음에 드는 별 하나 데려온다. 부조리와 불가능을 모르던 어린 시절의 이 놀라운 상상과 기쁨을 어디서 또 만나랴? 원하는 것은 다 들어 주시던 할아버지와 그리운 이름을 읊조리던 동박새의 안부를 하늘에 물을 것인가? 여수의 먼 풍경 속 섬 마을 탱자나무가 문득 아른거린다.

절집 처마 아래 메주가 마른다

금강경독경 미륵존여래불 염불 소리가 들려온다

염불을 들어야 메주가 잘 뜨거든

곰팡이가 알맞게 피어오르거든

정지에서 나온 보살님이 메주 아래 합장한다

겨울 햇살과 바람과 먼지와 눈 내리는 소리까지
눈 속의 먹이를 구하러 내려온 산짐승 울음까지
몸속에 두루 빨아들여 피워내는 메주 곰팡이
나무아미타불, 자연 발효시킨 부처님이시다

- 손택수 시 〈메주佛〉(현대문학)

메주를 부처님과 같은 반열에 올려놓고 8미리 영화 몇 커트 보여주듯 자연을 나즉이 노래한다. 염불 소리도 들어서 발효시키는 메주, 겨울 햇살과 바람과 먼지와 먹이 구하러 내려온 산짐승 울음소리까지 섞어서 몸 속에 두루, 절집 처마에서 문득 상생의 깨달음이 화엄세계를 꿈꾼다.

농민문학을 비롯하여 여러 지면에서 생태계의 위기를 주제로 수용하는 초기의 단계를 지나 비유, 상징, 아이러니 등 미학적 장치의 적극적 수용과 부지런한 경작을 확인하고 수확을 얻었지만 지면 사정으로 여기서 접는다. 갯벌에 빠진 삶의 소리를 건지러 기차를 타고 떠나야겠다.

시와 패러디

패러디는 그리스말 패로디아(parodia)에서 나온 말로 기존의 시어나 문장 또는 말투, 넓게는 인접 예술의 원형을 모방하되, 그 내용은 뒤바꾸어 쓰는 표현법이다. 고급스런 패러디일수록 문화적 사회적 배경과 지식을 독자에게 요구한다. 그런 저런 까닭에 우리 시단에서 패러디는 말놀음(pun)과 함께 폄하되었다. 그렇더라도 작품을 통해서 사회와 시대의 부조리를 꼬집고 깨닫게 하는 詩정신은 귀하고 반갑기 이를 데 없다.

山寺 처마 위 하늘에서
후두둑 떨어지는 빗방울
누우런 갱지 스케치 노트에
선 채로 스며드는 점 점
동그라미로 가둔 화살표

이것은 비다 비

(1974년 봄이라고 씌어 있었다)

오늘 동그라미 밖으로

사라진 비(悲)의 흔적

그림자도 없이

화살표들 저희끼라 손가락질하며

비비비비 웃고 있다

- 송복순의 詩 〈비 속의 비〉

격조 높은 무도장에서는

음악이 바뀔 때마다

껴안는 몸놀림이 달라지듯이

너는 천차만별이다

내리면서 내려서

만나면서 만나서

껴안으면서 그때 그때

체온과 스텝이 달라지는

너는 바람둥이다

- 이옥희의 詩 〈비의 이미지〉 (농민문학 가을)

비를 소재로 쓴 詩 두 편을 인용한다. 앞에 것은, 비 → 비(悲) → 비비비비(웃음)로의 패러디이고, 뒤는 비의 이미지를 감각으로 형상화한 작품이다.

〈비 속의 비〉에서 비의 변용을 따라가 보자. 山寺 처마에 후두둑 소리를 내며 떨어지는 비는 사물(事物) 그 자체를 말한다. 1974년 봄을 환기시키면서 누우런 갱지 스케치를 노트에 스며드는 점. 동그라미로 가둔 화살표 〈이것은 비다 비〉에서의 비는 2연에서 〈사라진〉이라는 핵심어에 부딪쳐 한 바퀴 회전하고 슬픔(悲)의 의미를 풍기며 말의 영토를 넓힌다.

詩는 말(言語)이 뛰노는 풀밭이라는 것을 증거라도 하듯이 화살표들 저희끼리 비비비비 웃고 있다고 맺고 있다.

비라는 소리(음가)가 같은 말이 〈어디에 있느냐?〉 〈어떻게 있느냐?〉 〈혼자 있을 때〉, 관념(슬픔)으로 순수가 사라지는 덧없음을 내포하면서 여운을 주는 비(悲)와 〈비비비비〉 이렇게 모여서 즐거운 분위기로의 변용은 독자에게 아주 다른 느낌으로 각인되고 심리적 즐거움과 동시에 삶의 양면성에 대한 궁극적 질문을 던지게 된다.

"이것은 파이프가 아니다"의 미셸푸코를 떠올리는 이 작품은 가을 시단의 수확으로 고도의 아이러니를 보여준 작품이라 매김해도 좋겠다.

앞의 작품이 해체의 과정으로 비의 원관념에서 탈출을 시도했다면 뒤의 〈비의 이미지〉는 춤을 추듯 언어의 리듬감을 잘 살려서 우리의 상상을 즐겁게 한다.

천차만별 내리면서 내려서/ 만나면서 만나서 이렇게 조금씩 다른 언사(言辭)를 구사하면서 詩人은 독자의 몸과 마음을 달뜨게 하는 솜씨를 간결하게 보여준다. 그때 그때 체온과 스텝이라는 쉽지 않은 언어의 조합을 통해 격조 높은 무도장의 멋진 사나이를 연출하고는 겸언쩍은지 바람둥이라 맺는다. 창작에 선보인 사람은 얼마든지 관능적이어도 좋다는 말로 독자의 박수를 실어서 평어(評語)에 대신한다.

유사하다는 것과 다르다는 것은 또 어떻게 다르고 거기에 함축된 삶의 詩적 의미는 어디를 가르키는가? 詩라는 넓은 그릇 안에서 유사하고, 추구하는 바 테크닉과 효과는 다를수록 詩의 풀밭은 넉넉하지 않겠는가?

젖은 채 떠나지 못하는
그녀는 꽃이다
1톤의 화장품으로도
칠해 빛을 수 없이
찡하게 저며 오는
흐트러진 몸짓에서
혼자이고 싶은
만족에 흐느낀다
자신 있게 落花하는 비법
미운 여자여
색으로 변하라
눈에만 들면
몸도 물든다

- 심은상의 詩 〈단풍〉 중에서

몇 행 싯귀이지만 그 작품의 정서에 깊이 젖으면 떨림이 평생을 가는 경우가 있다. 연작 풍자 세태시에서 〈세상 돌아가는 꼬락서니를 꼬인 세상 꼬아서 보여준다〉는 詩法으로 독특한 영역을 개척해온 심은상 詩人의 가을 서정이 물씬 배인 작품이다.

이 詩에서 〈젖은 채 떠나지 못하는 그녀는 꽃이다〉, 이 단정적이고 힘찬 話頭를 어떻게 풀어 가는가에 주목할 필요가 있다. 그냥 몸짓이 아니고 흐트러진 몸짓에서 흐트러짐이 주는 상징적 효과와 다음 행 혼자이고 싶은 만족의 거리는 멀고도 감동적이다. 이쁘거나 예쁜 여자여라고 했다면 시적 효과는 반으로 줄었을 텐데 미운 여자여, 이 〈미운〉에 고도의 노림 수가 있음이다. 단풍을 노래하면서 〈붉은〉이라는 색채어를 쓰는 대신에 미운 여자여 색으로 변하라 이렇게 하는 것이 호소력있는 唱法이라고 작품이 말하고 있다.

세 청년은 맛있게 밥을 먹으며
모두다 한 마디씩 한다
엄마의 밥맛이구나 이렇게 맛있는 밥을
어떻게 하는 거지
쌀을 잘 씻어야 하는 거야 물도 적당히 붓고
엄마도 한 마디 한다
그리고 엄마의 사랑도 쏟아 부어야
맛있는 밥맛이 나는 거란다
그날밤 엄마와 코랸의 아들들은
미대륙 하늘 위에 유난히 반짝이는

별들을 바라보며 잠이 들었다
세상이란 어머니가 있어 살맛도 있는 거란다

- 장동섭의 詩 〈엄마의 사랑〉 중에서

　　TV 드라마의 한 장면을 연상하게 하는 詩이다. 한 시간 또는 몇 날 몇 달의 극을 모두 보여줄 수는 없고, 잘라내서 보여주되 상황의 앞뒤를 자연스레 유추할 수 있어야 하고 대화가 함축과 확장을 통해 감동과 공감을 창출해야 작품이랄 수가 있음은 당연한데도 詩作에서 이게 쉽지가 않다. 시극 극시(劇詩)가 문학 장르의 본령임은 다시 말할 필요도 없겠지만 위 詩는 낯선 땅에서 밥과 어머니의 사랑을 코믹(comic)하면서도 가슴 찡하게 보여 주면서 시적 성공을 거두고 있다.

내 안에 소리 모아
너를 불러도
간 곳 없이
네가 없더라
부르는 소리는 되돌아와
문을 잠그고
- 중 략 -
겨울 승냥이를 불러내어
아우- 아우-
함께
울어나 볼까?

- 오 마리아의 詩 〈고독〉 중에서

커피보다 쓴 고독의 맛을 간명하게 드러내면서 가슴 저리도록 아우- 아우- 배경음을 깐다. 겨울 승냥이를 등장시켜 색다른 시적 상승효과와 여운이 쓴 補藥처럼 이롭게 살 속을 판다.

임한철의 〈참사랑〉〈독배〉. 특히 (한 때는 몸과 마음을 바치고/ 조국 앞에서/ 엄숙히 맹세한 일도 있었다)를 가슴에 새기고 또 새기며 짧지만 세상에 대한 탄식을 옷깃 여미고 가슴 아프게 들었다. 어찌타 이 나라가 이 지경이 되었는가? 시대의 강물 소리에 詩人의 귀가 열려 있음을 확인하였다.

문영상의 詩 〈그 친구 내 친구 서양화가〉를 다 읽고 그 발상에 가슴 떨리면서 서양화를 잘 그리는 화백 〈주택은행〉의 붓털이라도 되는가? 거듭 〈나〉를 들여다보고 좋은 작품들 앞에서 펜의 무딤을 탓하며 창문 두들기고 가는 바람의 뒷모습만 좇는다.

삶의 넓이와 시의 깊이

늦도록 추위를 달고 다닌 봄이 작별하면서 꽃잔치가 요란하다. 삼천리 산하에 일제히 화사하게 피는 꽃들 그 입장에서 보면 그만큼 힘겨웠다는 표출일 것이라는 논리를 접는다. 진달래 살구 배꽃 철쭉 빛깔과 향기에 취해서 삶의 고단함을 내려놓고 비틀 비틀 흔들리는 기쁨이 무척이나 크다. 화백문학에서는 하와이문인협회 특집을 실었다. 삶의 넓이와 내면적 깊이가 느껴지는 작품들이어서 좋았다.

비엔나의 선물 가게에서 20유로를 주고 산
구스타프 크림트의 입맞춤(The Kiss)이 그려진 스카프
곱게 접어 목에 두르자
사르르 감기는 실크의 감촉이 뱀의 살갗에 닿은 듯
목덜미가 참 야릇해진다

난 지금 스카프에 숨겨진 한 건장한 남자의 목을 안고

그는 내 볼에 키스를 하고 있다

옛 시간이 명멸하는 유럽의 어느 낯선 거리

적요(寂寥) 속에서 느끼는 고독

폭죽이 터지듯 검은 커튼을 두른 밤하늘엔 별빛이 부서져 내린다

별빛의 세례를 받으며

내 황금빛 사랑의 순수를 거르는 담금질은 끝나고

감전된 시간에서 풀려나 다시 스카프를 펼쳐본다

그 남자도 그 여자도 쓸쓸하다

꽃도 별도 쓸쓸하다

나도 이렇게 슬프도록 꽃이 만발한

언덕에서

무릎을 꿇고 앉아 간절히 누굴 기다린 적이 있었던가

고독의 근원을 다 알 것 같은

그에게 나의 고뇌를 맡기고 싶은

그런 간절함이 꽃잎 져 흩어지는 밤

나는 다시 스카프를 곱게 접어

목에 두른다

- 손희숙 시 〈키스를 하다 〉 (화백문학)

  몇 볼트의 감전(感電)인가? 스카프에서 달콤한 촉감에 취하고 깨어나 사색에 잠긴다. 고독의 근원을 알고 나의 고뇌를 맡기고 싶은 그, 그런 사람이 있었던가? 슬프도록 꽃이 만발한 언덕에서 그를 기다리는 기분에 몰입해본다. 그러나 곧 반전 스카프를 풀어 보니 그 남자도 그 여자도 꽃도 별도 쓸쓸하다. 애절한 사랑이 꽃

잎 져 흩어지는 밤 화자는 다시 스카프를 곱게 접어 목에 두른다. 한 편의 시에서 영화를 보는 느낌이 오고 삶의 본질과 감동도 여기서 멀지 아니할 것이다.

아파트 뒤 하늘을 덮어
어머니 품처럼 따스하게 하는
두 그루 정원수
아침이면 이야기하자고
손짓하고 머리를 살레살레 흔든다
때론 아침 인사도 하는 네가
들을 수 없어 모르는 체 하여도
하루도 쉬지 않고 다정하게 속삭여 주고 있다
윙윙 소리를 내기도 하고
온 몸을 흔들면서 노래하고
멍청아, 소리치며 놀리는 것 같지만
알아듣지 못해 애만 태운다
나무들이 하는 말, 들을 수 있었으면
정원수는 알아들었는지 고개를 끄덕인다

- 김덕조 시 〈아침 인사〉 (화백문학)

두 그루 나무에 대한 시선과 정감이 각별하다. 어머니의 품처럼 따스한 나무들 그렇게 느끼는 것은 사람이다. 아니 사람만이 아니다. 나무도 그럴 수가 있겠다. 시는 여기서 탄생하여 세상 먼 길 돌아 독자에게로 간다. 온몸 흔들면서 노래하는 나무들 친구도 되고 꾸짖기도 하고 자식도 된다. 나무의 말과 깨달음을 사람들이

모르고 사는 때가 허다하다. 서정적 스케치와 인식이 유기적으로
잘 어울려 형상화를 이루고 독자에게 공감을 주며 시의 완성도가
매우 높다.

그 집 앞을 지나면 앞마당에 나온 다듬잇돌이 보인다.

내 어머니가 머리에 이고 산을 넘던 무게다

발밑으로 뒹군 코코넛 열매를 힘껏 찼다.

한 편에 세워진 낚싯줄이 거기에 부끄럽게 서 있다

그 미끼로 끌어올린 고기가 낚시에 매달린 것을 본다.

그 집의 부재를 낙서가 말한다.

하트를 그려놓고

남자의 커다란 그것이 그려져 있는데

그 밑에 댓글을 달아 놓았다, "Love"

비틀거리는 사람이 가만히 와서 오줌을 갈기고 가든지

달빛이 그 집 부재를 알고 망고 나무를 흔들었을

덜 익은 망고가 툭 떨어지는 소리가 난다

누구를 위한 낙하인지 물어 보지 못했다

작은 틈사이로 방안 풍경이 보인다.

어제 저녁에도 이불 속에서 킥킥 거리고

그들은 환희를 누렸을 것,

그래도 아침이면 쏜살같이 빠져나갈 일상이

쉬어가기도 하는 집

부재는 즐겁다, 지나는 객도 들어와 맘껏

갈겨 놓은 사랑싸움 같은 것

존재를 알리려고 소리 지르기도 하지만 듣는 이는 부재다

비로소 비움의 유익을 알기까지는 죽어봐야 알 수 있는 것

하루의 삶들이 부재로 올 때는
우리들의 시간들이 안식을 찾아가는 길

- 김사빈 시 〈부재〉 (화백문학)

하와이 어디쯤으로 상상되는 사진 아니 동영상이 전개되는데 우리네 전통적 정서와는 아주 먼 풍경이다. 묘사는 사실적이고 흥미를 주는데 비판적 시선이 날카롭다. 제목 '부재' 가 함축하고 있는 숙성된 영양과 맛이 이국적 풍취도 낯설지 않게 한다. 그렇다 부재라는 존재, 부재(不在) 과연 그렇다. 시를 거듭해서 읽게 하고 고개를 끄덕이게 하는 힘, 한마디로 한국의 많은 현대시에서 결핍된 것으로 진단되는 삶의 풍경과 철학의 융합, 그 미학을 이 시는 지녔다.

눈 시리게 청명하던 그날
내가 그대 곁에 서 있었다
그리고 문제는 시간이 둘 사이를 파고들어
청보리밭에서 처음 만난 수줍은 남녀처럼
가슴이 설랬다는 것이다
여전히 그대는 내 곁에 있었고
무슨 말이든지 해야 하는 내 머리 속은
부서져 내리는 하얀 재처럼 설레임과 흥분으로
무슨 말인지 전혀 기억하지 못한다는 것이다
너무도 빨리 가는 시간 속으로
나는 온 몸이 무너져 내려
세상이 아득하고 바람에 제멋대로 머리가 흩날려도

그대에게서는 무언가 향기로운 냄새가 났으며
그때 나는 시간이 간다는 사실도 모르고 있었다
작별 인사를 하고 돌아오면서
여름 언저리에서 보았던 솜다리가
자꾸 그대와 겹쳤다.

- 박재학 시 〈눈 시리게 청명하던 그날〉 (화백문학)

제목 '눈 시리게 청명하던 그날' 은 그 자체만으로도 울림을 준다. 맑음은 시행과 상상 속을 가볍게 흘러서 설레임을 준다. 흥분으로 무슨 말인지 전혀 기억하지 못하는 상태 시간이 얼마나 흘렀던가? 그대는 여전히 내 곁에 있었다는 독백이 더 없이 부럽다. 바람에 머리가 흩날리고 아득히 멀어지는 세상, 그대에게서는 향기로운 냄새가 나고 작별 따위는 문제도 되지 않는다. 여름 언저리에서 보았던 솜다리, 끝내 누군지 굳이 밝힐 필요가 없는 여백 속의 그대는 아름답기만 하다. 그날과 그대 그리고 독자는 맑음 속으로 영원히 동행하고 있다.

슬그머니 방문한 때 이른 겨울에/ 유감은 없습니다/
굳어지는 군살처럼/ 해마다 무디어가는/ 감정 또는 욕망//
슬픔이 더 이상 나를 /
빗금 칠 수 없다는 것을 알고 있습니다 //

창문이 흔들린다면/ 그건 바람 때문이고/ 그가 오지 않는다면/
한 순간 폭설로 길이 지워졌음을/ 그저 어둑한 날처럼 기다리다/

먼지 낀 서랍을 들추게 하는/ 겨울을 원망하지 않습니다//

서어나무 숲 구부정한 허리가/ 더 구부러져 바람에 흩날리는 것은/
숲이 아름답기 때문이라고/ 그냥 담담하게 받아들일 뿐/ 내게 더 이상/
아픔을 주지 못하는/ 겨울에 유감은 없습니다.

- 정유준 시 〈겨울편지 1-겨울 유감〉 (문학사계)

편지라는 형식을 빌려 세상에게 말을 하고자 한다. 연작시 형태의 첫 편이다. 사계절 중에서 '겨울 편지' 이고 유감이라는 부제를 달았다. 겨울 이미지 폭설과 창문에 주목하여 내면을 읽어간다. 핵심은 '원망도 유감도 없다' 가벼운 독백으로 시작한다. 무슨 대단한 것이 있다고 말하는 것보다 소박하고, 우물과도 같이 맑음과 명상을 주고 문학성이 깊다.

마음이 있어도 실제 편지를 쓰는 일은 그보다 훨씬 적다. 물질과 여러 어려움에 매여서 살다보면 자연과 계절이 주는 편지를 뜯어보지도 못하고 답장은 아예 생각도 못하고 흘려보내게 된다. 그런데도 화자는 나무의 구부정한 허리를 바라보면서 숲이 아름답다고 어쩌면 오지 않는 누구의 편지를 기다리고 있는 모습이다. 얼마를 기다려서 겨울에게 쓰는 편지일까? 인생은 기다림 아니냐고 말을 대신하여 감각을 드러내고 설렘도 눈을 뜬다. 없다고 하는 데 있을 것 같은 기대와 예감이 좋은 연작 시편이다.

골짜기 눈이 녹았다
눈 위에 토끼 발자국도 지워졌다

생강나무꽃이 노란

병아리부리 속을 내보인다

곤줄바기새가 구면인 듯

코앞에서 아는 체 깝죽거린다

싸늘한 안개 속에

책갈피에 넣고 싶은 복수초꽃이

갈잎 속에서 피었다

계절은 회전문처럼 돌아서

목련꽃도 치마끈 풀고 하얀 속을 내 보이리라

아기는 웃기지 않아도 예쁘게 웃고

일부러 뿌리지 않은 씨앗도

꽃이 절로 핀단다

나는 지금

봄을 꽃을 처음 보는 어린이다

이 동산에 내 부르는 노래

구름으로 떠돌다 단비 되어 오너라.

- 엄한정 시 〈내 노래 단비가 되어〉 (농민문학)

눈 녹은 골짜기에 복수초 꽃이 이름과 반대로 예쁘게 핀다. 생강나무 꽃잎은 노란 병아리 부리가 되고 속에서 향내를 뿜는다. 그뿐인가? 곤줄배기새가 코앞에서 아는 채 깝죽거리며 재롱부리 듯 하고 노래도 들려준다. 목련은 치마 끈을 푸는 하얀 속살의 어느 여인, 시 행 마다 봄이 가득 황홀하다.

아기는 웃지 않아도 예쁘다. 맞는 말인데 더욱 신선하게 읽힌다. 예쁜 웃음이 그 만큼 귀하고 소중하기 때문일 터이다. 시계는 한창 봄 속에 멈추어 있고, 화자와 독자는 누구나 봄꽃을 처음 보는 어린이가 되어 노래를 부르고 즐거움을 누린다. 그리고 소망한다. 봄을 예찬하는 이 노래가 구름으로 떠돌다 비가 되어 다시 오게 해 달라고, 그 간절함이 하늘에 닿아서 달콤하게 내리고 기쁜 일이 또 이어지지 않겠는가. 무릉도원 별유천지가 따로 있나 몇 줄 시 속에 봄의 낙원이 있음이다. 느 낌과 인식을 공유하는 기쁨, 감동과 그 여진(餘震)이 오래 남음이다.

시와 경영, 스티브 잡스

은행잎이 바람에 날려 머리 위에 얹히는 서울 한복판, 단풍 소나기가 발길을 멈추게 한다. 국화(甘菊) 내음이 그윽하게 풍기는 저녁 시를 만나기 위해 책방에 갔다. 이름과 빛깔로 유혹을 보낸다. 새로운 것 수줍은 것에 눈길을 주고 그대로 서서 선택을 위해 한참을 읽고 되돌아 다시 읽기를 반복한다. 시집과 문학지 그리고 시들이 풍요를 이뤘다. '과잉과 결핍 그리고 고요' 라고 제목을 썼다가 지운다.

세상을 떠나면서 인류의 가슴에 별이 된 '창의성과 상상력의 천재' '혁신과 창조경영의 아이콘' 스티브 잡스의 어록을 되새김 하면서 그의 십계명과 시론 같은 주장에 주목한다.

잡스의 죽음은 필자에게도 큰 충격이었다. 조선일보 경제면의 머릿글은 '세상을 바꾼 남자' 새로운 세상을 만들고 떠나다. 그가 남긴 '말말말' 을 따라가본다. "단순함은 복잡함보다 더 어렵다. 생각을 명확하게 하고 단순하게 만들려면 열심히 노력해야 한다. 생각을 단순하게 만들 수 있는 단계에 도달하면 산도 움직일 수 있다."

- 1998 〈비즈니스위크〉

'컴퓨터 세계의 시인' 으로 불렸던 스티브잡스 '좋은 시' 의 기준은 상투성을 거부하는 것이다. 그는 IT기술에 스토리텔링 기법을 융합하여 기존의 틀을 깨는 상상력 혁명에 성공했다. 그는 완벽주의자에 가까울 만큼 엄격했으며 무엇보다 소비자를 탓하지 않았고 전문성이 없는 소비자 누구도 사용에 불편함이 없도록 배려해야 한다고 생각했다. 시인이 독자의 무지(無知)를 초월하여 공감을 얻을 수 있는 구조와 소통의 표현을 가져야 한다는 시론이다. 그 해법은 무엇일까? 수없이 부수고 새로 짓고 남과 다르게 상상하라. 직관(直觀), 더하기보다 빼기(單純化), 독자에 대한 세심한 배려

– 어렵지 않게, 문자의 공간 배치, 함축과 여백의 조화(調和)일 것이다.

진보나 보수보다 사랑을 신뢰한 나는
난바다를 주름잡는 등푸른 어류였다
잘 벼린 작살에 꽂혀 옴짝달싹 못하던 날

불쑥 꽃을 내밀던 그 녀석, 등 돌렸다

깡통을 따는 순간 내 가난이 쏟아지자
단번에 영양가 없다, 걷어차며 투덜투덜

찌그러진 옆구리가 속수무책 욱신거려
잔별 다 이울도록 울었던가, 웃었던가?
뚜껑이 열린 것들은 내면부터 녹이 슬지,

한 토막 환상통이 멀미하는 늦저녁에
비릿한 애증처럼 들끓는 김치 찌개
쓰린 속 풀어지려나? 눈물 콧물 얼큰하다

- 박해성 시 〈참치 통조림〉 (화백문학)

　화자는 젊은 날 등 푸른 생선이었는데 가난을 이유로 발에 차인 실연의 아픔을 고백한다. 누구에게나 있을 법한 상처다. 상처가 잘 아물면 복이 된다는 말 여기서도 그대로 통한다. 냄새가 나고 그 아픔을 잘 견뎌낸 사람만이 곧 선택 받은 참치로서 등가(等價)를 이루고, 김치찌개의 재료로 쓰린 속을 풀어낼 수가 있다는 철리(哲理)를 얻는다.

　한국인이 좋아하는 김치찌개에 참치 맛이 보태서 부글부글 침이 넘어간다. 세상에는 속절없이 뚜껑 열린 사람이 많다고 듣는데 걱정스럽기도 하다. 시에서 진보와 보수는 얼굴만 보이고 잘도 사라졌다. 그러나 소시민의 일상 속 생선 비늘과 가시, 눈물을 보았고 그 상처에서 내뿜는 향기도 맡았다. 시의 맛 또한 얼큰하며 일품이다.

비 그친
골목 길에
햇살이 쏟아진다

활짝 열린
유리창마다
얼비치는 뽀얀 민낯

봄바람
간지럽다고

까르르
웃기도 하며

- 임채성 시 〈하굣길〉 (화백문학)

비 그친 봄날 골목길의 풍광과 동심, 그것만으로 한편의 시(詩)가 되었다. 잡다한 일이나 고통 고민 갈등 같은 관념을 배제하고 봄바람과 햇볕이 잘도 어울리고 있다. 이 시가 노리는 것은 순수(純粹) 그 자체이며 이미지 상호간의 화목(和睦)이다. 그저 물끄러미 바라보고 있으면 웃음소리 까르르 맑게 들리고 겸허한 마음에 흘러 영혼을 울린다.

납작납작
둥글고 예쁘게 썰어진 것은
격의隔意 있는 손님에게나

소풍 갈 때 가져가고
꽁다리는
이물任意 없는 사람끼리 나눠 먹지

제 각기各其 빠져나온 고물들
생김새는 지질이 못났어도
먹어 본 사람만 알지
김밥은 꽁다리가 진국이란 걸

동생들, 자식들
반듯반듯 공부시켜, 출세시켜
세상으로 내보내고
할아버지 할머니, 아버지 어머니
줄줄이 모시다가 천국 보내고
죽어라 땅만 파며 사는 사람들

김밥 꽁다리 같은
우리 농촌 사람들

- 김풍배 시 〈김밥 꽁다리〉 (화백문학)

시의 전반부는 '뚝배기 보다는 장맛' 이라고 생김새는 못났어도 먹어본 사람만이 아는 김밥 꽁다리 그 맛을 예찬하고 있다. 이런 사실적 묘사만으로는 시가 되지 않았을 것이다. 후반부 김밥 꽁다리 진국 같은 삶을 살아온 우리 농촌 사람들에게 연민의 정을 느끼며 실제 똑같지 아니하냐고 넌지시 설득을 시도한다. 이런 자연

스런 태도야 말로 무기교(無技巧)의 시적 기교가 효력을 갖게 되
는 셈이다.

　노인들이 고향을 지키는 소외 되는 농어촌의 삶에 대한 안타까
움과 문제의식을 내포하면서 그 해법 이랄 수 있는 따뜻한 시선을
통해 공감과 여운, 김밥 꽁다리 그 맛, 작품으로서 형상화에 가볍
게 성공하고 있다.

　　사무라치게 봄 빛이
　　아름다운 날.

　　국수나무는 그렇게
　　수줍어 발그레한 얼굴을 내밀었다

　　그리움에 설레이는 가슴
　　한 아름 껴안고
　　살포시 귀대어 본다.

　　뽀드닥 뽀드닥
　　국수나무 얼굴 내미는 소리…

　　그리움에 지친
　　햇살 가득한 봄날.

- 이석분 시 〈국수나무〉 (화백문학)

　시의 중심 소재인 국수나무는 작살나무와 함께 남쪽 바다 섬에

서부터 우리나라 산 어디서나 쉽게 만날 수 있는 친근한 나무이다. 가느다란 가지를 늘어 뜨리면서 성장하는데 여름이면 하얀 꽃을 피우고, 국수와 잔칫집을 연상하게 한다.

화자는 햇살 가득한 봄빛에 취하고 국수나무에 푹 빠진 채 다른 사람이 듣지 못하는 '나무 얼굴 내미는 소리'를 듣겠다고 달뜬 상태이다. 살포시 귀를 대고 뽀드닥 뽀드닥 즐거운 상상이라도 하는가? 그것은 아무래도 좋다. 수줍음이 있고 지치기는 했지만 그래도 사무치게 간절한 소망을 빼앗기지 않아서 참으로 다행이지 않은가.

소망이 무엇인지를 문자나 입으로 직접 표현했다면 시의 격조가 낮아지거나 형편없이 망가졌을 것이다.

진술과 발언을 유보한 채 여운을 주고 차분하게 마무리한다. 고조된 분위기 어디 쯤에서 독자의 상상에 맡기는 자신감, 언어에 대한 믿음과 여유로움이 느껴진다. 창작의 고수(高手)다운 솜씨라 할 것이다.

보리가 누렇게 익어가면
울돌목에는 거친 파랑이 일고 파랑 따라
3,000 마리의 숭어떼가 푸른 힘살 가르며 날뛰어요
속빈 나긋나긋한 신우대로 탁치면 자지러져요
5월의 울돌목 보리 숭어를 씹어보았나요
쫄깃쫄깃하고 달콤해요
그러나 고추장이 없으면 무슨 소용이겠어요
그대는 3,000개의 세포로 3,000개의

울돌목은 이순신 장군이 12척의 배로 133척의 일본 대군에 맞서 승리한 명량해전의 장엄한 파도소리를 기억하는 명소(名所) 중에 명소이다. 시의 전개는 역사적 배경은 애써 배제한 채 보리 숭어의 쫄깃쫄깃한 그 맛에 집중한다. 파랑이 거친 곳에서 잡히는 고기일수록 육질이 좋고, 보리가 누렇게 황금빛으로 익어가는 5월 그때 잡히는 숭어 맛이 기가 막힌다고 그 표현과 그 언사(言辭)가 달콤하고 매력적이다.

5월 보리 숭어를 무엇으로 잡을까? 보통의 생각과 달리 나긋나긋한 속빈 신우대를 도구로 쓰다니 뜻밖에 그러나 가볍고 빠르게 내려치는 병법(兵法)에서 말하는 기습이다. 자지러지는 것이 숭어 말고 무엇이겠는가? 자지러지겠네. 그렇다 울돌목 현지 명량해전의 대승을 상상하면서 맛보는 5월 보리 숭어에 초고추장이라 회를 떠도 좋고 보릿집 태우는 불에 천천히 살짝 익힌다던가? 시의 육질 또한 달콤 쫄깃쫄깃 특이하게 구미를 당긴다.

바다가 그리워 산을 오르고
산이 그리워 바다로 가는 길
그리움과 그리움 사이를

끊어질 듯 끊어질 듯 이어간다
시작이 없고
끝은 더욱 없는 그 길에는
숭숭 돌담을 빠져나온 바람만
저만큼 앞서간다.

바다 건너온 바람이
산 넘어온 빛깔이
안개로 엉키어 덮는다
길은 가는 게 아니라
걷고 또 걸어도 돌아오는 것
그리움마저 내려놓으면
누군가 만날 수 있을까
아무도 길을 묻지 않는다

- 이만근 시 〈제주 둘레길〉 (문학과 창작)

제주 둘레길에 대한 묘사가 자연스럽고 행간마다 철학이 묻어난다. '바다와 산' '가는 것과 오는 것' '빛깔과 안개' 만나기도 하고 엉키기도 하겠지. 살면서 대립인들 왜 없겠는가? 시작이 없고 끝은 더욱 없는 제주 둘레길, 올래길이면 또 어떻겠는가. 우리네 삶도 그렇게 자연스럽게 잘 어울렸으면 좋겠다 제주도 둘레길 누구랑 언제 가도 참 좋겠다.

현상에 대한 관찰과 삶의 성찰이 연과 행간 속에서 잘 어울리며, 이미지들이 개체로서 넓이와 깊이를 가지고 형상화에 기여한다. 완성도가 매우 높은 작품이다 .

어느 마을인가 시에 간 맞추는 시인이 살아//

시간은 시의 간을 맞추는 일에서 왔기에

생生것인 시가 익어 맛 들어 간이 딱 맞을 그때//

코 대어 냄새 맡고 손가락으로 찍어 맛보며

그놈 잘 익었다, 그놈 참 맛있다는 그때//

시인이 시를 지고 저잣거리로 팔러 나가는

그 시 사려고 사람이 줄을 서는 시간이 있었다

그런 날이면 마을의 밥상마다 잘 익은 시가 올라

시에 밥 비벼 먹는 배부른 저녁이 있었다.

- 정일근 시 〈시, 간〉 (시인 세계)

우리말 시 더하기 간 그래서 이룰 수 있는 여러 면면을 촘촘히 살펴보면서 새로운 착상을 얻는다. 그냥 붙여서 놓으면 시간(時間)인데 떼어놓고 시는 시로 간은 '짜다 싱겁다 알맞은지 간을 보다.' 시에 간을 맞추는 사람이 시인이라고 이렇게 웃음이 담긴 패러디가 탄생한다.

시인이 간을 맞춰 놓으면 그 시를 사려고 사람이 줄을 서는 마을 그런 시간이 있었다고, 그런 날이면 시에 밥을 비며 먹는 그 맛과 기분이라니, 이야말로 시인의 행복한 저녁입니다. 이렇듯 사물을 촘촘히 지켜보는데서 얻어지는 생각은 남 다른 상상(想像)과 깨우침을 낳고, 시의 수용자인 여러 층위의 독자에게 어렵지 않게 놀라움과 기쁨을 선물합니다.

컴퓨터의 시인이라 불렸던 스티브 잡스의 실험정신과 완벽을 추구하는 경영철학에 동지(同志)적 공감과 존경을 보내며 초겨울

시의 우물을 마시고 별난 세계로

런던 올림픽 축구 동메달, 한일전 승리의 여진(餘震)이 삶에 활력을 준다. 금메달이 아니어도 좋다. 폭염을 씻어주는 장면들 통쾌한 골, 골! 어디 그런 시 없을까? 가뭄으로 한강에 녹조현상이 심하여 먹는 물에 비상이 걸렸다. 물의 양보다도 '좋은 물' 그 품질을 논할 때다. 장마를 동반하는 태풍을 기다리는 절박한 심정이다. 작고 하찮은 일상의 여러 지층을 통과한 시원한 물 맛! 지하수 그 것 참 좋은데 말이야 필력(筆力)이 과연 감당할 수 있을까? 시의 우물을 마시고 별난 세계로의 여행을 떠난다.

마알간 한 컵 물의 나라에
한 스푼의 커피가 침투합니다.
까매집니다.
바닥조차 보이잖게 캄캄합니다.

모든 걸 철저히
제 색깔로 틀어쥐고 맙니다.
권력도 이런 권력이 없습니다.
녹차나 꽃차라면 이렇게까진 못합니다.
대단한 커피.
빌딩에서, 거리에서
우리들 일상에서, 언제

어떤 세계라도
완전 장악해버리는
그 속, 커피 알갱이
1~2%밖에 더 되겠습니까?
그게 조용히
99%의 세상을 점령해 버렸습니다.
석불도 미혹될 강한 향기에 홀려
언제나 취해 있는 우리.
1:99란 피켓을 들고서도
그것마저 같이 마실 수밖에 없는

- 박공수 시 〈커피를 타며〉 (화백문학)

커피 한잔에서 '권력'에 이르는 낮은 어조의 차분한 말과 선명한 논리, 그 설득력이 놀랍다. "모든 걸 철저히 제 색깔로 틀어쥐고 맙니다. 권력도 이런 권력이 없습니다. 녹차나 꽃차라면 이렇게까진 못합니다" 과연 그렇다. 고개를 끄덕이게 하는 생각의 힘이 형상화(形象化)를 이끌고 있다. 커피 예찬이라 한들 이만 하면

수많은 애호가와 독자의 가슴을 울리고 그 여운이 오래 남을 것이다.

박공수의 여러 시편에서 작은 진실이 움직여 세상을 맑히고 싱그럽게 하는 그 원리를 시 속에서 잘 보여주고 있다. 예쁜 얼굴보다도 어딘가 아쉬움이 남는 뒷모습을 끝까지 좇아서 시를 만난다. 패러디와 아이러니를 내면에 깔고 있으며 묘사가 꼼꼼하다(精密性)는 특성을 가진다. 비판과 일깨움은 가벼운 듯 그러나 깊어서 시의 미학을 이루고 읽을수록 샘물의 맛을 느낀다.

아침안개는 바다를 열고 햇볕은 바다를 가른다.
하늘엔 울음인가 웃음인가 이름 모를 새떼들에 향연?

행복한가, 불행한가 묻기도 전에 바람이 끄는 길 따라?
한줄기 그리움 감고 날아간다.

해가 오르면
바다는 소리를 바꾸고 바람은 파도를 깨워?
억만년 시간이 모래사장에서 미끄럼 타네.

하늘이 내려와 물과 맞닿은 곳?
그곳엔 내 어머니의 그리움이 숨 쉰다

바다가 깊은 만큼 그리움도 깊으려니
소매를 당기는 바람의 손?

풍요롭게 넘실대며 춤추네?

고깃배 몇 척 황금빛 해를 건지며 먼 바다로 향하는데?
바람이 나를 품고 뒤 따라가네
- 이언주 시 〈바다야, 너도 그리움을 아니〉 (화백문학)

어느 바닷가 싱그러운 풍경이다. 국경과 주인은 알바 없고 누구나 주인공이 되어 영화의 장면에 흠뻑 빠져든 기분이다. 풍경과 화자의 감정이 잘 어울려 어딘지 달려가고픈 마음이 솟는다. 일상에 지친 시민들에게 여행의 설레임을 일으키는 그 동력은 가벼운 붓놀림을 통하여 감정의 채색이 부드럽고 자연에 가깝다는데서 그 미덕(美德)을 찾는다. 쉽게 읽혀지지만 쉽게 씌여진 시는 결코 아니다. 바람의 손길을 느끼는 것은 감각이다. 잘 만났다. 몰라보거나 혹은 바람이 나를 품어주지 않는다면 얼마나 허전하겠으며 이 또한 비극이지 않겠는가?

억만년의 시간 바다는 소리를 바꾸고 바람은 파도를 깨운다. 이 얼마나 황홀한 서정(抒情)이며 철학(哲學)인가? 고깃배 몇 척, 풍요롭고 신나는 기분- 도시와 사람은 실망과 아픔을 주어도 자연은 여전히 위대하고 아름다움을 준다는 해설이 없어서, 애착을 버린 그 '없음' 덕택에 이 시는 여운과 시맛(詩味)이 제대로 살아 있다.

잃은 것은 무엇이며 얻은 것은 무엇인지

그대 노을에 앉았을 때
그대를 그대라 부른 자는 밤을 준비했었지
치렁한 머릿결에
숨듯 매달리다가
벼랑처럼 떨어져 내렸지

노을빛에 녹아든 노을이었을
그대를 노을이라 부르지 못한 자는
야차의 수렁에 갇히었고
고운 눈에 물기 어렸을 때
미처 죽지 못한 나는 송장이었던 게지

끝내는 그대가
그대의 향기를 풀어놓지 않았기에
밤을 길어
한두 잎 꽃이 피는 나무를 심었겠지

그것이 눈길을 걸어온 수선화였는지
아 — 나는 몰라.

- 김우현 시 〈노을 심기〉 (화백문학)

'눈길을 걸어온 수선화' 사람인지 무엇인지 흘러가는 저 구름에게 물어도 대답이 없고 행간에 녹아든 그 발상과 심상이 멀고도 깊었다. 그게 좀 어렵기는 해도 수학문제 풀다가, 풀다가 문득 실마리를 잡고 풀어나길 때의 기쁨을 필자는 노을 가운데 감동을 온

몸으로 받는다.

시에서 이야기하고 헤어지는 여러 광경을 잘라서 보여준다. 노을에 앉았을 때 누군가 그대라고 불러 줄 사람을 가졌는가? 치렁한 머릿결에 숨든 매달리다가 벼랑처럼 처럼 떨어진 그 누구, 그대라고 불러보지 못한 사람은 또 어떻고, 밤을 길어서 한두 잎 꽃이 피는 나무를 심는다. 모두가 노을 속에 이루어지는 일이다. 멀리 않은 거리와 시간 속에 저승도 보이고 그러나 슬프지가 않다. 감미로운 대화체, 아− 나는 몰라. 사람과 꽃에게 죽음이 곧 끝이 아니라는 것을 믿기로 한다. 제목 〈노을 심기〉는 탁월한 발상이다. 시를 통하여 위안과 감동을 받았음이다. 감상은 독자의 고유 영역이다.

거짓말이라곤 아예 할 줄 모르는
진실한 씨앗에게 밑거름이 되어주고자
제 한 몸 시커멓게 썩어
너 좋고 나 좋은 자리이타의 몸으로
거듭 태어난 퇴비
얼룩진 가슴 벗어던지고
거짓말 할 줄 모르는 흙에게 뿌려주다
속옷에 얼룩이 좀 옮겨 묻었기로서니
일이 끝나고 훌훌 벗어 빨면
원래대로 도로 새하얘지는데
마음의 얼룩 어찌 빨아야 하얘지나
목화송이처럼 아주 포근하게 빨고 싶은데

오욕 칠정 탐 진 치 삼독으로

시커멓게 얼룩진 마음

벗을 수도 없고

끄집어낼 수도 없고

그렇다고 섣불리

깊은 물에 뛰어들 수도 없고

어찌 빨아야 좋을지 몰라

날이면 날마다 맹물만 마셔본다.

- 박영춘 시 〈마음결에 묻은 얼룩〉 (화백문학)

퇴비가 묻어서 옷에 생긴 얼룩과 마음에 지워지지 아니하는 깊은 얼룩, 그 같음과 다름을 통찰하여 형상화 한다. 사물의 틈새를 들여다보면 뜻밖에 여러 장면이 보이고 낭만과 애처로움과 재미가 솔솔하다. 시의 끝부분 깊은 물에 뛰어들 수도 없고 어찌 빨아야 좋을지 몰라서 난감해서 맹물만 마시는 목마름과 내면의 흔들림, 흔들린다는 독백이 진솔하다. 살면서 문득 깨우치는 이것을 옛말에 철이 든다고 했던가? 삶의 경륜과 흙 내음 묻어나는 좋은 작품이다

니뭇가지에서

졸고 있는 햇살 틈으로

봄이 스며듭니다

반가운 마음에

친구에게 문자를 보내니

지하철 6번 출구에서 기다리라고 합니다

안개꽃에 쌓인
후리지아 한 다발을 전해 주며
"나도 봄을 찾았어"하고
사람 좋은 웃음 웃습니다

 ―늘 그는 그랬습니다-

작은 기쁨도 큰 기쁨으로
눈물이 나는 슬픈 날은
어이없는 웃음으로 잡아 주었습니다

지금은
내가 그를 잡아 줄 때입니다
조금 있다 문자를 보내
지하철 6번 출구에서 만나
사랑한다는 말을 꼭 해야겠습니다
나에게 그가 했던 것처럼

- 송정숙 시 〈그는 늘 그랬습니다〉 (화백문학)

봄 나뭇가지에 햇살이 졸고 친구를 만나러 간다. 서로에게 고마워하며 잘 살고 잇는 행복한 모습 시속에 우정이 녹아서 그대로 노래가 된다. 눈물이 나는 슬픈 날 어이없는 웃음으로 잡아주는 친구, 그렇게 힘을 얻어서 일상에 돌아가 웃음을 되찾고 밝은 세상 맑은 하늘 푸른 들이 희망을 품는다. 미쳐서 짐승이 될 것만 같은 폭염 속 필자의 도시 서울에는 청계천과 한강이 있어서 좋다- 화자는 어디에 살고 있는지? 지금 지하철을 타고 친구를 만나러 즐겁게 간다.

어느 역 6번 출구-기쁘고 슬프고 흔들리며 사는 삶. 그렇다. 독자여 친구 한 사람 꼭 가지시고 '사랑한다는 말 자주 하고 오래도록 우정을 키우시라' 맑은 소리 밝은 말은 멀리 간다. 널리 보내야 한다.

한 쌍의 젊은 연인이 김밥을 먹네
헝클어진 머리통을 맞대고 후르르 우르
풀피리를 불듯 맑은 국물을 뜨네
주방아줌마 구함 벽보에서 한 걸음 물러나
정수기에 놓인 맨 구석에 앉아 늦은 점심을 먹네
푸한 김밥 두어 줄 앞에 놓고 소꿉을 살듯
여자가 콧물을 훌쩍이자 그 앞으로 쥐고 있던 냅킨 두어 장 내미는
남자의 부르튼 손이 여자의 붉어진 얼굴이
가만 가만 허기를 달래네
때마침 식당 앞 정류장에 당도한 파주행 시외버스
연인은 김밥처럼 동그란 눈으로 젓가락질을 멈추네
12월의 매서운 바람이 잠복 주인 바깥
버스 뒤뚱한 꽁무니를 넋없이 훔쳐보다 이내 버스가 떠나자
그제서야 혓바닥에 올려둔 김과 밥의 부스러기를 내어 재차 오물거리네
흰머리가 희끗 희끗한주인은 싸다 만 김밥 옆에서 설핏 풋잠에 들고
옆구리가 미어지도록

　　　　　　　　　　- 박소란 시 〈김밥천국〉 (시인수첩)

　　추운 날 김밥집의 밥 먹는 모습을 섬세하게 묘사하고 있다. 묘사만 가지고는 시가 되기 어렵다. 사람에 대한 연민의 눈길이 날카롭고도 따사로움이 묻어있다. 김밥 천국, 집안 구석 구석, 연인들의 표정과 손놀림을 놓치지 않는다. 창밖 파주행 시외버스 꽁무니 서민들의 소박한 삶을 만나 시를 건져올린다. 가만 가만 허기를 달래고 마음을 써주는 춥지만 외롭지 않은 이것은 설정이 아니라 자연스럽다.

　　김밥집 체인 이름인 맞을까? 〈김밥천국〉이 그대로 시 제목이 되고 사랑과 애환이 비치는 여기가 천국 아니냐고 묻고 있는 듯 애틋한 마음은 이미 시를 빚었다. 독자는 그저 따라 읽다가 보면 이런 시도 있구나 고개를 끄덕이고 괜찮은데 하고 친근감을 가진다.

마포 농수산물시장의 수산물 좌판은
한 주에 두 번은 나를 오라고 한다
신출내기 요리사인 나
약속도 하지 않았는데도
옛 고향 친구처럼 나를 자꾸 오라고 한다
좌판 위에서 번쩍이는 활기
생물 갈치는 요즘 너무 비싸고
국내산 낚시태 생태는 씨가 말랏다
생물 고등어 아니면 생물 꽁치나 멸치

품격을 갖춘 학 같은 저 신사 민어
부산 충무동 시장에서 어머니가 데쳐내던 통오징어
저녁 식탁 위에서 추억은 항상
초고추장처럼 입맛을 다시게 한다
한 주에 두 번쯤 수산물 좌판을 찾아가는 것은
그곳에 적셔져 있던 고향길이 보여서일까
일흔 살이 넘어서도 나 장보러 간다

- 김종해 시 〈추억도 생물이 좋다〉 (시인수첩)

최근 것은 잊어도 추억은 갈수록 그리움이 깊어진다는 말이 있다. 어머니 손맛이 살아나는 생선시장의 활력. 좌판에서 민어가 품격을 갖춘 학이요 신사 대접을 받는다. 먹거리들이 시어로서 역할을 훌륭하게 해낸다.

삶 가운데 낭만이 있고 시 속에 삶의 윤기가 번쩍이고 생명력을 느끼니 이 아니 좋은가 화자는 칠십이 넘었다고 신출내기 요리사, 1인칭 '나'라고 시에서는 드물게 밝히고 있다. 노년의 쓸쓸함이 묻어 있기도 하지만, 황막감과는 거리가 멀고 많은 것을 버린 허허로움에서 배어나오는 아름다움이 잔잔하게 온다. 수산시장의 현장감, 거리낌 없는 고백 간절하고 소박한 소망, 진솔한 표현이 시의 품격을 높인다.

연잎에 뒹구는 맑은 소리 밝은 말은 천천히 그러나 멀리 간다. 좋은 글은 널리 퍼져가게 해야 한다. 이것이 계간 시 감상 총평이요 독후감이다.

시인의 통찰과 맑은 소리

　입춘이 지났는데 추위가 매섭다. 계절이 한 박자 느리게 지나가는 느낌이다.

　어쩌면 시의 맛이랄까? 그래서 삶의 여유와 깊이를 깨닫게도 하고 살갗에 부딪는 바람의 깔끄러움에서 '상쾌함'이라 연(鳶)처럼 띄워놓고 시의 내면 속으로 여행을 떠난다.

눈물을 쏟으며 울어보고 싶다
어머니, 어머니 외치며
어깨를 들썩이고 큰 소리로 엉엉
울어보고 싶다
한 번도 울어보지 못한 놈
아무리 고달퍼도
별을 보고 웃는 놈

한 번이라도 땅을 치며 통곡해 보고 싶다
미운 놈 있으면 헐뜯고 실컷 욕하고 싶다
삶에서 미운 놈 한 놈 없는 독한 놈
순수하지 못한 독한 놈
나도 순수한 사람이고 싶을 때가 있다
울어야 할 때 우는 슬퍼할 때 슬퍼하는
그래도 어머니만 생각하면 눈물이 난다

- 전재섭 시 〈독한 놈〉 (화백문학)

　　화자는 평소의 생각을 독백처럼 술술 풀어놓고 있는데 다 읽으니 시원함을 공유하게 된다. 울고 싶어도 울지 못하고 아무리 고달퍼도 별을 보고 웃는 놈. 제목이 '독한 놈' 맞는데 독하지 못하고 순수하기만 하다. 어린 시절엔 울음으로 소통하고 누구나 그랬을 것이다. 어른이 되면서 내면을 쉽게 드러내지 못하고 산다. 어머니, 어머니 외치며 가끔씩 울어볼 일이다. 읽어갈수록 설득력을 가지며 내면의 울림이 맑은 소리를 낸다.

피가 돌아야 사람이다
눈물이 돌아야 사람이다
가슴이 더워야 사람이다

검은 것을 보고
부르르 떠는 그대가
사람이다

이슬 길 걸어 밤을 포옹하고

절망을 어깨 두드려 주는

그대가 사람이다

적막 속에서

아~하고 깨치는

그대가 사람이다

- 김상경 시 〈사람〉 (화백문학)

동서고금 수없이 많은 사람들이 사람에 관하여 말하여 왔다. 시는 표현이고 언어 예술이다. 이처럼 간결하고 유려하게 함축해서 형상화를 이룬 작품은 드물다. 쉽게 읽혀지지만 결코 쉽게 씌어지지 않았다. 이렇게 살아야 하는데 맞아 그런 사람 어디 있을거야, 밤을 포옹하고 절망을 어깨 두드려 주는 그대가 참으로 사람이고 시인(詩人)이다. 신명 들린 듯 기쁨이 샘솟고 정겨움을 느낀다. 짧지만 감흥과 여진(餘震)이 좋게 남는다.

콕

콕콕

콕콕콕 콕콕콕

그만할까?

딱따구리 눈을 흘기네.

비오는 날 전설의 섬

섬소사나무 숲에

콕

콕 콕
콕콕콕 콕콕콕 새소리
끝없이 울려 퍼지네.

- 김분숙 시 〈동고비 연정3〉

연작시 세편 중에 한 편을 꺼내서 바라보고 몇 번이고 소리내고 읽어서 음미합니다. 제목 동고비:딱따구리가 지어 놓은 집에 들어가서 '내 집' 처럼 사는 새, 그런데 어떻게 콕 콕콕 소리 신비롭고 그래서 섬소사나무 숲 비오는 날 그 분위기, 전설을 말하지 않고도 독자의 가슴을 예리하게 콕 콕콕 찍어대고 있습니다. 이제 찾아가면 딱따구리 눈을 흘기고 동고비는 그대로 소리를 들려 줄까요? 마음에 고요함을 이룬 가운데서 온전히 체감할 수 있는 시편(詩篇) 아닐런지요? 시각과 청각 공감각적 아름다움이 크게 느껴지는 작품입니다.

거북등 같이 굽은 허리
골패인 주름
흰머리 할멈이
유모차를 밀고 간다

예쁜 아기 어디 두고
낡은 유모차
골판지만 가득하네

꽃다운 아낙 땐

금자동아 은자동아

애지중지 내새끼

유모차에 태우고

루라. 우라. 랄라.

신명나고 행복했지

- 김동순 시 〈유모차-루라. 우라 랄라〉 (화백문학)

시를 읽고 느끼는 감흥과 감회는 창작자를 떠나서 사람마다 다르고 언제 어디서 환경에 따라 다르고 독특함을 가집니다. 필자는 이 시에서 동정과 연민보다는 삶의 경건함을 느낍니다. 언제 어디서나 힘닿는 데까지 일하며 최선을 다하는 할머니 길거리에서 가끔씩 보게 되는 풍경인데 화자의 따뜻한 눈길에 잡혀서 세상은 열심히 살만한 곳이구 정겨움이 묻어납니다.

이번호에는 필자의 사정으로 화백문학의 시들만을 골라서 읽었습니다. '시향만리행(詩香萬里行)' – 직관과 통찰을 통해 길어 올린 맑은 시의 울림과 향기로 행복하였습니다.

울고 있는 농촌과 풍작 이룬 詩

구제역 공포 속에서 우리 농촌은 어느 해보다 춥고 긴 겨울을 보냈습니다. 삼천리 방방곡곡 그것은 무서운 바람이었고 채찍이었습니다. 얼마나 많은 가축과 사람이 희생되었는지요? 시인 이육사는 일본 강점의 암흑 속에서 '겨울은 강철로 만든 무지개인가 보다' 라고 시 〈절정〉을 노래하였습니다. 나무는 짙은 꽃향기로 마음을 유혹하더니 가지마다 매실이 탐스럽습니다.

농민 문학에서는 '돼지'를 소재로 특집을 실었고 현실의 아픔이 담기고 흙 내음이 물씬 풍기는 작품으로 풍작을 이루었습니다. 시인의 치열한 정신이 작품에 투영된 까닭이겠지요? 그렇습니다. 농민은 소가 아프니 같이 아파서 울고, 그 울음소리를 들으며 시인의 배려는 함께 슬퍼서 말과 숨소리마저 죽이고 침묵을 지키다 죽음 그 너머 상상을 하고 하늘을 향하여 걸어갑니다. 길을 찾았

을까요? 어디 쯤, 문득 고개를 들고 붓을 잡아 야생화 지천으로
피는 우리 땅, 봄의 희망을 예쁘게 그렸습니다.

나는 돼지 두 마리를 기르고 있다.
밥 달라고 꿀꿀대며 다가오는
돼지의 눈은 참으로 매력적이다
날 보고 오는 모습도 선해 보인다
쌍까풀을 한 듯한 두 눈은
아름다우면서도 때론 심술꾼 같다
긴 눈썹에 속눈썹까지 가꾼 듯한
심통 없이 투정거리는 애들같이
나를 보고 뭐라 꿀꿀거린다.
돼지도 저를 좋아하는 것을 아는지
미소 짓는 듯한 표정으로 날 본다.

돼지하면 사람들은 욕심쟁이란다
그래서인지
풍요와 복스러움을 상징하기도 한다
그런데 요즘엔 구제역 때문에
많은 돼지들이 죽어 가고 있다
뉴—스는 몇 일째 내 맘 아프게 한다
구제역이 없을 순 없을까?
그것이 누구의 잘못이던 간에
아무것도 모른 채 구덩이로 밀려가
아무런 죄목罪目도없이 생매장으로
사형이 집행되는 반항 없는 모습

난, 매력적인 돼지 눈을 그려 본다.

돼지하면 옛날엔 큰 잔치를 연상聯想했다
그때 잡는 돼지는 잔치 분위기에 묻혀
가엾고 불쌍함을 채 못 느꼈을 게다.
그런데 구제역이란 죄목罪目이 되는가
참혹하게 생매장 당하는 돼지들 운명
반드시 그렇게 해야 되는 것인가
다른 방법과 대책은 없는 것일까?
수백 수천 마리의 돼지를 하루아침에
생매장해야 하는 그 잔인함을 바라보며
주인은 무슨 생각에 잠기고 있을까
나는 우리 집에서 커가는 두 마리 돼지
매력적인 그 눈을 물끄러미 바라본다.

　　　　　　　　　- 정재권 시 〈매력적인 돼지의 눈〉 (농민문학)

풍요와 다산의 상징인 돼지에게서 눈의 매력을 투시하는 시인의 마음은 착하고 그 눈은 날카롭습니다. 사람이 만물의 영장이라고 하는 말은 맞지만 그 지혜를 좋은 곳에 좋은 방향으로 가졌을 때, 그리고 인간 중심에서 바라보았을 경우에 보편적 타당성을 얻게 될 것입니다. 일인칭 작가 시점을 강조하고 있는 이 시에서 화자는 돼지를 키우면서 사람 못지않은 정을 나누고 있습니다.

속눈썹도 아름답고 심술꾼 같지만 두 눈이 더없이 매력인 돼지에 푹 빠진 한 사나이의 행복을 지금 앗아가려 합니다. 구제역의 질병으로 멀쩡한 돼지들이 죽어야 하는 현실 앞에 화자는 심각한 고민에 잠겨 있습니다. 인간이 지혜롭다고 하면서 할 수 있는 일이 고작 참혹한 생매장이란 말인가? 이런 절망 속에서 철학이 태어나고 '배려하는 마음' 새로운 경영이 창조됩니다.

훌륭한 임금이나 신세대 CEO의 책상엔 시집이 놓여 있다고 합니다. 사람들이 겸손해지고 지혜를 찾아 보다 더 많은 땀을 흘려야 한다고 말하지 않고도 깨닫게 하는 날카로움을 이 시는 넓은 품속에 덕목으로 지니고 있습니다. 좋은 작품이란 명산과 풍경 속에서 태어나기도 하지만 이렇듯 우물을 들여다보듯 사물을 '물끄러미' 바라보는 데서 솟아나 독자를 생각하게 하고 슬픔과 욕심을 씻으며 즐겁게 흘러갑니다.

나는 못난이 돼지입니다
쓰레기와 구정물로 버려지는
찌꺼기 음식이나 받아먹으며
어둡고 구석진 우릿간에서
똥오줌도 가리지 못하고
종신수로 사는 똥돼지입니다

저금통은 내 모양이라야
돈이 잘 붙는다 하고
꿈에 나를 보게 되면
재물운이 따른다면서도
먹성이 좋은 사람은
욕심꾸러기 꿀돼지이고
미운 인상은 돼지 상판이라며

빗대어 욕이나 먹는
나는 천더기 축생입니다

당산제나 고천제에서는
댕강 잘린 머리가
지전 몇 장 입에 물고
송액 영복을 비는 제물로
상에 오르는 나는
아무 지은 죄업도 없이
부관참시를 당하는
가엾은 꿀꿀이입니다.

- 김종상 시 〈돼지〉 (농민문학)

돼지를 대하는 사람의 이중적 잣대를 꼬집고 있습니다. 흥미로운 것은 이 시에서 화자는 돼지인데 읽는 독자는 사람이고, 부관참시를 당하는 돼지와 사람이 동일시된다는 사실입니다. 천덕꾸러기 축생 그 돼지 앞에 지전 몇 장 물리고 송액영복을 비는 모습의 아이러니를 통해 해학과 날카로움, 꿀꿀이 소리를 듣는 사람의 기분도 각양각색이겠지요.

우리네 삶에서 뭉뚱그려서 폄하 무시하는 언사로 가슴에 생채기 내고, 그런 억울함을 운명이려니 하거나 남에게 해 끼치지 않으면 되지 뭘, 대수롭지 않게 여기며 착하게 살아가는 여러 장면을 연상하자니 문학의 참 맛을 느낍니다.

'돼지 코에 보석/ 장식하면/ 폼 나겠지?//

그래도 그건 아니지!//

어린 돼지/방에서/ 애완용 삼아 기르는/ 사람도 있는데

새끼 돼지 커 보라지//

그래도 그건 아니지!/ 돼지와 소의 수난시대

구제역 확산에/ 살 처분 합 수백만 마리/ 땅에 묻어 놓고

끝난 일 같지만……// 그래도 그건 아니지!//

놀란 가슴 가슴/ 묻는데 정신 쏠려/ 아차! 침출 수/

환경오염의 피해/ 철통같이 방어해 봐 ……//

그래도 그건 아니지!

- 김안기 시 〈그래도 그건 아니지! 〉 (농민문학)

신문기사의 단상을 모아 놓은 것 같은 느낌을 주는 허허실실이 시의 내면은 칼끝이 날카롭습니다. 애완용 삼아 방에서 길러지는 것이 돼지일까요 사람일까요? 집중하면 화살이 바위에 박힌다 했던가요. 제목 〈그건 아니지!〉 느낌표 '!' 가 철통같은 독자의 방어망을 뚫고 가슴에 꽂히고 있습니다. 구제역 그것은 언제든 올 수 있는 끝나지 아니한 전쟁이며 시의 여운도 오래 남을 것입니다.

낙엽처럼 흩어진 피붙이 찾아 정처 없이 떠돌던

서기 1955년도 가난한 봄날

피죽도 먹기 어렵던

풀뿌리 나무껍질 남아나지 않던

화약 냄새 보리고랑 흙먼지 뒤흔들어

포성에 놀란 종달새 하늘 높이 피신

피울음 울부짖던

단기 4288년도 보릿고개

그래도 그땐 서로 미워하지는 않았다

집 없고 배고프고 부모 없는

이런 설움 저런 설움

서러움도 많았지만

그래도 그땐 서로 헐뜯지는 않았다

춥고 배고프고 고달프고 힘들어도

그래도 그땐 서로 다독이며 살았다

보리 개떡 밀기울 개떡

떡이라면 좋아라 춤추며

가위 바위 보

한 입씩 베물어 나누어 먹던

나무 꼬챙이로 캐낸 배추밑동

한 입 두 입 깨물어 냠냠거리던

구정물 후벼 밥풀 찾아 먹던 껌정돼지

오줌보 공 만들어 몰고 다니며

돼지새끼처럼 까맣게 뛰어 놀던

가난 속의 그때 그 시절

가난 속의 그 맛 그 멋

가난했지만 그래도 그때가 좋았다.

- 박영춘 시 〈가난, 그래도 그때가 좋았다.-돼지〉 (농민문학)

반세기 전 가난 속으로 돌아가라면 돌아갈 사람이 있을까요? 돌아가서도 아니되고 돌아갈 수도 없는 현실 앞에서 화자는 옛 풍정을 영화의 한 장면처럼 펼쳐 보입니다. '가난, 그래도 그때가 좋았다' 후렴처럼 들리는 탄식 '좋았다'에 크게 공감하는 까닭은 그 좋았던 공동체 문화에 대한 향수요 그것을 살려갈 수 없음에서 느끼는 안타까움일 것입니다.

　사람이 누리는 물질의 풍요와 반대로 흘러가는 정신적 공허에 대하여 무겁지 않게 일침을 가하고 그리움을 표상하는 일이야 말로 시인과 시의 실존적 모습이라는 생각을 합니다.

어느 성인은 그물에 걸리지 않는 바람같이 살라하고
또 어느 시인은 나비가 날아간 허공에 道가 보인다하네

저기 나비 한 마리 날아오네//
아침 해가 일찍 나온 달에게
안녕 인사를 건네는 동안에도

아직도 거기서 날갯짓 하는
한 점으로 떠 있는//
저기 그물에 걸린 나비 한 마리 보네

- 이명진 시 〈그물에 걸린 나비〉 (농민문학)

　화자는 나비가 날아간 하늘에서 '도(道)'를 본 어느 시인을 부러워하며 물아일체를 꿈꾸고 있습니다. 현실과 꿈 사이에 아주 행복하지 않습니까? 누구나 성인이 될 수는 없어도 그 가르침대로 살아가려는 태도를 가져야겠지요. 시에서 장자 혹은 선(禪)의 세계가 감각으로 옵니다.

> 모과 열매 잔뜩 매달고 무게를 견디고 있는 모과나무/
> 포도 열매 잔뜩 매달고 무게를 견디고 있는 포도나무//
> 복숭아 열매 잔뜩 매달고 무게를 견뎌내는 복숭아나무/
> 모과나 포도 복숭아도 가지가 찢어지도록 감당하고 있다//
> 모과나무는 모과 열매를 복숭아나무는 복숭아 그 무게를/
> 포도나무는 주저리주저리 가지에 매달린 포도 열매 무게//
> 견뎌내고 있다// 아침 일곱 시에서 아홉 시 사이 시청역 2번 출구로/
> 사람들이 나온다. 아니 수많은 나무들이 쏟아져 나온다//
> 모과나무와 포도나무 복숭아나무를 닮은 가장들이 걸어나온다.
>
> — 강만수 시 〈시청역 2번출구〉 (연인)

왜 시청역 2번 출구라 하였을까? 그곳에 그렇게 많은 사람이 몰리고 실제 나무의 가지엔 과일들이 가지가 찢어지도록 탐스럽게 열렸을까? 그것은 아무래도 좋습니다. 가장 혹은 부모라는 짐을 지고 살아가는 사람들의 어깨를 짓누르는 삶의 중압감, 책임감 이런 말들이 과일의 서정적 정서를 배경에 두고 나무와 사람의 동일시를 통하여 형상화를 이루고 있습니다. 땀 흘리지 않고 열리는 결실이 어디 있으며 서있는 자체가 고통일지도 모르는 저 나무가 우리의 삶을 위로 하고 있지 않느냐고 이 시는 독자에게 반어적으로 묻고 있지 않습니까? 그렇습니다. 나무의 정기라도 받고 과일의 달콤함을 상상하며 힘을 내서 살아야 할 소중한 인생입니다.

> 꽃을 앞세워/ 여리지 않은 말 있을까/ 꽃눈 꽃잎 꽃망울 꽃송이 꽃봉오리/
> 설레지 않은 말 있을까/ 꽃신 꽃반지 꽃처녀 꽃나비 꽃방석/

피어나지 않는 말 있을까/ 꽃무늬 꽃가루 꽃바람 꽃구름 꽃 향기//

여리지도 설레지도 피어나지도 않는/ 서러운 말 하나 *꽃제비//

꽃의 동산에서 쫓겨난 이래/ 늘 허기진 우리는/ 집나오면 다 꽃제비/

밥그릇 좇아 떠도는 더돌이/ 분단의 철조망 너머/

꽃실 뽑아 꽃물 빨던 어린 꽃제비/ 긴 허기와 굶주림으로/

꽃같은 나이에 꽃상여 되었네//

꽃들어가 울컥해지는 말 하나/ 꽃제비

- 조영심 시 〈꽃제비〉 (불교문예)

이 시의 제목으로 쓰인 〈꽃제비〉는 북한의 가난한 떠돌이를 일컫는 말입니다. 최근에 토끼풀을 뜯어 먹던 북한 꽃제비 여성, 끝내 굶어 죽었다는 소식이 창작의 배경으로 읽혀집니다. 철조망 너머의 아픔과 사회적 문제를 내면화하여 심각하게 비쳐주고 있습니다. 소중한 목숨이 배고파서 허기를 이기지 못하고 집을 나와 방황하다가 죽어가는 너무 기가 막혀서 울 수도 없는 슬픔이 아름다운 강산에 현실로 존재합니다.

우리말 꽃이 지니는 여러 층위를 탐색하고 패러디적 시창작법과 북한 소녀의 죽음을 가엾이 여기는 마음이 시정신으로 작용하여 완성도를 높이고, 현실을 외면하지 말자고 독자를 일깨우고 있습니다.

우리나라 봄의 산하 흐드러지게 피는 제비꽃이 곱기만한데, 더없이 아름다운 이름 꽃제비의 죽음은 그야말로 비극중에 비극, 그야말로 찬란한 비극 아니겠습니까? 분단 시대를 사는 시인으로서 비극적 현실을 바라보는 시인정신이 날카롭게 투영된 빼어난 작품입니다.

영탄
SECTION 3

시의 중심과 아버지의 빈자리

시는 본질적으로 주관적인 느낌을 표현하는 문학 양식이라는데 필자는 동조한다. 그러면서도 시를 정확하게 이해하고 감상하기 위해서는 여러 요소 (시어, 심상, 어조, 표현방식, 주제의식 등)들에 대한 이해가 필수라는 점에서 막막해질 경우가 많고 이럴 때 창문을 열고 하늘을 본다.

개나리가 꽃망울을 달고 새가 그리움을 물고와 앉는다. 창문을 반쯤 열어둔 채 내재적 접근과 외재적 접근을 번갈아 시도하면서 중심적 시어와 지배적 심상, 주제와 이미지를 파악하려 애쓰다 보면 쾌감에 떨기도 하고 의미와 상징 앞에서 세월을 잊고 정신과 육체가 가벼움을 느낀다.

내가 어렸을 적에 장소와 때도 없이

부모님에게 떼를 써 가면서
억지를 부리고 해서
-〈중략〉

내가 어른이 되어 자식들 앞에서
그 생각을 하며 큰소리치고 나무라지만
지난 일들은 세대차의 본보기로 밀려나고
자식들에게 물려줄 것이 못 되는 것을
야단을 칠 수도 없고 그럴 형편도 아니었다
존경하고 따를 만한 사람들이 없어지고
책임을 따지고 물을 사람이 없어진 세상에
제가 알아서 살겠다는 자식들에게
중심과 방향을 가름해 줄 기준도 없으면서
아무런 도움이 되어 주지 못하는 부모로서
어떻게 사는 것이 가장 현명하게 잘사는 것이라고
이리 맞추고 저리 맞추어 보아도
뭐가 무엇인지 모르는 혼란이 와서
남몰래 한숨이나 지으며
남 몰래 초라해지는 나를 본다

- 홍병선 시 〈내가 어렸을 적에〉 중에서 (한맥)

나의 아버님은 술꾼이었다
학창 시절 이 세상에서
가장 큰 미움이었던 아버님
밤이나 낮이나 언제나

와룡소주가 있어야 살 수 있었던
그 시대의 답답함과 울적함을
이제야 조금은 알 수 있을 것 같아
때때로 아버님 앞에 무릎을 꿇는다
-〈중략〉

아직도 우리들 형제 중에 아버님이
떠나신 시간을 아무도 아는 사람 없다
이제 나이 육십을 넘긴 나는
때때로 길가에 술집이나 술병이 진열된
가게 앞을 지날 때마다 아버님께
그 싼 술 한잔 내 손으로 드리지 못한
억울한 자책으로 밤새워 목이 메인다.

- 장동섭 시 〈아버님〉중에서 (한맥)

저희에게 부러우신 건 오로지 세월 하나였지요.
떠나시는 날엔 이 땅에 찬바람이 거세게 불고
공원 묘지엔 천지 가득 박수소리 요란했습니다.

스승이셨으므로 아버지셨으므로 제왕이셨으므로
더욱이 담배 같고 소주 같고 해장국 같으셨으므로
언제 한번 분명한 모습 보이신 적도 없으시지요.

- 장종권 시 〈공원묘지의 박수소리〉 중에서 (시와 시학)

세 편의 시를 한꺼번에 인용한다. 부재중인 아버지와 스승의 빈 자리를 투시하면서 삶과 죽음의 경계를 초월하여 존경과 아쉬움의 마음을 담담하게 이야기한다. 이 시의 잠재 독자는 누구인가? 낮아지고 초라해진 그 위상이 평범한 듯 보이는 이 詩의 위의와 존재 의의를 높이고 확장 시킨다. 넓은 세상과 우주로부터 〈나〉를 찾아기는 그 길이 곧 시의 길이며 거기서 문득 아버지를 만나고 그 소리가 잔소리가 아니었음을 깨닫고 무릎을 꿇으려 해도 이미 세월은 흘렀다. 그 소재가 어머니라 해도 또 어떠랴? 자연의 철리를 보고 들을 수 있는 체험과 연륜이 뜻을 받치며 또한 흑백 사진처럼 추억의 아름다움도 불러다 놓는다.

한희철 목사님이 쓰신
강원도 단강 이야기를 읽으며
단강 사람들 속에서
어머니 모습을 봅니다

여름 장마로 갑자기 불어난 강물이
논과 밭을 삼키어 버릴 때
안쓰러이 바라보는 단강 사람들 속에
어머니도 서 계십니다
-〈중략〉

소처럼 일을 해도
어쩔 수 없는 가난 속에서도
한평생 일을 떠나지 못하는
단강 마을에
깊게 주름 패인 어머니가 계시기에

그곳 단강을 위하여

두 손을 모듬합니다

- 정희돈 시 〈단강 이야기〉 중에서 (한맥)

단강 이야기와 단강 마을과 주름 패인 어머니께서 시 속에서 계
시는데 그치지 않고 무엇들 하느냐는 채찍과 가볼 수 없는 안타까
움으로 독자의 목마름은 극에 달한다.

달빛은

백설에 스며들다 이내 넘쳐

낙숫물처럼

축대에 뚝뚝 떨어지기도 하고

월세방 부엌

흩어진 신발에

가득 고이기도 하고

뱀처럼 젖무덤 새로 흘러들기도 하고

막무가내로

꿈마다

방울져 떨어지기도 한다

핏속의

象嵌(상감) 무늬

소리조차 푸른 발자국

- 박현수 시 〈하오의 미학강의-본능〉 (시와 시학)

〈달빛〉이라는 감각적 심상을 빌어 본능적 감정을 이입(感情移
入)하는 솜씨가 시맛을 상큼하게 당긴다. 관념(觀念)의 육화(肉化)
라 했다 무늬에서 소리의 빛깔을 유추함이라든지…. 〈백설〉에서

〈월셋방 세방 부엌 신발〉을 지나 〈젖무덤〉 그 미감에 놀라기도 하고 상감(象嵌) 앞에서 문득 푸르게 길을 놓친다.

뒷사람 다산에게는
한글시가 없으나
앞사람 고산에게는
한글시가 빛나고 있다 다행이었다.

고산
32세에 한글시 썼다
65세에도
70여세 그때도 한글시 썼다

고산 42세에 임금으로부터 감귤 15개를 받았다
멀리 제주도 남쪽
몇그루 나무에서 따 온 것이었다
44세에 밀감 5개를 받았다
71세에 감귤 10개를 받았다
대궐 은사품이었다
지금 우리나라 가게마다 감귤이 가득차 있다
2002년 1월 1일
나도 문정인 교수가 보내준
제주감귤 한 상자를 뜯어
몇 개를 먹었다

- 고은 시 〈제주 감귤〉 중에서 (정신과 표현)

화자의 말대로 옛날은 모든 것이 너무 귀했고 오늘은 너무 흔하다. 흔하다고 해서 소홀히 하고 무시하는 현실에 대한 쓴 소리(批判)를 내갈기는데 제주 감귤 그 달콤함으로 쓴 맛이 중화되었다. 감귤의 개수가 격세지감을 담아낼 수 있을까? 한글과 시를 사랑하신 고산 윤선도의 깨우침을 상기 시키면서 값싸게 먹을 수 있는 '우리 감귤' 정말 좋은 것이고 잘 지켜가야 한다고 일상의 삶을 담아서 아픈 속내를 드러낸다.

강원도 폐광촌엔
절도 많고 점집도 많다
막장인생으로 간절히 빌던
광부들의 염원은 까만 피빛
광부들은 진폐증 쿨럭이며
거리를 떠났다

별을 보면 별처럼 빛나며 살자고
달 보면 달처럼 흘러가자고
막연히 빌며 살아가는 사람은
이 거리에서 부끄러워진다
푸실푸실 내리는 눈 맞으면서
그래도 악착같이 빌지 않아서
욕심은 아니었다고
중얼중얼 빈 거리를 걷는다

컴컴한 디젤기관차

덜커덩거리며 지나간다
지쳐서 세월에 맡긴
헐렁한 세상살이도 빈 거리 같으니
산 높고 눈내리는 이곳은 우울하구나
누군가 다가와서 환하게 웃으면
징그러울 것같다

- 윤강로 시 〈폐광촌〉 (정신과 표현)

시인이 관광삼아 폐광촌에 갔다면 그것은 감정의 사치일 수도 있겠다. 허나. 화자는 구도자의 고행처럼 곤궁한 삶의 한가운데, 산 높고 눈 내리는 데 휑하니 지나는 바람소리와 컴컴한 디젤기관차의 덜컹거림 속 빈 거리, 사라진 사람들의 뒷모습을 재구성한다. 누군가 돌아와 참말로 환하게 웃을 수 있을까? 시적 자아와 일상의 기막힌 결합이 시의 완성도를 높인다.

투명한 물도 얼룩이 된다
유리를 지나 아주 느리게
거울 속으로 스며드는 물
거울 밖의 나를 거울 속으로 당기는
저것은 얼룩이 아니라
서서히 축을 옮기며 번창해가는
지워도 지워지지 않는 표적
어디선가 한 생을 살고있던
또 다른 내가, 나와
우연히 마주쳤을 때의 아릿함

닦을수록 선명해지는 거울 속의

千手觀音

오래도록 나를 당기는 내 속의

천개 헐거운 손

- 김혜수 시 〈얼룩〉 (리토피아)

거울은 곧 마음이고 얼룩은 그 때(辱)일테니 시가 그 얼룩을 지워내려면 심상이 맑아야 하는데 이 詩는 맑고도 맑다. 햇볕이나 또 다른 나를 만나서 부끄럽지 않으려면 나는 투명한 물방울이어야 한다는 평범한 진리가 평범 이상의 상징으로 깨우침을 준다. 〈얼룩과 천수관음〉 그 거리를 단숨에 좁히는 구조의 튼튼함과 헐거운 손 사이, 시적 상상과 넉넉함 여운을 준다.

詩와 묵언

고궁에서 함박눈을 맞았다. 눈발 하나 하나가 바람을 타고 신생의 춤을 추면서 기쁨을 주었다. 손주가 연(鳶)을 날리고 할아버지도 웃었다. 누가 하늘에 시를 쓰는가? 지상에 내리는 하얀 별들. 묵언의 詩를 읽으며 탄성으로 살아있음을 드러내는 사람들, 문득 '시 쓰기 좋은 때는?' 하고 질문을 던진다.

수줍어 얼굴마저 내밀기 부끄러워
복사꽃 숨결에 사랑스런 여인이 숨었습니다.
순백의 백설처럼 뽀하얀 이빨.
흑발이 백발 되어 재롱부리는 아이처럼 천진한 모습.
자줏빛 옷고름 같은 철쭉꽃 병에 담아
눈부시게 미소짓던 그 얼굴.
진정 사랑스런 여인입니다.

아끼던 아들 먼저 떠나 보내고
가슴앓이 하시던 그 마음.
남정네 거친 손 서럽다 할 정도로
거칠고 꺼칠꺼칠한 손마디 마디.
어느 해인가 찾아와 하나 둘 늘어난 검버섯.
하늘의 뜻인가 지아비도 일찍 떠나 보내고
땅 기운 홀로 맡으며
밤이슬 대롱대롱 가슴 파먹던 밤.
그 가슴 자식이 알까마는
떠나야 할 길은 멀지 않았습니다.
팔십 평생 한 고을 지켜 살아온 삶,
민들레 홀씨 되어 정처없이 떠돌다
터 잡은 그 무덤 위에
사랑스런 여인에게 바치는 노오란 민들레꽃이
낮에는 활짝 피었다
밤이면 그 가슴 서러워 몸을 동여맵니다.
사랑스런 여인에게 바치는
노오란 민들레꽃

- 윤용길 詩 〈민들레 홀씨 되어〉 (한맥)

　평범하게 살다간 여인에게 바치는 노래로 그윽하고 감동적이다. 삶 만큼이나 길지도 짧지도 않은 스물다섯 줄 글에 담긴 꺼칠하고 쓸쓸했던 팔십 생애, 그러나 무덤에 피는 민들레의 밤낮 표정과 사랑의 의미는 시의 화자에 의해 깊이를 얻는다. 자세히 보면 이 시의 중심엔 〈검버섯〉과 〈거친 손〉으로 상징되는 삶의 고단함을 바라보는 안쓰러움이 주조를 이룬다. 순백의 백설처럼 뽀하얀 이빨〉 복사꽃 숨결은 젊음처럼 짧고, 〈밤이슬 대롱대롱 가슴 파먹던 밤〉 자식들이 모르는 가슴앓이의 묘사는 그 언어 감각이 가히 일품 아닌가.

우리 할머니 어머니 나의 아내가 이런 삶을 살고 있는데 관심 밖에 버려두거나 홀대하지는 않았는지? 이 시는 부끄러움의 아름다움을 일깨우면서 독자를 거울 앞에 세운다. 무엇이 여인을 위로하는가? 화장(化粧)도 아니요 거울도 아니요 세상을 떠돌다 무덤에 노오랗게 피는 민들레.

고우 소리들
거미줄에 온몸 걸려 있다.
―학여울―먹골―돌곶이―박촌

뒷마루 어루고 개울에 담그던
고향의 손과 발
새끼줄에　묶여　있다.
―굽은다리―새절―독바위―애오개

섬돌 파먹은 벌레들
검은 피 토해 내는
복개천 깊은 아래
이 어둠 벗어나고 싶지만

鄕愁 서린 뼈만 나와

허공에 떨고 있을 땅 이름 안쓰러워

애써 눈감은 채

열린 문 외면하고   있다.

- 현상길 詩 〈지하철에서 2 〉(한맥)

지하철 객실에서 바라다 본 향수 어린 이름들 〈학여울－먹골－
돌곶이－박촌〉 뼈만 남고 화자는 애써 눈을 감은채 열린 문을
외면한다. 도시로 변모하기 전의 이름에 값하는 풍광과 인정(人
情)어린 풍속들, 〈고향의 손과 발/ 새끼줄에 묶여있다〉 새끼줄은
쉽게 풀 수 있었는데 저 사슬을 누가 무슨 힘으로 되돌릴 수 있겠
는가? 그래서 화자는 지금 눈을 감고 있는 것이다.

시인이 지하철의 편리함을 모를까? 아니다. 다만 상징일 뿐이
다. 〈개발〉〈발전〉이라는 깃발 아래 잃어버린 것들이 한 두 가지
이겠는가? 시인이 문명을 비판하고 삶의 의미를 새김질하며 방향
을 되짚지 않는다면 그나마 세상이 어찌 되겠는가? 시인의 생각
속에 사람다운 삶의 길이 있나니.

구김 없이 접혀지고

네모지게 펴졌습니다

농부의 땀과 노래가 세탁되어지고

기름 냄새에 시끄러운 경운기로 다려집니다.

메뚜기 우렁이 미꾸라지와 숨을 나누고

백로 뜸부기와 친구되어 입맞춤한 지도 오래되어

그들 모습이 아득하기만 합니다

오직 생산만을 강요당한 제 몸도
비료에 농약으로 엉망이 되었습니다
제 친구들을 찾아 주시고
젊은 농부의 땀을 뿌려 주시면
내 병이 낫겠습니다
나도 젊어지고 싶습니다.

- 김보형 詩 〈들판〉 (한맥)

쉬게 하시든지 거름을 주시든지 시원한 바람 눈이라도 마음껏 맞게 비닐도 걷고, 비료에 농약 알맞게 치시고. 유기농법 그런거 하면 비싸다고 외면 마시고 싸다고 마구 수입 말고요. 농업을 공업처럼 〈대량생산 빨리빨리〉 마시고 이 들판 죽어가는데 음풍노월 신음소리 안 들리세요. 〈서정시〉만 시라고 고집 마시고 미꾸라지 백로 뜸부기 친구되게 도와 주시고, 농부의 땀과 노래 부디 제 친구도 찾아 주십시오. 그러면 병이 낫겠습니다. 시인 여러분, 여러분! 들판도 젊어지고 싶습니다.

아침까지 쪼고 떠난/ 지평에 뜬 겨울 해
밤새 숲을 싸던/ 삭풍의 발자국 너머
깃 터는 울림의 공간/ 겨울 산이 걸어온다.

적막도 거듭나면/ 눈발되어 풀풀 날고
찌르릉 찌르릉/ 메아리로 귀소하는
앉아서 캐내는 묵언/ 산은 크게 앉는다.

세상사 때묻은 것/ 뒤집어 표백하고
스스로 지핀 불씨/ 광맥 속의 金銀으로
겨울은/ 수심의 두레박을/ 지열 깊이 내린다

- 최정란 詩 〈겨울 默言〉 (한맥)

이미지가 맑고 맑아서 시를 몇 번이고 몇 시간이고 음미하게
한다. 수심의 두레박을 타고 어둠에 내려가서 지열 깊이 무엇을
캐내는가? 적막도 거듭나면 눈발 되어 풀풀 날고……, 묵언과 이
미지로 세상사 때를 씻는 시의 신선한 경지를 함축해서 보여준다.
이미지로 지은 춥지도 덥지도 않은 초막(草幕)엔 겨울산도 걸어서
마실을 오고 〈형상화〉와 투철한 시정신을 읽었다.

도솔천에 앉아
사바세계를 살짝 엿보는
선덕여왕의 한 쪽 가느리한
실눈.

- 정숙 詩 〈초승달. 2 〉 (정신과 표현)

시맛이 우러나는 한폭의 그림이다. 도솔천에 드신 선덕여왕께
서 가느리 실눈을 뜨고, 그리운 누가 어느 도시로 출가를 했는지?
그 옛날 한 남자의 여인이기보다 한 나라의 어머니기를 선택했던
여인, 낮잠을 주무셨던가?

벌초 가는 길에 큰집에 들렀다

잠긴 대문을 굳이 열 필요가 없었다

사촌들과 나는 무너진 담을 넘어

잡초 무성한 마당으로 들어섰다

돌보는 손길 없어

오래 비워든 그 집에

세월의 무늬가 고스란했다

자물쇠를 단단히 채운 방문들마다

창호지가 뜯기고 문살이 부러지고

흙벽은 뼈대가 드러나 있었다

묵묵히 담배를 피우던 종형이

누구보다 먼저 집밖으로 나갔다

은퇴하면 돌아오겠다던 그의 다짐을

올해는 다시 들을 수 없었다

명절이면 큰집에 모이시던 어른들

지금 뒷산 등성이에 계신

그 어른들 말고 아무도

그를 탓하지는 못하리라

벌초 때나 그렇게 한 번씩 들르는 큰집

텅 비어 있어서 더 큰집

뒤란의 감나무며 모과나무에는

내 어린 날 사촌들의 웃음소리처럼

열매들이 주렁주렁 달려 있었다

- 강윤후 詩 〈큰집〉 (라벨르)

이런 감정을 느끼는 이는 많다. 그러나 이 만큼 시로 옮기기도 드물다. 화자는 이 시대 다수 사람들의 쓸쓸한 감정을 진솔하게 묘사하고 있는데 그 배경의 아름다움에 비례해서 가슴에서 느끼는 허탈함이 〈큰집〉 만큼 다가온다. 쓸쓸하다든지 허탈하다든지 공허하다든지 이런 말보다. 풍경에 빠져 들면서 모르게 느끼는 마음의 움직임 그럴 때 독자는 시키지 않아도 손뼉을 친다. 〈좋은 시〉 몇 편을 묵언에서 골랐다.

시와 깨달음

창밖의 햇살이나 비를 바라보면서 차를 마시다가 한 사람을 떠올리고, 그에 대한 그리움으로 상념에 잠기다가 찻잔 속에서 솟아나는 시를 음미하면서 문득 저만큼 흘러간 세월을 깨닫는 아이, 그 아이가 시인이 아닐런지요.

도시 속에 심어진 한 그루의 나무이며 한 포기의 풀이요 꽃이라고. 음악가 화가 시인, 그리고 아이가 없으면 봄은 오지 않는다고 황금찬 시인은 노래했습니다. 그런데 시인이라 하여 꽃에게 물을 주듯 밥 한 그릇 주는 이 없어도 세상은 아름답다고, 세상을 사랑한다고 목숨처럼 시를 노래하는 사람이 있었습니다.

그는 대낮에도 꿈을 꾸고 꿈을 만나기 위해 가출도 하고 그러나 때가 되면 시의 향기를 품고 사람 곁으로 반드시 돌아옵니다. 꼭 누구라가 보다도 시인의 비판엔 언제나 사랑과 눈물, 순수가 있어서 메마른 가슴을 촉촉히 적십니다. 가뭄 걱정을 뚫고 시원스레 쏟아지는 지구촌 골의 환호성도 저만치 들리고 빗줄기 속 모내기를 하는 농심을 만나러 밀짚 모자도 벗고 들판을 걸어갑니다.

항상 마음이 급한 사람아/ 그래서 바람처럼 달려왔는가
그러나 세상은 항상/ 그 자리에 있는 것
그렇게 쫓기듯 살아온/ 칠십 년 세월/ 생각하면 무상하구나
이제 낙조가 물들 때/ 조용히 눈을 감고/ 천상을 생각한다
희비를 뛰어넘는/ 찬란한 그곳을…

- 홍사욱 시 〈낙조〉 (한맥)

위 시에서는 희비를 뛰어넘는 천상을 생각하는 노년의 마음이 노을처럼 아름답고 그윽하다. 뉘라서 백발을 막을 것인가? 고려 말의 학자 우탁 시인은 〈한 손에 가시들고 또 한 손에 막대들고 늙는길 가시로 막고 오는 백발 막대로 치렸더니 백발이 제 먼저 알고 지름길로 오더라〉라고 인생의 무상함을 노래했지요 어느날 아침 눈을 뜨니 이것 저것 모두가 흰빛 세상이요 노년은 눈처럼 갑자기 온다는 느낌 거기에 이 시는 머무르지 않는다.

이 시의 매력은 첫 귀절 〈항상 마음이 급한 사람아〉/ 그래서 바람처럼 달려왔는가. 여기에 무슨 대답이 필요하겠는가. 그런데도 화자는 제목이자 중심 이미지인 낙조(落照), 엄격히 말해 자신을 향해 묻는다. 그리고 희비를 초월한 천상이 있다고 믿으면서 세상을 향해 아니 그러냐고 항의가 약간 섞인 위로의 메시지를 낮게

깔아 놓았다.

〈낙조〉를 떠올리면서 쓸쓸해하는 노인들에게 전화라도 드려야겠다는 생각이 들었다면, 그 독자 또한 어느 날 착하게 살아간 사람만이 누리게되는 건강한 백발의 면류관을 써볼 수 있지 않겠는가. 행복을 추억하면서 자손들과 함께 바다와 낙조를 조망해보는 풍광이라니… 좋은 상상의 꽃씨를 바람에 날리고 있음이다.

보이지는 않지만/ 보이는 것보다 더 많은 것들이 있고//

들리지는 않지만/ 들리는 것보다 더 많은 소리가 떠다니고//

알지 못하지만/ 아는 것보다 더 많은 지식이 있네//

보지 못하고/ 듣지 못하고// 보지 못한다고/ 없는 것이 아니지//

눈으로가 아니고/ 귀로도 아니고/ 머리로도 아니며//

오로지/ 마음으로 보고/ 마음으로 들으며

마음으로 아는 것이/ 참으로 아는 것

- 갈정웅 시 〈참으로 아는 것〉 (한맥)

법구경의 한 귀절처럼 마음을 다스리고 맑히는 이 말들을 모으고 가리기 위해, 아니 깨닫는데 평생이 걸렸을 것이란 생각을 하면 이 시의 우물은 깊고 천천히 마실 일이다. 그 물 맛 참 좋았어 이런 말을 하려면 땀흘려 한 삼십년 살아간 뒤에 해도 늦지는 않을 것이다.

시와 철학의 경계에서 시인은 나무에 귀대이고 여울 소리를 듣고 있음인데 시인에게 청진기가 있었던가요. 나무도 청진기도 보이지 않는데 어떤 명의(名醫)로부터 건강 조심하라는 진단을 받은 느낌입니다.

> 작년 봄에/ 아기 바람 놀러 왔지
> 나랑 소풍을 갔지/ 분재 위에 내려놓고 갔지
> 참고 견디었지/ 여름/ 내내//
> 앙상한 소사나무 밑에/ 민들레는 몰래 훨훨…
> 내가 남보다 일찍/ 꽃을 피우지 않았다면
> 잡초라고/ 뽑아 버렸을 거야//
> 노랗게 핀 나를 보고 / 다른 곳으로 가지 말래…//
> 꽃이 지고 나면/ 예쁜 집으로 옮겨 준대//
> 그래 / 바람따라 참 잘 왔지요

- 노길자 동시 〈그래〉 (한맥)

민들레에서 〈꽃을 피우지 않았더라면 잡초라고 뽑아아버렸을 거야〉라는 강렬하고도 함축적 시귀를 얻어서 그 강렬함을 최대한 부드럽게 동심에 얹어서 소곤대고 있다. 다섯 살 아니면 미운 일곱 살… 유치원 소녀처럼 앙증 맞은 노오란 꽃에서 겨울을 이긴 생명의 의지와 삶의 어여쁨, 웃으며 이야기하는 목소리 투정을 부려도 이쁘지요. 그래 다른 곳으로 가지 말아요, 꽃이 지면 꽃씨만 보내는 거예요. 아씨님. 절대로 뽑지 않고 물도 주고 재미나게 놀아줄테니,

> 건봉사에 가면 대웅전 건너 가는
> 돌다리 하나 걸려 있다
> 육중한 돌 깨고 다듬은

장인은 본 일 없지만
그 석교 위 나는 서 있다
스님의 정진 같은
아니면 서화담을 유혹한 황진이의 독경 같은
맑은 물소리
산의 고요를 흔든다

경내
덩그라니, 일주문, 종각, 석계가
어느 신전 돌기둥마냥 쓸쓸하고
하루 해가 기운다

등등곡이 유행하던 해
휴정과
육천 승군이 머물던 승방은 어데인가?
빈터엔 흰 해골마냥
주춧돌이 딩굴고
푸른 옷의 병사들이 사는
전쟁이 끝나지 않은 건봉사엔
그래도 봄은
예쁜 꽃들을 피우고 있다

- 이무상 시 〈능파교〉 (월간문학)

　　건봉사를 소재로 쓴 시가 드문데 이 시는 사실적 풍광을 바탕에
깔고, 또 다른 무엇을 음유하고 있다. 건봉사는 개방되어서 많은
사람이 다녀가는 천년 고찰, 분단의 아픔과 탱크와 자연 또 무었

이 있을까요. 그것은 독자의 몫일 것입니다. 필자는 문득 황진이가 서화담을 유혹했다는 독경 소리를 어리석게도 상상합니다. 왜 어리석느냐구요? 답은 물소리가 좋으니까요. 박연폭포 그 때 흘렀던 그 물은 어떻게 살아가는지요. 돌다리 아래 물소리가 좋기는 좋구만요.

시인의 눈은 빈터에 해골마냥 뒹구는 주춧돌에 촛점이 닿았으며 승군과 오백년의 긴 거리를 생각합니다. 그렇습니다. 시인은 사치와 화려함 앞에서는 차라리 눈을 감고요 폐허의 아침엔 어김없이 눈을 뜨지요.

거기 가면 정말 비워둔 집 하나 있을까?
그곳에 가면 내가 못 보았던 하늘이 내려와
살고 있을까?
그곳까지의 거리가 문제인데 그것을
모르는 내가 지팡이 하나 짚고
엎드려 있는 돌들을 깨우며 간다면?
마중 나온 풀섶의 꽃들 호명하며
어두어져 거기 닿는다면?
물소리 더욱 깊어져 산능선 위의
초승달 하나 만날 수 있을까?
그곳까지의 거리가 문제인데
뉘집 외양간 나귀 한 마리 빌려 타고
나귀 방울소리 쩔렁쩔렁
숲을 흔들며 간다면?
그곳까지 가는 방향이 문제인데

내가 모르는 길들이 마중 나올까?

늘 제자리인 나무들이 길 열어줄까?

- 서지월 시 〈그곳까지의 거리〉 (정신과 표현)

화자는 시에서 길을 떠나려 하는데 이런 저런 생각을 한다. 자동차를 타고가는 손쉬운 방법을 두고, 지팡이로 돌을 깨우며 나귀를 빌려타고 방울 소리 쩔렁쩔렁 그래서 만나고자 하는 것이 무었인가? 누가 마중 나오는가? 바쁜 세상에 마중은…. 물소리와 풀섶의 꽃들, 그런데 어느 방향으로 가야할지 그길을 모르겠다고 고백한다. 늘 제자리인 나무들은 길을 열어주려는지.

이 시는 속도를 최우선으로 하는 첨단 문명에 대해 성찰할 것을 은연중 요구하는데 서정적 분위기로 인하여 그 비판은 끝만을 드러낸다.

아홉 장 목련꽃잎은 위성 안테나를 닮았다. 공기 가운데 노래와 춤을 끄집어내는 라디오처럼 나무의 몸에는 나침반이 새겨져 있다는 것이다. 그렇지 않겠어? 그 비좁아 터진 딱딱한 화분과 뒤틀리고 갈라진 삭정이 몸 어디에 이 서러운 연두빛 눈빛이 숨어 있었을까. 그래, 만리 향적의 도요새가 지도를 가지고 다니지는 않을 거야. 은실 흑실 몸 바꾸는 민물뱀장어가 짠물로 나가면서 자목련 닮은 혼인색 꽃을 피우는 것도 제 힘이 아니라는 거지. 말라깽이 딸아이 몸에 달마다 동백 꽃물이 비치는 것도 여간 수상치 않다.//

우주국 단파 방송의

난수표를 읽어내는가, 저 느티나무 고정간첩

쫑긋

여린 귀를 내밀고 있구나.

달포 전에 사온 밑동만 남은 무//

삐이익, 잘못 맞춘 사이클처럼 뛰어나온다.

검은 비닐 봉지 속 눈 뜬

새파란 불꽃

- 장옥관 시 〈나무 라디오〉 (정신과 표현)

나무와 라디오, 자연과 문명이 따로따로일 듯도 한데 이 시를 다 읽으면 그 닮음과 신비로움에 대해 고개를 끄덕이게 된다. 느티나무에서 고정 간첩과 난수표를 꺼내서 여린 귀의 쫑긋거림으로 세상에 공감시키는 신선한 발상과 구성의 치밀함으로 몇 번 읽어도 시맛을 잃지 않는데 이것은 곧 우주를 담아내는 시정신과 통한다. 위성 안테나가 목련을 닮았다는 시를 읽었으니, 나무의 사랑 고백을 모른 체 하는 안테나가 미워서 꽃잎이 길 위에 흐드러져 울고 낮달은 손수건도 없이 스님의 미소(微笑)인양 웃기만 하는가.

꽃 봄 시에 취해서

『예술세계』 신인특집 9편의 시를 입에 물고 폴짝 뛰어서 하늘에 물어본다. 거꾸로 맛과 향내가 어떻더냐? 새들이 말을 한다. 새콤 매콤 나물 기운이 나고 8미리 영화 몇 편을 감상한 기분이더이다. 김영일 시인의 시 세 편을 먼저 읽는다.

새벽잠 떠/ 야박한 부산함으로/ 팔순 편친(偏親) 깨워
- 아버님 먼저 올라갑니다-
나부잡잡 흐드러지던 날들엔 없었던/ 입춘방 아래 서릿발 녹이며
고향 들녘 잔 주름결 펴지도 못한 채 오른다
상경 길/ 새벽잠 떠 펴가는 상행 길//

그리움만이 아닌 세사에/ 빛나는 일이 아니라도
돌아갈 살림의 보금자리로/ 저 물결지는 기러기 나래처럼

우리도 저 구름 한 점 없는 하늘 아래 대열을 지키며//

제주도 아니 더 먼 어느 남지나해 뻘밭을 떠나
북으로 오르는 저 기러기떼들처럼/ 우리도 남에서 북으로
고향에서 서울로/ 저 기러기 행렬처럼 새벽길을 하염없이 올라가고 있다
　　　　　　 - 김영일 시 〈기러기 행로처럼〉 (예술세계08 2월호)

　어떤 풍경을 펼쳐 보일까? 저 구름 없는 하늘 아래 대열을 지키며 기러기는 어디서 와서 어디로 가고 있는가? 기러기 행렬을 바라보며 화자는 세상의 일을 떠올리며 이 새벽 팔순의 아버지 잠 깨우고 고향에서 서울로 하염없이 무엇을 찾아 올라가는가? 빛나는 일이란 무엇인가? 돌아갈 삶의 보금자리는 평안한가? 남지나 바다 뻘밭에서 북쪽 하늘까지 상상을 펼치며 여러 질문을 던진다. 새의 행로와 자연의 세계가 이러한데 人間事 삶의 방향은 어떠한가? 시를 통해 사유의 폭과 높이를 깊게 한다.

　손님 가득한 대기실
　다인이빈후과에 와
　두 시간 동안 앉아 있었다
　대기하는 환자처럼
　환자들의 애환을 들으며 기다렸다
　나는 그에게
　그는 나에게
　의사와 환자는 아니었다
　그는 나의 허물없던 열일곱살 때

우정을 보일 수는 없었다
나는 그의 다망한 진료 앞에 드러난 깊은 주름의 의미를
다 헤아리기 전에

때묻은 진료가운과
진료기기처럼 놀리는 그의 숟가락따라
그의 눈길 맞추지도 못한 채

허물없던 시절의 허락대로
철없던 시절의 속내처럼
나는 그의 입춘방을 붙였다
그는 나의 입춘방을 붙였다

- 김영일 시 〈立春 날〉

立春날의 속내는 어떠한가? 핵심어 입춘방에 주목한다. 할아버지 할머니들은 어떻게 살았을까? 입춘은 봄의 시작을 알리는 절기요 가정에서는 대문이나 기둥에 한 해의 행복과 봄을 송축하는 시를 붓으로 써서 붙였다. 입춘대길 건양다경(立春大吉, 建陽多慶) 개문만복래(開門萬福來) 소지황금출(掃地黃金出), 국태민안(國泰民安) 시화년풍(時和年豊) 등이 대표적인 글귀이다. 현대 가정에서는 꽃 사진이나 아이들 그림에 곁들여 가족들의 소망이나 좋은 시를 적어서 가까이 놓고 봄을 불러 입춘방을 대신할 수 있지 않겠나 생각해본다.

철없던 시절 나와 그의 관계를 묻기보다는 그리워하는 속내가

얼핏 드러난다. 나이가 들어도 우정과 첫사랑은 늙지 않고 그대로 열일곱이라던가? 민속 풍습에 대한 작가의 시선은 삶의 애환을 연결하여 자연스레 행간에 스미며 형상화를 이룬다.

　다음 시 〈있을 때 잘혀!〉 노래는 노래고 시는 시다. 사투리 섞인 대화체의 쓰임이 눈길을 붙잡고 명절날 분위기가 질펀하다. 시의 비수가 날카롭고 토속어를 통해 삶의 육질감이 튼실하고 시맛이 살아나지 않는가? 지면의 한계로 일부만 잘라서 읽어준다.

　　칼끝처럼 베이듯 다가온 비수/ 있을 때 잘혀 이놈아
　　오늘 명질날 오붓이 도란거리며 둘러앉은 술상에서
　　다시 들이미는 꾀벽장구에게/ 막 장작개비 아궁이 쑤셔넣고
　　후끈거린 방안에서/ 굳이 생물 안주 들여대주며
　　저것봐라/ 한잔 들어강게 잘 논다이
　　여그 상 우그서 풍뎅이처럼 한번 놀래?/ 있을때 잘혀!

- 김영일 시 〈있을 때 잘혀〉 일부

　문창식 시인은 세 작품에서 서정적 필치와 여운, 함축의 미를 잘 보여준다.

　　경운기가 물밑 길로 달리고 있다.
　　筏橋場 가는 군내버스 시간 맞추려는 것이다.
　　뭍까지는 삼십 분/ 밀물이 들기까지 한 시간 삼십 분
　　고막, 바지락, 낙지, 해산물 내리는 데 삼십 분
　　김씨는 달리는 경운기에서 맘이 바빠진다
　　하늘 길처럼 바닷길도 훤하게 보이지만

행여 숭어떼라도 지날라치면/ 잠시 멈췄다 지나가야 한다//
아직도 경운기는 물밑 길로 가고 있다
발목까지 젖고 있다

- 문창식 시 〈물밑 길〉 (예술세계08 2월)

영화의 한 장면이 연상된다. 물이 들기 전 지나가야 하는 경운기에는 무엇이 실렸는가? 고막 바지락 낙지 입맛 당기는 우리의 먹거리와 달려가는 경운기, 바빠지는 맘, 특유의 운송수단인 경운기가 없었던 시절을 또 상상한다. 물 밑과 물 위, 시간과 파도와 싸워야 하는 그러면서도 긴장과 흥미를 주며, 어촌 풍경 멀리 두고 시를 다시 읽어 음미하게 한다.

버려진 시골 초등학교 운동장
가을걷이 끝난 밭두렁에서
누런 콩을 줍습니다//
아이들 뛰놀던
가을 운동회 날도 있었겠지요
운동장가 아름드리 조선 소나무
쏴아 바람소리 낼 때
얼굴의 땀 훔치고 바라보는 하늘
여전히 푸르렀겠지요
들녘을 뛰던 누런 송아지
살가운 맘으로 바라보는 어미 눈망울
하늘 거울 비췄겠지요//
풋풋한 흙 내음 배인

호주머니에 가득한 누런 콩
어쩌면 아이들이 뛰놀며 흘린
송글송글한 땀방울일지 모르지요.//
땀 흘리며 줍는 누런 콩

- 문창식 시 〈누런 콩〉

　아이들과 송아지, 어미 소 눈망울, 하늘거울, 맑은 시어들이 콩을 매개로 하여 순한 동심을 더욱 순하게 한다. '땅에 떨어진 콩을 어느 손길이 있어 줍는가?' 라고 현실을 따지듯 묻는다면 우매한 일이라고 이 시는 나무라지도 않는다. 독자는 시골초등학교 운동회의 추억과 가난을 떠올리며 친구를 그리워하고 향수에 젖지 않을까? 서정시의 놀라운 힘일 것이다.
　〈망해사〉에서는 '경계지의 문학' 을 생각한다.

달과 해가 같이 지고 같이 뜨는
풀물지는 망해사에서 바라보면
가물가물 군산 앞바다
기표인 듯 등불 하나 둘 움트고
만조를 치닫는 쇠붕어
온몸 흔들어 내면의 침잠 깨운다
촛불빛 새는 어간문 사이 몸 옮기고
오체투지로 날 버리고 싶다
경계에 선 한 生
진물진 눈망울 지운다
별들 무수하게 내리도록

망해사,
소쩍새 소리로 덮힌다.

- 문창식 시 〈망해사〉

　삶의 극한에 처하면 만물은 구원을 청한다. 촛불 빛 새는 어간 문 사이 오체투지로 날 버리고자 하는 화자의 마음 위에 소쩍새 소리가 덮인다. 군산 앞 바다에서 망해사를 혹은 망해사에서 가물가물 인생이 어디 쯤 흘러왔는지 별들 무수하게 쏟아지는 내면을 낮은 자세로 비춰 볼 일이다.

　이성의 시인의 시 세편은 도회지를 배경으로 현대인의 내면을 차분히 보여 준다.

　　결 고운 문자가 들어왔다
　　아직도 심장 안에 머무는 작은 막대자의 눈금들
　　바라보는 시선들은 어둠처럼 차가운데
　　탱탱해지는 눈빛사이로 떠오르는 얼굴
　　하마터면 잃어버릴 뻔 했던 목소리
　　기억 저편으로 사라졌던 그녀가 돌아오고 있다
　　침묵의 거리에 쏟아지는 한줄기의 장대비
　　오, 내가 사랑했던 발자국
　　날 세워 기다린 적도 무턱대고 올 리도 없었던
　　우리들의 낯선 거리
　　그녀가 나의 골목을 내려서고 있다
　　언제부턴가 나도 골목이 되어 있었던 것이다

더 늘어날 줄도 더 줄어들 줄도 모르는 나만의 유토피아

스스로 깊어져 버린 골짜기

능소화 붉은 줄기 사이로 여름이 가고 있다

왔다가 가고 왔다가 지는

차가운 내 인연처럼

- 이성의 시 〈골목〉 (예술세계08 2월호)

골목에는 누가 살 길래 나만의 유토피아가 될까? 낯선 거리에 기억 저편 사라졌던 그녀는 돌아오고 있다. 말이 필요 없는 침묵의 거리, 마음속 그리운 목소리 장대비는 내리고 사랑은 아직도 진행형이다. 진행형이기에 유토피아인 이 골목에 시의 화자는 그러나 오래 머물 수 없다. 안타깝지만 어쩌겠는가? 세월과 현실을 인연처럼 받아들이는 화자, 스스로 깊어져 버린 골짜기 능소화 붉은 줄기 사이로 여름이 가고 있다고 나즉이 읊조리며 끝맺는 솜씨. 현실 저편 아련한 추억과 어느 골목을 연상하며 몰입해서 시를 읽는 맛이 쌉싸롬하다.

세차장에 들러 먼지를 씻는다

자동차 가죽위로 띄엄띄엄 비눗물을 찍어 바르고

브러쉬에 물을 섞으며

쉼 없는 어제와 오늘을 물로 섞으며

골목골목 돌아 나온 도시의 황사들을 밀어내린다

언제 세상을 말끔히 흔들어 보았는가

겹겹으로 껴입었던 세상 옷들과

무시로 밀고 다닌 작은 말들을
언제 바닥 깊숙이 흔들어 보았는가
떠밀고 떠밀리다 두꺼워만 가는 생의 얼룩
그 빛바랜 시간과 시간사이를
오늘은 물을 섞어 헹구어 내고 있다

- 이성의 시 〈세차〉

먼지 말고 무엇을 씻을까? 어제와 오늘이 비눗물로 다 씻어질까? 그러하다면 불로초 못지않은 효험일진데, 여기서 주목하는 것은 시간 속 얼룩이다. 다 씻기기야 하련만 흔들고 흔들어서 사물을 들여다보고 시간과 시간 사이 물대신 마음을 섞어서 생각을 맑히는 일일 것이다. 세차장에서 차만 닦는 게 아니라 생각을 헹구고 정리하고 그래서 마음이 맑아지는 과정을 상상하게 하는 뼈와 힘을 내포한 시편이다.

원두커피 향 녹녹히 흐르는
시골 어느 찻집에서
화장기 없이 만난 두 사람

어디서 어디까지 흘러왔는지
어디서 어디까지 닮아왔는지
미처 알지 못하는 낯선 길 어귀처럼

한 번도
발목 깊이로 떠내려 가보지 못한 그 찬연한 설레임

첫눈 같은 사랑을

연거푸 손을 부비며 애써 태연한 척

창 밖 내리던 눈발은 점점 더 커져만 가고

멀리 서 있던

어렴풋한 길 하나가

나를 밀고 들어섰다

- 이성의 시 〈어떤 만남〉

가벼운 필치로 자연스레 전개된 리듬감이 좋은 소품이다. 소품 그 이상의 시적 가치를 찾고자 작품을 거듭 읽는다. 시는 무엇이고 왜 어떻게 쓰는가? 그 자연스런 길을 이 시는 넌지시 제시함이 아닌가? 멀리 서있던 길 하나가 나를 밀치고 들어서는 정경을 상상한다. 눈발이 커져만 가는 창 밖, 그 어느 날 두 사람은 원두커피를 마시며 화장기 없이 만났었다. 이렇게 시행과 시간을 거슬러 시를 읽다보면 마음속 그림이 그려지고 눈 녹는 소리도 들리며 설렘은 커져만 간다. 문학과 시를 다른 말로 풀어 이야기 할 때 '길찾기' '나를 찾아가는 여행' 이라고 말한다

포스트모던이니 서정시(敍情詩)니 사물시니 詩의 홍수 속에서 개성이 필요하다. 삶의 양태는 급격히 변화한다. 세상이 빠르고 복잡할수록 사람들은 불안을 씻고자 아름다운 풍경과 단순함에서 위안과 휴식을 얻는다. 좋은 시는 길게 주장하거나 아프게 하기보다 그림을 그리고 물소리를 들려주며 읊조리게 한다는 격언이 또한 설득력을 얻는다.

　　디지털카메라와 포토샵을 활용하는 이른바 디카시가 출현한 한국의 시단에서 어떻게 살아남을 것인가? 서정시와 이미지즘은 험난을 헤치고 생명을 이어왔다. 신인에 대한 큰 기대는 참신함과 실험정신이 아닌가 생각한다.

　　세 분의 작품 경향은 그 모티브가 자기 성찰에서 비롯되며 동심과 동화적 세계를 바탕으로 문명과 세속화 되는 삶에 대한 비판과 풍자를 이면적 주제로 갖는 공통적 특성을 갖는다. 비슷한 듯 보이지만 작품마다 전개방식이 다르고 각기 시적 긴장을 놓치지 않고 참신함과 자생력을 보여주었다. 정진할 것을 빈다. 신춘시단 세 시인의 작품을 기쁜 마음으로 읽고 취해서 그 감상의 편린을 몇 자 바쁘게 적었다.

시와 게임

   '모든 일이 게임처럼 정신집중이 되면 좋겠어' 라는 시의 한 구
절이 달콤하게 들린다. 봄 바람은 꽃소식을 북상 시키고 그 율동
으로 도시를 들뜨게 한다. 만화에서 철학을 보고 게임에서 시를
뽑아올린다. 정신을 잃으면 시도 게임도 완결에 이르지는 못 할
것이다. 그렇다고 늘 긴장만 주어서야 문화의 속성상 외면을 당하
기 십상이다. 거기엔 부분과 전체를 아우르는 전략과 속도의 완
급, 한판의 세상에 대한 함축, 조화의 미학이라는 닮은 점도 생각
해 볼 수 있겠다.

   궂은 날씨에도 너는 나의 뜻에
   반론을 제기한 적이 한번도 없었다.

   이따금 멀리서 휴가 온 형제가 조카들을 데리고 자리를 꽉,

메울 때는 드라이브 나서기 전에 그가 먼저 신이 났다.

무늬가 잘 뵈지 않는 그의 신발을 한번 살펴본다.
"손님, 타이어 교체 시기가 지났군요 안전을 생각하셔야지요."

스산한 바람 부는 날 미끄러워 보이는 너,
나는 반론을 제기한 적이 한번도 없던 널 잊었을까…

"애마님, 올해도 잘 부탁합니다" 모처럼 신발 바꾼 그를 본다.
까만 광채가 그의 몸 전부를 반사시키고 있다.

- 조종래　시 〈바퀴를 바꾸며〉 (한맥)

사물과 인간. 바퀴와 생각이 친화력으로 일체를 이루며 〈문학〉이라는 옷을 입었다. 애마와 모처럼 신발 바꾼 〈그〉와 그리고 한번도 반론 제기 없이 수고해준 고마움에 대한 따뜻한 마음의 배려가 사실적 말투와 잘 어울려 형상화를 이룬다.

사물과도 이렇게 입장을 바꾸어 생각하고 대화를 나누는데 인간의 조직 속에서 자동차 부품 만큼의 사랑도 받지 못한다는 그런 아이러니를 깊이 담아두고 있음이다. 나는 누구의 애마라도 되는가? 애마라도 좋으니 그윽한 눈길 듬뿍 받아 봤으면 애인 애차 애처가 윤택이 나고 잘 빗겨진 털, 이런 저런 반론과 상상이 시 읽기의 즐거움을 더한다.

봄이 왔다고 해도/ 저만치 서 있는 나무//
알 만한 사람 옆에 두고/ 한껏 늦게 웃음 하는 것은/

가까이 서면/ 흔들릴까 두렵기 때문입니다//

때로는 외로운밤 있지마는/ 작은 가시 틔워서/ 이겨내는 것은//

푸른 하늘 우러러/ 오히려 떳떳하기 위함입니다//

오로지 순풍에도/ 이제야/ 싹틔우는 지혜//

늦게 조롱조롱/ 붉은 사랑 엮는 것은//

긴 숨으로 참아서/ 깨끗한 명징에/ 공양 하나 보태기 위해섭니다

- 김숙이 시 〈대추나무〉 (한맥)

봄이 한창인데 대추나무는 꽃은 나중이라도 여태 잎도 틔우지 않는다. 죽었는지 살았는지 궁금하여 손톱으로 껍질을 벗겨보면 생살 파랗게 '기다리려야지' 한다. 웃음은 늦었지만 자손은 조롱조롱 그 번식력과 육질의 달콤함, 해독성, 나무의 단단함으로 정원수(庭園樹)로서 혹은 제사상 으뜸의 자리를 지켜오지 않았는가. 그런데 이런 바탕위에 시인은 사랑의 수줍음과 깨끗함에 드리는 공양(供養)으로 한 사람에 대한 사랑을 소박하고도 깊게 묘사해서 완성도를 높인다.

낯선 마을 어귀에 앉아 지줄대는 새소리를 듣는다. 새는 보이지 않고 두엄 더미 뒤로 날개가 돋느라 야산 자락이 포릇포릇 쪽지를 털고 있다. 산과 들의 경계가 새소리와 사람들 사이가 한나절 따스하게 아른대는 이유를 알겠다. 연줄 잡듯 새소리들을 붙잡고 밭둑 위로 날아다니던 바람이 안으로 팔을 감는 모양을 하고 다가와서 일어서봐 일어서봐 머리카락을 온통 들어올리느라 발을 뻗대다가 아무 것도 가볍지 않은 나를 슬그머니 몇 차례 놓아버리고

오늘 하루 온 종일 여기서 삐대기로 했는지 어디 민박 정했는지 뒤도 돌아보지 않고 동네를 삐그덕 열고 들어간다.

가문비 묘목을 캐러 간 사람은 아직도 돌아오지 않고 저 쪽 물오른 나뭇가지 사이에서 긴 가지따라 길쭉길쭉 자라오르고만 있다.
- 정상하 시 〈초봄〉 (리토피아)

초봄 시골마을의 풍광이 한눈에 들어오고, 가문비나무를 캐러 간 사람은 돌아오지 않았는데 객이라 할까 독자라 할까 시의 화자는 봄을 만끽하고 있다. 민박을 정했는지 뒤도 돌아보지 않고 동네를 삐그덕 열고 들어간 바람 그의 뒷모습과 앞모습 낯선 마을이지만 낙원처럼 느껴지니 이 아니 좋을쏜가.

쉽게 산문으로 풀어놓았음에도 알맞은(最適) 구조와 묘사의 정교함으로 그 감흥과 걸음걸이가 시의 율동과 쾌감을 준다.

눈 덮인 엄동이다./ 물새들이 강을 따라/ 떼를 지어 내려앉았다/
천진무구의 눈동자와 부리만으로/ 뭘 찾을 수 있겠니./
쓸 데 없는 걱정을 해보지만/
끼룩 끼룩 꾹 꾹/ 서로를 부르는 목소리에/ 환호성이 가득이다.//
아하!/ 너희가 내려앉을 땅이 있었구나/ 그곳에 먹이가 있었구나
자꾸 자라서 가족을 이루었구나.//
작은 가슴으로도/ 쿵쾅쿵쾅 피를 돌리고
발끝까지 따뜻한 기운을 보내고 있었구나//
얼음장을 헤치며 물질을 하는/ 물새들의 발가락이 빠알간/

살아있는 날의 한낮이었구나

- 김영춘 시 〈살아 있는 날들의 평화〉 (정신과 표현)

　자연 속의 생물이야말로 가장 순수한 언어를 시인에게 준다. 끼룩 끼룩 꾹 꾹 서로를 부르는 목소리가 복음으로 들리는 시인에게 얼음장을 헤치며 물질하는 새는 공동체의 한 사람이며 작은 가슴으로도 쿵쾅 쿵쾅 발끝까지 따뜻한 기운을 보내고 있었다는 것은 우리도 이렇게 살아가야겠는데 급변하는 환경 속에서 〈과연 그럴 수 있을까〉 하는 비판 의식이 침잠 되어 있으나 리듬과 서정적 묘사에 녹아서 화해를 이루고 즐거운 분위기로 시름을 잊는다.

詩가 만지고 놓아버린 저쪽

태풍과는 친하고 싶지 않은데 벌써 두 차례 서해로 진입, 오늘 밤 요동상륙작전 그 우측 우리나라는 아주 위험하다. 올 여름 빗물을 얼마나 쏟았을까 '재미없는 세상' 물이 부족하고 그래서 물과 바람을 한꺼번에 몰아다 주시는 걸까? 낮에는 멧돼지가 도시의 허벅지를 물어뜯고 비틀비틀 끝내는 식량(食糧)이 되었다는 사건, 어디를 할퀼지 혹은 삼킬지, 자연과 짐승 그리고 문명의 저돌성 앞에서 사람은 작아진다. 몸을 낮추어 살아야겠지만 그렇다고 실컷 잠이나 자야겠다고 작가가 침묵 그것은 아니다. 물도 물 나름이며 꼭 필요한 것은 맑고 좋은 물일 것이다.

긁어도 보고 까실 까끌 황량한 마음을 빗질한다. 시를 읽으니 누군가 상처를 어루만지며 청춘을 되찾고 있었다. 시원하고 섭섭하고 그러나 시인의 의식이 살아서 느낌이 선선하고 비장하고 황홀하다. '詩가 만지고 놓아버린 저쪽' 산책에 나선다.

신령처럼 몇 백 년인가/ 고려시대 산 역사를 지키고 있는/
나옹송을 아뢰기 위하여 찾았다/ 함박눈이 며칠 째 내린 산골짝 깊은 /
칠장사 나한전 그늘을 느리고 서있는 나옹송/ 깊은 용 비늘 주름진/
노송에/ 화두를 얻기 위하여/ 눈길을 헤치며 찾았다./
칠현산 자락에 소소히 불어대는/ 매운바람/ 죽비소리처럼 들려오는/
조리대바람./ 나옹송 앞에서 묵언으로/ 화두를 기다리는 /
가난한 가슴으로 기대본다.

- 김유신 시 〈칠장사- 나옹송 찾아〉 (화백문학)

칠장사를 소재로 쓴 시가 많지 않은데 이 시는 자연스러운 매력으로 독자를 사로잡는다. 절을 찾는 소박한 마음을 바탕에 두고 함박눈이 며칠 째 내린 산골짝 한껏 분위기는 적막하고 바람은 맵다. 핵심어는 나옹송과 화두인데 몇 줄 안 되는 글이지만 풍경 속에서 논리가 간명하고 튼실하다.

화자는 지금 나옹 스님을 눈앞에 뵙고 여쭙는 마음으로 소나무에게 예를 다하고 안부를 살피며 바라보고 있다. 주름이 느셨군요. 삶이 팍팍하여 이제서 찾았습니다. 나무에 기대인 가난한 가슴, 선사(禪師) 무슨 말씀을 하시겠는가? 조릿대 바람소리 저편 청산가(靑山歌)라도 들리는가.

(청산은 나를 보고 말없이 살라 하고/ 창공은 나를 보고 티 없이 살라 하네/ 사랑도 벗어 놓고 미움도 벗어 놓고/ 물 같이 바람 같이 살다가 가라 하네)

절 뒤편 개울가 소나무를 어른 모시듯 받들고 살아온 선조들의 지혜를 깨닫는다. 늙었다고 낡었다고 멸시하거나 화두를 찾는다고 고려시대 누구든지 어렵게 하지 마라. 비우면 되는 것을 화두는 무슨, 큰 나무의 허허로움과 조리대 바람, 서늘하지만 산과 개울이 눈 속에서 화목하고, 내공이 옹골찬 녹색 작품이다.

중학생 때 그녀 할머니 처음 뵈었을 때
넌 왜 그런 생각했을까
흰옷에 하얀 머리 비녀 지르시고
봄 햇볕 쪼이러 마루에 앉은
검버섯에 주름 많던 그녀 할머니
누나야, 내 사랑 너도 늙으면
쪼글쪼글 너네 할머니 모습일 것이라고.

오늘 아침 우연히 신문 보고 알았다며
오십년 만에 처음 전화하는 너
나는 숨 막히고 어지러워 할 말을 잃고
한참만에야 겨우 한다는 말이
요즘도 옛날 모습 지니고 있냐니까
염색머리, 틀니에 보청기까지 쓰는
영 틀려버린 할망구란다

그래, 누나야 너도 죽으면
너네 할머니 닮은 해골 되겠지
그땐 나도 내 무덤 속 전화도 없는 곳에서

백골로 누워 가끔은 네가 궁금하겠지
생각밖에 할 것 없는 긴 긴 시간 속에서
더러는 네 백골이 떠오르겠지.
열 다섯 그때 얼굴 떠오르겠지.

- 김원길 시 〈오십년 후〉 (화백문학)

오십년이 어떤 시간인가? 연정이 묻어나는 추억과 전화의 몇 마디가 시의 씨앗 되고 거름도 되어 줄기는 한참 뻗어서 3연이다. 사람의 마음이 어떻게 흘러가는가? 사랑이란 과연 죽어서도 끝나지 않는구나. 독자는 흥미진진 감동 먹기 일보직전이다.

잊고 살다가 50년이 지나 걸려온 누나의 전화에 가슴이 두근 두근 숨이 막히는 화자, 얼굴이 쪼글 쪼글 그 할머니는 어떤 마음일까? 나이를 먹어도 내 사랑 누이는 중학생 때 그 얼굴일 것이라고 상상한다.

이 시의 백미는 마지막 3연이다. 바보인들 어떠랴. 마음을 가라앉히고 그래 누나야 너도 죽으면 너네 할머니 닮은 해골 되겠지. 인생은 끝이 있어서 비극이지만 작품 속에서 영원을 꿈꾸며 해골이어도 좋다. 죽어서도 열다섯의 그대를 궁금해 하고생각하겠노라 멋지지 아니한가? 시와 상상 속에서 화자와 독자는 청춘을 되찾고 차분하게 시간과 세상의 담장을 훌쩍 넘어서 사랑은 언제나 열여덟 진행형이다.

뜨거운 불판 위에서
온몸을 웅크릴수록 윤기와 맛을 낸다
뜨거운 열정
차갑게 식고 식어

흘러가버리는
겨울이 가고 봄은 오고 있는데
사랑하는 사람아,
사랑도 한창 식고 나면
저렇게 까맣게 타고야 마는 것인가

- 진명희 시 〈삼겹살을 구우며〉 (화백문학)

'시는 예술이다' 이 말은 사물을 바라보는 작가의 시선이 새롭다는 전제 밑에서 설득력을 크게 가진다. '삼겹살을 구우며' 라는 제목이 '거기서 뭐 시가 나올까' 이런 생각이 들기도 하지만 그렇지가 않고 시선이 날카롭고 구도가 치밀하다. 보통은 '타오를 때나 뜨거울 때를 주목하고 노래하기 십상인데 화자는 지금 불판을 바라보며 차갑게 식은 후 까맣게 타버린 속내의 아픔을 겨냥하고 있다. 겨울은 가고 봄은 다시 오는데 불타는 사랑은 왜 영원하지 아니한가? 순환과 반환이 없는 삶, 사람을 소우주라 하는데 '삶이 곧 아이러니' 라고 그대로 받아내기에는 어딘가 허전한 느낌, 삼겹살을 맛있게 굽다가 뜨거운 물질 저편 형이상학의 세계를 건너 갔다 온 그 거리 여운과 함께 침묵의 언어가 깊이로 읽힌다.

환하게 웃고 있는 사진 속 얼굴 앞에서/ 향불을 피워 올린 뒤 재배했다// 웃을 일이 없었던 그는 웃고 있다/ 살아 웃을 일이 없었던 친구였지만// 정작 영작 사진 속에선 크게 웃고 있다/ 함박 웃는 사진 속 얼굴 앞에서// 그래 나는 틀렸다 들이 웃는 얼굴 앞/ 웃고 살라는 웃음 앞에서 따라서 웃지도 못한 채// 영안실 구석에 앉아 소주 몇잔을 마신 뒤/ 그러다 끙 허리 펴고 일어서 복도로 나와// 줄줄이 늘어선 흰 국화꽃 화환 뒤에서 울음을 삼켰다/ 그를 다시 볼 수 없다는 건// 여전히 실감나지 않았다 나중에 알게 된 일이지만/ 그는 자신의 몸에서 빠져나온 뒤// 울먹이는 나를 한참 동안이나 지켜봤다고 한다/ 하늘에서 가장 반갑게 나를 맞은 이도 그 친구다// 그와 헤어진 뒤 오십 년이란 시간이 흐른 뒤였다

- 강만수 시 〈영정사진〉 (화백문학)

　함박 웃는 영정사진 앞에서 따라서 웃지도, 울지도 못하고 나와서 흰 국화꽃 화환 뒤에서 끝내 울음을 삼켜야했던 에피소드를 바탕에 깔고 있다. 장례의 풍속도 환경에 따라 바뀌고 고유의 영역이라는 것을 그대로 접어둔 채 이 시는 "영정사진"이라는 논제를 화두로 던져놓고 있다.

　슬픔의 분위기를 벗어내고 작품으로 다시 읽도록 하는 힘은 분향하고 절을 마친 그 순간 고인이 몸을 빠져나와 밖에서 울먹이는 화자의 모습을 지켜본다는 발상이며 50년 후 화자가 죽었을 때 하늘에서 가장 반갑게 맞아줄 것이라는 믿음이 외롭지 않고 올곧게 살아가는 바탕이 되기 때문이다. 언제 죽을지도 모르는 데 누가 어떤 모습으로 찍어야할까? 호상(好喪)이라고 해도 웃음은 금기시 되고 있는데 건강할 때 웃는 모습으로 찍어놓는 게 좋은 일인가? 이 시를 비롯하여 '무연(無緣)사회' 연작시들은 소외되거

나 가볍게 지나치기쉬운 문제를 날카롭게 꼬집고 잠재된 이치를
드러내어 독자를 설득하고 시로서 형상화에 성공하는 특성을 가
진다.

여자가 거울을 보는 건
한 여자를 보는 일일 뿐이다
마스카라를 하고 립스틱을 바르는 일은
남의 눈을 위하는 일일 뿐
절대로 자기를 다듬는 일은 아니었다
여자가 비로소 자기를 볼 수 있는 거울은
병원의 차갑고 딱딱한 침대이다
우주를 탄생시켰다는 여자
손발이 다 닳도록 돌볼 곳이 많은 여자
자기를 돌보지 못한 죄로 벌을 받는 곳이 병원이다
세상에 참으라고 할 것이 그리도 없었는지
건강을 참으라고 하던 여자

꾹꾹 눌려있던
어깨며 다리며 허리며 피부며 하다못해
머리까지 터뜨린다는 불만을 듣다가 문득
문득 뒤를 돌아다보게 하는 병원의 초라한 침대
그 침대가 자기의 진짜 거울이라는 걸
여자들은 그제야 그렇게 깨닫는다

- 홍승태 시 〈여자와 거울〉 (화백문학)

병원의 침대를 배경으로 여성의 삶에 대한 연민의 시선이 날카롭고, 도타운 마음이 시냇물처럼 흘러서 한편의 시가 되어 잔잔하게 감동을 준다. '우주를 탄생시킨 여자' 구구절절이 맞는 말이다. '여성이 자기를 돌보지 못한 죄로 벌을 받는 곳이 병원 침대'라는 현실에서 거울아! 사실 칭찬을 받아야 할 여인인데 이렇게 상벌이 공평하지 못하다니, 원초적 불합리를 사람의 힘으로 어쩔 것인가?

이 또한 우리네 삶이 내재하고 있는 '아이러니'이고 함정이라는 데 생각이 미치고 시간이란 놈 어디 있느냐? 너를 참으로 벌을 주어야 하겠는데…. '잘 못 부린 사람의 탓이 클 것이니 친구며 가족이시라 이제라도 잘 보듬어 평안케 하시라' 이런 말이 배음으로 아프고 점점 크게 들린다. 자신을 돌보는 거울을 가져야 한다고 사랑을 담뿍 담아 더 늦기 전에 여자들을 시로서 깨우치며 부드럽게 일으켜 돌려 세움이다.

6월 10일,/ 6.10 만세 운동 기념일/ 이팝나무가 하얀 이빨을 드러내고/
만세를 부른다.// 쌀독에 가득했던 쌀이,/ 이팝나무로 옮겨붙어,/
쌀독은 바닥이 보인다// 이팝나무가 올해들어 처음으로/
하얀 밥상을 푸지게 차려낸다.// 6월은 아픈 달인데/
하얀 치아를 드러내고/ 하얀 밥상을 차리는 이팝나무,/
모진 가난 에도 찌들 줄 모르는/ 우리 어머니 같다.

- 김시종 시 〈이팝나무〉(화백문학)

쌀알 같은 꽃을 달고 초여름 우리나라를 환하게 밝히는 이팝나

무를 소재로 전통적 서정과 역사적 의미를 조화롭게 표현한 작품
이다. 올해 들어 처음 푸짐하게 차린 밥상. 이팝나무는 어머니와
동일시 된다. 압제와 가난에도 찌들지 않고 당당하시던 어머니가
유월을 팔 벌리고 서계시니 얼마나 기쁘겠는가? 부러울 것이 없
다. 은혜를 생각하자니 오늘이 6·10만세운동 기념일이라 만세소
리도 들릴 듯 저 하얀 이빨은 무엇인가? 가난을 이기고 바르게 일
어서려 안간힘을 쓰는 자세, 이 시대 시인정신과 방향이 올곧게
같음이다.

이팝나무에 관한 또 한편의 시를 읽는다

키 큰나무에/ 자잘한 햇살이 열렸다가 진다
까르르 소리치며 흩어지는 햇살들//
내 여자의 뽀오얀 속살처럼/ 바람에 날려 하늘거리는/ 속절없는 날들//
그 수많은 여인들 중에 하나가/ 내게로 와…
나는 바람 소리로 흐느끼다가/ 끝내 바람이 되고 말았다//
해가 저물어/ 꽃들이 낮은 소리로 울고/ 봄이 눈물처럼 흘렀다.
- 이호준 시 〈이팝나무에 열린 것들〉 (화백문학)

여인의 향기가 맡아질 만큼 시각과 청각을 자극하며 공감각이
행간에 살아있다. 깨끗한 느낌으로 독자의 가슴을 열고 있는데 그
황홀함도 잠시 바람이 되어 날아가고 분위기는 바뀐다. 꽃들이 낮
은 소리로 울고 해가 저무는데 이별의 정서는 리듬에 가볍게 흘러
가고 여운만이 남는다. 감감적인 표현이 우울한 자아를 씻어내고

나뭇가지들이 생애의 시련이기도 한 이별과 슬픔의 날개를 훌훌 턴다. 감각과 리듬 압축을 통해 서정시의 묘미를 가지고 있는 미학적으로 품격 높은 작품이다.

개교 기념일/ 아이들 없는 운동장엔/ 알락할미새 몇 마리 날아와 놀았다/
무얼 먹고 사는지 운동장 맨땅을 쪼았다//
웬 할머니 두 분이/ 교정 구석구석을 다니시며 풀을 뜯었다/
나가서 물으니/ 젊어서 고생만 하던 사위가 암에 걸려서/
좋다는 애기땅빈대풀을 뜯는단다./ 그 새우 같은 눈시울이 젖어있다//
할미새도 가고/ 할머니도 돌아간 운동장//
서쪽 하늘 붉고 문득/ 무상한 지상의 이름/ 이름들이 서글퍼졌다
- 복효근 시 〈알락할미새의 이름〉 (시와 표현)

봄부터 가을 까지 물 맑은 곳이면 흔하게 볼 수 있는 알락할미새, 몸이 작고 흰색과 검은 색이 잘 어울리고 뒷태가 예쁜 것을 보면 할미 보다는 알락에 방점이 찍히는 철새이다. 운동장을 차지하고 맨땅을 쪼으며 먹이도 잡고 심심치 않게 놀고 있는 새들의 풍경이 소박하고 정겹다.

제초제나 살충제를 뿌리지 않아서 다행이라는 생각 사이에 홀연 나타나신 웬 할머니 두 분, 고생만 하던 우리 사위 살려야 한다고 '애기땅빈대' 풀을 뜯으러 다니신다는 애절한 사연에 눈시울을 적신다.

그 흔한 애기땅빈대 일명 쥐손이풀에 항암작용이 있다니 놀랍고 생명은 참으로 신비롭다. 빈 운동장에서 화자는 명상에 잠긴

다. 붉은 서쪽 하늘 서글픔과 아름다움은 어째서 동행하는 것일까? '무상함으로 다가오는 지상의 이름 이름들이 서글퍼지고 몰려드는 그 서늘함(悲壯美)에 흠뻑 떨린다.

서부해안도로를 쉬엄 쉬엄 돌고 돌아 육거리에 내리면
고산성당 마리아 곁에 겨울 동백 한창입니다
성모님, 올레12코스 엉알길이 어딥니까?
숭월봉 큰바위 낭떠러지 아래에서
차귀도로 지는 해 잠깐 보다가
　- 중간 생략

오늘은 봄볕 좋아
시골버스 타고 나들이 갑니다
모슬포 선착장엔 마라도 가는 여객선 발이 묶였고
산방산이 바다 안개폭에 안겨 빙글빙글 돕니다
군물왓, 일과이리, 덕수리동동 동네방네 빙글빙글 돌아
서귀포 터주대감 한 시인 만나러 갑니다

외돌개 낙조 깔고 앉아 주거니 받거니
한라산 소주 거나해져
너영나영, 둥그레 당실, 이리 저리 비틀거리면
올레길이 바다고 바다가 집입니다
수월봉, 차귀도가 밤바다에 떠갑니다
너영나영 봄바다에 떠가는 독거섬입니다

- 이명수 시 〈수월산방행〉 (문학과 창작)

제주도 올레길 수월 산방을 찾아가는 길에서 말들이 정겹고 흥에 겨워 비틀 비틀 시가 둥둥 떠서 흘러가고 있다. 올레길이 바다고 바다가 집이고 차귀도 그까잇거 한라산이 바다에 빠진들 무슨 걱정일까? 즐겁고 즐겁기만 하다.

시인을 찾아가다가 감정을 이기지 못하고 몸으로 시를 쓰는 모습을 동영상으로 보고 있다. 그 즐거움 속 너영나영 함께 있어도 봄 바다에 떠가는 독거섬이라니 얼토당토 아니한 이 주정은 그래도 맞는 말이다.

시인은 어디서나 혼자이고 그래야 칼칼한 시를 쓸 수 있다고 일갈하고 있다. 독자여 한라산 소주보다 시의 맛이 그래도 일품 아니겠는가? 시인으로부터 제주도를 통째로 선물 받은 기분이다. 향기가 바람을 만나 태평양을 건넜다 한다.

시와 역설적 환경

　여름 시의 들녘을 걸어왔다 하늘과 땅　바람과 비, 그리고 햇볕
이 그지없이 좋았다. 자연이 돕고 도와서 풍년을 이뤘다. 그런데
어디서도 풍년가는 들을 수 없고 부를 수도 없다. 역설이다. '좋
아 죽겠네' 이 말이 가진 참 뜻의 역설을 새긴다.

　중국산 멜라민 파동이 우리를 우울하게 한다 유분 함량을 높게
보이기 위해 섞어 넣은 멜라민이 어린이의 생명을 빼앗고 먹거리
공포를 안겨주었다 시인을 일컬어 순수한 사람이라 한다. 어둠 속
에서 빛을 발견하고 좌절하는 삶에서 희망과 극복의 의지를 키운
다.

　농촌과 농민을 사랑하는 사람들이 문학으로 모여서 '농민문학
회'를 이루고 작품을 경작하였다. 환경은 열악하고 누구와 손잡
고 언제까지 이어갈 수 있을지 걱정도 많았다. 그러나 갈라진 논

바닥 '단비'를 기다리며 논두렁에서 밤새우는 농부도 보았다. 그들의 생각과 부지런함은 좋고 나쁨 옳고 그름 그 너머에 그 어떤 서릿발에도 쌀을 생산한다는 소명감으로 가슴 가득 감동의 샘물을 퍼내지 않는가.

　농민문학 여름호는 테마기획 '칠석' 특집을 꾸렸다. 신현득 시인을 비롯하여 정태모 진의하 김삼진 박건웅 신순애 배상호 염광옥 김인호 강정식 박숙희 최병익 이문재 하두호 임용재 임용식 시인에 이르기까지 스물 네 분께서 상상의 씨를 뿌리고 부지런히 경작하여 풍요를 일궜다.

　　견우직녀 純愛譚이 地上까지 알려지니
　　까마귀들 感動받아 오작교를 놓았다네
　　애타던 두 戀人들의 쌓인懷抱 풀었단다

　　철근넣은 양회다리 한百年은 갈터이나
　　조약돌의 징검다리 銀河물살 세서일까
　　해마다 떠내려가니 까마귀만 애꿎도다

　　사흘간의 짧은工期 너무너무 無理이니
　　밤잠없이 일을하다 脫毛되고 氣盡했네
　　前生에 진業報인가 人間들아 배우란다

　　銀河水의 오작교는 東西戀人 이어주나
　　우리네의 南北戀人 무엇으로 이어줄까
　　歲月여 흘러라인가 기가막힌 恨이로다

每年한번 七夕날이 오긴와도 애만타니

한여름의 짧은밤이 동짓날밤 될수없나

그래도 哀切한사랑 변치않고 永遠하리.

- 우명환 시조 〈七夕날에〉

　　우명환 시인은 견우직녀 이야기를 현대시조의 틀에 넣어 남북 연인 그리고 이산의 아픔을 형상화하였다. 시조는 세계인이 놀라는 민족의 노랫가락이다. 작가는 느림과 기다림의 아름다움을 목소리에 힘주지 않고 강조하는데 매섭고 효과적이다.

　　우리의 선인들은 은하수 건너 좋은 세상이 있을 것이라는 상상을 하며 현실을 위로하고 안타까움을 함께 나누며 칠석에 오는 비는 견우 직녀 이별의 눈물이라 믿고 신앙처럼 하늘을 공경하며 자연을 거스르지 않고 벗하며 살았다.

　　한번 맺어진 사랑은 영원하기를 누구나 빌고 신앙처럼 소중히 여겼음이다. 짧은 만남 긴 이별의 안타까움을 어찌 말로 다하랴. 그러니 철근 넣은 양회(洋灰)다리 아무리 튼튼해도 쉽게 사랑하고 빨리 헤어지는 '세속의 사람들아 까마귀만도 못한 감동이 없는 사람들아 부끄러운줄 알아라 어리석은 사람들아' 이런 꾸지람과 다층적 생각, 민속의 고유 가락을 내포하기에 읽을수록 맛깔스러운 작품이다.

　　은하수가 여기서

　　몇 광년인가

막대 하나 물고, 까막까치가
아침 시간에 날을 수 있는 거리

은하수 강너비는 몇 광년인가
세상 까마귀, 세상 까치가
막대기 다리를 놓을 수 있는 거리

견우에서 직녀성은 몇 광년일까
양편에서 발로 걸어 반나절에,
다리 가운데서 만날 수 있지

베 짜다가
색동 갈아입고 직녀가
밭갈이 적삼 바람으로 견우가,
까막까치 다리서 둘이 만나면

반가울수록
흐느낄수록
멀리 멀리까지 떨어지는 눈물

지구 별 우리 앞들에
풍년을 적시는
칠석비가 오네

- 신현득 시 〈칠석에 오는비〉

은하수가 여기서 몇 광년인가? 은하수 강 너비는 몇 광년인가?

견우에서 직녀성은 몇 광년일까? 연마다 시작되는 이런 물음은 알고 있는 그 넓은 물리적 거리를 확인하고는 금새 무시해버려도 무방하다. 대비적 요소로 강조의 역할을 수행하는 동안 상상은 날개를 퍼득이고 까막까치가 막대를 물고 아침시간 벌써 날아서 다리를 놓는다. 이승과 저승의 거리는 얼마나 될까?

베 짜다가 직녀는 색동옷 갈아입고 밭갈이하던 견우는 적삼바람으로 반가움과 흐느낌, 원앙금침 왜 하필 까치와 까마귀일까? 저승과 죽음, 반포지효(反哺之孝)라 하였다. 반가울수록 흐느낄수록 눈물은 칠석 비의 양과 비례하여 풍년이 든다는 생각이 이미지로 육화(肉化) 되어 아련한 기억 저편 동심도 불러오며 삶에 통찰과 믿음도 가져다준다. 나이가 들수록 시간은 왜 빨리 가는 것일까?

각 시편들의 뿌리가 깊고 매혹적 상상을 주며 독특하여 읽다가 은하에 빠져 돌아오는 시간과 길을 놓치기도 하였지만 즐거웠다. 윤용문의 시 '첫 사랑'의 여인은 아직도 열여덟, 임동후의 '칠석날'의 함축과 호소력, 하두호의 '언덕이 있던 돌작길'이 주는 애절한 추억과 그리움은 낙원에 닿았다. 그렇다. 박영춘의 '칠석날 밤 꿈'은 비록 꿈이지만 얼마나 달콤하고 시원하고 히뜩 히뜩 질펀한 흥미인가? 스물 네 분의 '칠석' 시편들 고루 짚어볼 수 없는 아쉬움이 크다.

어머니 오늘은 / 어느 밭이랑에 쪼그리고 앉아

채소를 솎아내며 / 하루 해를 넘기는지//

아버지 오늘은 / 고단한 몸을/ 막걸리 한사발로 적시고/
맨 땅에 누워 잠든 것은 아닌지//
수십 번/ 논밭을 어루만져야 / 낟알을 거두는 한 해의 농사//
황토물이 든 작업복/ 땀 냄새를 풍기며/ 손바닥 발바닥 수없이 찍었을/
밭고랑!

- 권용례 시 〈고향 땅〉

소박한 마음으로 쓴 단시다. 깨달음을 주는 단시를 쓰기란 매우 어렵다. 오늘의 쓸쓸하고 고단한 농촌을 누가 있어서 위로하는가? 황토물이든 작업복 아버지와 밭이랑 쪼그리고 앉은 친정 어머니를 걱정하는 시의 화자 그 누구인가? '아버지 맨 땅에 누워 잠자지 마세요 큰 일 납니다' 이런 목소리가 들리는 듯하다. 고향을 떠나와 부모를 가깝게 모실 수 없는 애틋한 효심이며, 마음 풍경이라 생각한다.

물론 이 작품에서 전화걸기의 시 전개 방법을 도입하지는 않았다. 그러나 이 몇 구절이 독자를 울리고 고향에 안부 전화라도 걸게 한다면 그것은 곧 감동이다. 또한 노인들만이 지키는 농촌과 그 밖에 문제들을 알면서도 어쩌지 못하는 현실을 아픈 상징인 손바닥 발바닥 밭고랑! 으로 표현한, 함축미가 돋보이는 작품이라 하겠다.

비오는 강에 갔습니다// 강물이/ 가뭄에 줄어든 강폭을 점차 넓히며/
허연 정강이를 드러내놓고 있던 강둑을 향해/
스멀스멀 기어오르기 시작했습니다//

갈라진 강바닥은 이내 피돌기가 돌고 / 목숨을 부지한 몇몇의 게들이/

제 구멍 드나들며 부산을 떱니다//

생기가 돈 풀잎들이 바람에 모로 눕다 다시 일어나고/

술렁대는 갯벌을 다독이며/ 모든 것을 품어 안기 시작한 강은/

가끔 생채기 난 갯벌의 앙탈에 못 이기는 척/ 불어난 몸을 몇 번 뒤척이다가 /

강둑을 향해 나아갑니다//

둑도 물이 그리웠던 모양입니다/ 기어오르는 물이 둑에 닿자/

반가운 듯 찰랑찰랑 소리를 내는/ 물의 긴 허리를 감싸 안습니다 /

그런 모습을 한참이나 바라보다가/ 나도 그 사람이 보고 싶어졌습니다.

- 김영숙의 시 〈강물, 둑에 이르다〉

비오는 날의 강을 사람으로 비유하여 전개되는 시를 읽어가면 사색이 깊어지고 술렁이는갯벌도 만나며 끝연에 이르러 고개가 끄덕여진다. 여성 화자는 지금 강가를 걷고 있다. 생기가 도는 풀잎, 강은 찰랑 찰랑 반가운 소리를 낸다. 걷다보면 허연 정강이를 드러내는 강둑, 건장한 청년일 수도 있겠다. 강물과 강둑의 관계를 배경에 깔고 독백체로 쓴 김영숙의 이 시 〈강물, 둑에 이르다〉는 서정성 짙은 영화를 보는 느낌이다. 장면이 바뀔수록 갈등은 가라앉아 내면화 되고 결말에 다가갈수록 긴 허리를 감싸 안으며 달콤하다.

생채기 난 갯벌의 앙탈을 받아주고 다독이며 모든 것을 품어안는 강! 우리가 서정시를 쓰고 즐겨 읽는 이유는 또 무엇인가? 큰 예술은 자연에서 배우고 마음으로 얻는다고 했다. 독자여 달콤함 그 너머 강에서 세상 철리(哲理)를 배우며 문득 그 사람을 떠올리

고 그리워하는 경지(境地), 여기에 이르는 과정이 차분하며 자연
스럽고 또한 놀랍지 아니한가.

> 솟구치는/ 생명의 환희/ 너는 그렇게 온다/ 연초록 물결/
> 무슨 말할 듯 말 듯/ 못다 한 이야기 담아/ 달궈진 여름 햇살 삼키며/
> 과일로 돋아난다//
> 듬뿍 와 앉은 따가운 햇살/ 제 몸 태우며/ 손들고 일어서서/
> 너는 그렇게 온다/ 가지에 매달린 아픔 다한 果木/
> 끊임없이 두근거리며/ 대박을 꿈꾸는/ 속살 뜨거운 열정으로/
> 저마다 표정이 뜨겁다//
> 가지마다 살며시 피운 웃음꽃/ 어깨가 출렁인다/
> 햇살 덮고 잠들던 果木/ 중얼거린다, 흥얼거린다/ 果園둘레가 환하다.
>
>   - 김훈동의 시 〈果園에는〉

이 시는 관념을 배제하고 시각적 청각적 이미지를 통하여 시의
효과를 극대화 한다. 솟구치는 생명의 환희가 곳곳에서 생동감 있
게 표현된다. 그러나 밑줄 아픔 다한 果木이 없었다면 얼마나 심
심할까? 시선을 모은다. 두근거림 저 아래 여러 아픔을 이겨낸 중
얼거림과 흥얼거림을 듣고 열정을 느끼는 것은 독자의 몫이다.

아픈 줄도 추운 줄도 더운 줄도 모르고 최선을 다한 후 무슨 말
을 할 듯 말 듯 그러나 리듬은 즐겁기만 하다. 시 속에서 비바람
갈등은 분위기를 망치지 않았고 햇살과 생산적으로 작용하여 과
육이 되고 어깨 출렁이며 둘레 환하게 한껏 살아난다. 삶도 시답
게 저마다 뜨겁게 그렇게 살아 볼 일이다.

나 그냥 다시 태어나면/ 부잣집 한옥 마당에/

하얀 목련꽃으로나 태어날까 봐//

사람으로 산다는 것/ 너무 힘들어/ 아무 일 하는 것 없어도/

숨죽여 지켜보는 일만으로도/ 사람들 삶의 이야기들/ 괴롭고 쓰린 //

다시 태어난다 한들/ 슬픈 그들에게 희망을 주지도/

소망을 이루게 하는 일 따위도/

따뜻한 사랑을 채워 주고/ 절망 같은 아픔을 달래 주지도 못할 //

나 그냥 다시 태어나면/ 아무 생각 없이 살아갈/

하얀 목련꽃이나 될까 봐

- 나명욱의 시 〈다시 태어나면〉

　생각하며 살아가기의 힘겨움과 답답함을 뒤에 두고 화자는 다시 태어나면 부잣집 나무가 되고 싶다고 소망을 이야기한다. 불경기다 이런 저런 사정을 들어 불평을 늘어놓지 아니하고 지나가다 보았음직한 어느 집 목련 나무의 신세를 부러워하는 소박하고 여린 마음이 오히려 가슴을 치며 안타깝게 하고 시적 감동을 준다.

　이것은 그야말로 역설이다. 아무렇게나 살면 왜 못 살까? 누군가 참으로 사람을 나무만큼도 대우하지 않았다면 얼마나 섭섭하고 화가 났을까? 그러나 그런 현실과 느낌이 사람을 우울하게도 하고 심하면 스스로 죽게도 한다. '사람다운 삶' 화자는 이미 부자도 싫고 생각하는 것이다. 싫어진 상태다. 여기서 제목 '다시 태어난다면' 이라는 가정은 형상화의 숨통을 터주며 극복의 의지를 담보함이니 얼마나 다행이랴.

　삶이 우리를 속이고 슬퍼질 때 목련을 바라보면 코 흘리개 어린

254

이가 되어 상상하며 자유를 얻고 돌아가신 어머니도 만나고 마음 비우며 평안함을 얻는다. 현대인에게 시쓰기는 그래서 잡다한 스트레스를 풀어주고 대인관계가 좋아지며 치료의 영역을 개척하고 환경을 열어가고 있다.

불볕더위에 풀 뽑고 곁순 따고 진딧물 잡고
수박 달아 똬리 받치고 고깔 씌워 백일동안
삐딱이 될라 얽음뱅이 될라
오강만큼 푸르게 대보름달만큼 잘 익었드라
좋은 놈으루 한 차 실어 경매를 보니 이십 구만원이라네
경매사도 미안해하고 운임 받는 기사도 미안해하네
속이 얼은 그 여자, 남은 수박은 소매한다고
대로변에 보니 수박이며 참외를 놓고 팔드라며
한 경운기 수박을 싣고 나섰네
〈수박 2000냥〉 입간판 세워 놓고
멋쟁이 중학생 아들 머리통만한 건 2천원
꽁생원 신랑 대갈통만한 건 3천원
우주에서 따 온 푸른 샘 지구 한 덩이는 5천원
지나는 차 막무가내로 세워 수박을 파네 어떤 이는
안다고 한 덩이 팔아 주고, 어이없어 한 덩이 가져 가고
누구는 소리치며 휙 지나가고, 계곡에 놀러 온다고 두 덩이 사고
신이나 손 흔드는 그 여자 까르르
웃음 한 물결을 실어 출렁이게 하네.

- 정주일의 시 〈그 여자〉

수박을 키워서 잘 팔아야 돈을 만들어 쓸 수 있는 데 그렇지 못

해 소매에 직접 나선 '그 여자' 농촌 현장을 가까이서 보는 느낌
이다. 자연스럽게 읽힌다. '용기를 내서 한 경운기에 수박을 싣고
나서자 수박은 의외로 잘도 팔려 나간다. 타박 타박 타박네야의
음악 소리가 들릴 듯 수박 판매 과정이 흥미롭고 심리 묘사가 객
관적이며 해학성이 띠고 탁월하다.

　생산비나 제대로 건졌을까? 신이 나서 손 흔드는 그 여자 까르
르 웃음 한 물결 출렁 출렁 어디로 떠내려가지는 않았는지? 맛좋
은 수박이 제 값에 잘도 팔렸으면 좋겠다. 작품 속에서 추억과 낙
원으로 자리 잡은 농촌 환경이여, 시와 역설적인 경제적 문화적
여러 환경들이 개선되었으면 좋겠다. 현실에서 참으로 그랬으면
좋겠다.

남북통일과 시인의 절규

농민문학회에서는 올 여름 '6.25 전쟁과 분단문학'을 주제로 격전지 파주에서 문학세미나를 개최하여 작가들의 시각과 의견을 담아 '2011 농민문학 파주선언'을 채택하였다. 그 성과를 창작을 통해 깊고 넓게 펼치려는 의도에서 농민문학 가을호 '남북통일' 특집을 실었다.

작품을 일독한 소감은 한마디로 '절규(絕叫)'였다. 울음과 외침으로 큰 메아리를 만들고 있는데, 현실은 에르바르트 뭉크의 그림 '절규' 딱 그 모습이다. 귀를 막고 어느 것도 통하지 아니하는 두려움 속 공포심(恐怖心)마저 지쳐버린 60년 세월, 민족 고통의 안타까운 현실, 한맺힌 글귀 속으로 들어가 본다.

실수의 자리에서였던가.

정의론자가 도둑을 맞아들이기 위해
만만한 나라 하나를 뚝 잘라서 줘버렸다.
세상에, 세상에, 세상에…….
잘린 나라, 잘린 인민은 어쩌라고?

나라를 자르고 쪼갠다는 건, 산천을 쪼개고
하늘과 바다를 같이 쪼개는 거다.
민족을 쪼개고 가정을 쪼개고, 형제를 쪼개고, 친구를 쪼게고
꽃나무까지, 산짐승까지 물고기까지를 쪼개는 거다.
마을을 쪼개고, 번지를 쪼개고,
조상 때의 언어와 역사를 쪼개는 거다.
인민의 가슴과 숨결을 절반으로 쪼개는 거다.
조각나지 않은 것 하나 없이 쪼개고 쪼개는 것이어서
우리는 그렇게 쪼개어졌다.

세상에 이런 잔인한 일이 있나!
그런 고통을 지니고 우린 어쩌라는 건가?
우리의 분단이 강대국의 흥정에서 출발된 거라면
폴란드 3차 분할, ‘18세기의 죄악’ 보다 더한
‘20세기의 죄악 이다!

그걸 짐작하지 못 했을까, 정치꾼이라면,
인류를 사랑하는 이라면
세계 역사에서 칭찬 받고 싶은 이라면
하나의 미족이 나뉘어지면 어떻게 된다는 것쯤은
이데올로기가 다르면 전쟁이 날 거라는 것쯤은

이런 전쟁은 막아야 한다는 것쯤은…….
설마 했겠지. 아니야.
우릴 만만하게 여긴 거야. 만만한 민족이라고-.

일주일 남의 싸움 거들고
큰 걸 얻었다며, 도둑은 좋아했다지.
세상에, 세상에…….
우리가 뿌린 눈물, 헤어진 가족은 어쩌라는 거였나?

20세기의 죄악이 일으킨 전쟁이, 청춘의 꽃 200만을 죽였다.
칼이 죽이고 죽고, 총알이 죽이고 죽고
포에 죽고 죽이고, 폭탄에 죽고 죽여,
피는 강산을 물들이고
부모 잃고, 부모 이름 부르며 울부짖던 고아들 행렬이…….

그 죄악의 역사가 반세기를 훌쩍 넘겼다.
지금이라도 우리를 하나로 하라!
나눠 놓은 자들이 먼저 나서라!
우리를 두고 흥정을 삼지 말라.
너희 이기주의로 우리를 논하지 말라.
우리는 순한 겨레다. 죄악이라면, 온순 그게 죄악이었을 뿐.
이젠 온순만을 쫓지 않을 거다!

너희 아니었으면 나눠지지 않았을 우리.
너희들 아니었으면 하나였을 우리다!
죄악을 행한 자부터 서둘라!

우리를 하나의 나라로 하라! 하라! 하라!

- 신현득 시 〈우리를 하나의 나라로 하라!〉 (농민문학)

    한국의 분단을 결정한 미영소 얄타 정상회담과 제2차세계대전 막판 뒤늦게 연합군으로 참전한 소련에 대한 보상으로 분단 되었음에 주목하여 여러 자료를 각주로 달고 쓴 역사에 대한 통찰력이 돋보이는 작품이다.

    그 죄악의 역사가 반세기를 훌쩍 넘었다. 민족을 쪼개고 가정을 쪼개고 형제와 친구 산 짐승까지 쪼갰는데, 일주일 남의 일 거들고 큰 걸 얻었다며 좋아하는 소련을 도둑으로 규정하고, 우리의 고통이 얼마나 큰 것인지 그 분노는 절규에 가깝다. 너희들 아니었으면 하나였을 우리다! 죄악(罪惡)을 행한 자부터 서둘라! 우리를 하나의 나라로 하라! 하라! 하라! 그렇다. 서둘러야 할 일이다. 비유와 표현들이 정교하고 장시로서의 구조가 튼실하여 설득력을 가지며 읽어갈수록 큰 공감을 얻고 있다.

타향으로 떠돌다 돌아온 고향은
폐허에 무성한 잡풀만 주인들
몇 날을 풀 뽑고 삽질 호미질로 가꾼 땅

비상이 내려지면 모심다 돌아서고
고추 따다 뛰어가고 대남방송 귀 따가운
휴전선 경계지역은 아직까지 전쟁 중

눈앞에 철조망 한스러운 막다른 길
짐승은 자유롭게 넘나들며 채마밭을
놀이터 식당삼아서 잘 먹고는 뭉개는데

오가지 못하는 사람만이 금지구역
꽃다지 질경이 강아지풀 다북한 길
아직도 눈에 선한 그 길은 곧바로 찾겠는데

단발머리 타박타박 오솔길로 걸었으나
백발이 성성하니 그 길도 풀에 묻혀
온 길이 어딘지 몰라 가야할 길 잃겠네

언젠가 옛말하며 살 날이 있을 거야
지금 내가 살아온 이야기 하듯이
그 날은 달려가야지 통일된 그 길 찾아

- 조재화 시 〈그 길은〉 (농민문학)

대남 방송이 들리는 휴전선 접경에서 잡풀 무성한 폐허를 바라보는 심경이 절절하여 가슴이 아프고 시리다. 너무도 오랜 세월 아득하여서 돌아가는 길을 잊을 것 같다며 안타까움을 숨기지 못하는데 그래도 통일에 대한 염원은 포기할 수 없어서 그날을 기다리며 스스로에게 그날이 오면 달려가야지 꿈을 꾸는 백발(白髮)의 가슴 스스로를 위로하는 화자의 마음은 아직도 소녀 그대로다. 그 자아실현의 날이 살아서 반드시 꼭- 오기를 빌고 빌 뿐이다. 철조망이 대수인가? 짐승은 자유롭게 넘나들며 채마밭을 놀이터 식당삼아서 잘 먹고는 뭉개는데, 그 평화 속 아이러니가 여운으로 오래 남는다.

반세기 훌쩍 넘기더만
기어이 통일이 왔네
숱한 눈물
장마처럼 임진강 넘치게 하더만
가을볕살이 되어 쨍쨍 왔네

함경도 아바이 김씨
평안도 의리파 이씨
황해도 순정파 박씨
설운 북녘 하늘을 보며
평생 억장 쏟아내던
우리의 젊은 이웃들 모두
할멈 할아범 되어 떠나가고
이제사 그날이 찾아 왔네

백두산 천지연아
한라산 백록담아
이제 그대들 염원 이루어 졌네
반도허리 댕강 금 그어 놓고
네 편 내 쪽 그리도 싸우더만
비온 뒤 흙탕물 지나간 듯
시름의 그 금줄 사라져 버렸네

"야, 이거이 죽겠다야"
"이거이 통일 맞지비"
"이 간나야 꿈이 아니지비"
천만의 섧은 이산가족
얼쑤야 절쑤야 통일이 왔네

이제야 칠천만이 한 식구 되었네
차를 달리면 부산에서 아침을
평양에선 점심을 먹겠네
그리고 압록강변에서
통일의 일몰을 바라보며
광복의 그날처럼 신명나게
만만세를 외쳐도 되겠네

- 윤고영 시 〈통일이 왔네〉 (농민문학)

　화자의 의식 속에는 통일이 왔다. 그날이 왔다. 이 기쁨 심훈의 시 〈그날이 오면〉, 삼각산이 일어나 두둥실 춤을 추고 그 뿐이겠는가? 기쁨의 물결, 음악이 배경에 깔리지 않아도 부산에서 아침 먹고 서울에서 점심, 압록강에서 일몰을 바라보는 장엄한 환타지. 시인은 언제나 무지개 같은 꿈을 꾸고, 무지개를 잡으려 어디든 달려간다. 그래서 시인이다. 작품을 통해서 독자의 걱정은 싹 사라지고 시원함을 맛본다. 그 통쾌함! 그날이 언제인가는 하늘도 모른다. 꿈에서나 현실에서나 온갖 노력을 아끼지 말아야 할 일이다.

　　원로에서 신진 신예 남녀노소 여러 작가들이 분단 현실을 직시
하고 통일의 염원을 담은 깊이 있고 다양한 작품을 개성있게 경작
하였다. 분노, 주장과 호소 꽃과 산과 강, 자연에 기대어 소박하게
자기세계를 표출하며 정한(情恨)을 노래하고 한민족 누구도 방관
자일 수 없는 이산(離散)의 고통과 절규! 우리의 소원은 '통일' 그
믿음과 희망의 끈을 어찌 놓을 수 있겠는가? 이것은　비극(悲劇)
이 낳은 문학의 축제(祝祭)다. 농민문학의 좋은 기획이요 큰 수확
(收穫)이라 하겠다.

　　솔개 한 마리
　　나지막이 상공을 돌거든
　　어린 날의 모습같이
　　그가 지금
　　조그맣게 어딘가 가고 있는 것이라
　　생각하세요

　　움직이는 그림자는
　　영원에 가려
　　돌아오지 않지만
　　달빛에 묻어서라도
　　그 목소리는 돌아오는 것이리라
　　여겨주세요

　　이제 생각하면
　　운명이라고 잊혀도 지건만

겨레의 허리에 감긴 사슬
너무나 무거우니
아직도 우리들은
조그맣게 조그맣게
걸어가고만 있나봐요

아무리 애써도 닿지 못하는
서투른 이 발걸음
죽은 자와 더불어 헤매어봅니다

솔개 한 마리
빈 하늘을 돌거든
차가운 흙 속에서라도
어여삐 웃어주세요

- 김규동 추모특집 대표시 〈어머님 전상서〉 (펜문학)

　김규동 시인께서 올 가을에 작고하여 시인들의 슬픔이 크다. 농민문학의 오랜 필자이시고 정신적 후원자였다. 특히 여름호 권두시 〈나의 농민, 나의 농부〉 백부님께 보내는 편지 형식의 서정시는 어린 시절 성묘 추억과 향수, 북녘 향해 절 올리는 것으로 끝맺음을 하는데 독자의 눈시울을 적시며 감동을 주었다. 펜문학 추모특집에서 대표시를 읽는 감회가 남다르게 깊다.

　'어머님 전상서' 전편의 흐름은 유려하고 소망은 소박하다. 이 얼마나 맑고애절한 노래인가? 죽어서 솔개 한 마리! 썰매를 타던 두만강 물소리가 들리는 고향에 기필코 가고야 말겠다는 의지가 달빛처럼 행간에 배어서 심금을 울린다. 분단시대 기념비적 작품이 아닐 수 없다.

> 새 중에 가장 빠르게 나는 새는
> 어느새였다
> 어느새 날개를 타고
> 나는 어느새 예순 언덕에 올랐다
>
> 어느새 양 날개는
> 날아온 날개 중에 가장 늙은 날개이며
> 살아갈 날개 중에 가장 젊은 날개이다
>
> 백세 언덕에 오를 날까지
> 어느새 날개는
> 가장 젊은 피로 퍼득여야 한다
> 느리게 오래 살아야 한다. 어느새여!
>
> — 방우달 시 〈어느새〉 (펜문학)

우리말 '어느새' 그 독특한 틈새를 날카롭게 파고들어 삶의 의미를 되새김하고 '패러디'가 추구하는 시미(詩味)의 미학적 소출(所出)을 얻었다. '어느새'는 문장 속의 새(鳥) 되어 가볍게 날아다니며 청춘이다. 상큼하고 젊은 피로 날개를 퍼득이고자 한다. 같은 맥락의 시 한편을 더 읽는다.

> 밤하늘은 누구든 빠져나가고 싶은 새장이다.//

갑갑한 새장에 그리움 같은 틈새라는 새 있을까

별이 반짝인다, 새장에 틈새가 끼어 우는 걸까

밖일까/ 안일까//

꼬리별 빠져나온 바늘귀를 찾아오겠다는 듯

부리 뾰족한 / 새가/ 점, 점, 점 날아간다//

세상의 아우성을 끌어안고 우는 걸까

별이 반짝인다, 창세기를 꿰어올 수 있을까

앞일까/ 뒷일까//

별따러 갔던 사람의 어지러운 지문, 어딜 만졌을까

날개 얼비치는 밤하늘에서 겨드랑이를 찾았을까//

밤하늘은 틈새가 사는 새장이다

- 김선아 시 〈틈새〉 (유심)

　별이 반짝이는 밤하늘을 배경으로 '틈새'는 새가 되어 날아간다. 꼬리별을 빠져나온 바늘귀라도 찾아오겠다고 부리 뾰족한 새가 되어 점점점 날아가는 상상은 즐겁지만은 않다. 현실의 아우성을 끌어안고 울기도 하고 안과 밖 앞과 뒤 어디에도 갇히지 않는다. 별 따러 갔던 사람의 어지러운 지문, 겨드랑이의 육감이 단순한 말놀이나 상상 그 이상의 무게로 읽히는 것은 '아름다움' '자유'의 반대 저켠 '새장'으로 상징되는 비판적 시선이 날카롭기 때문이다.

　좋은 시들을 읽으며 불안과 걱정들이 구름처럼 달아났다. 민족 분단과 고통의 참담한 현실 속에도 작가의 의식은 깨어있었다. 마음이 맑아진다. 그래서 시를 읽는다. 생명과 시간을 초월하여 어둠 속에도 깨어있어야 한다. 이것이 시대정신이요 시인정신이다.
시처럼 그렇게 살고 싶다.

체험과 시를 쓰는 마음

– 최상순 시집 해설

최상순 시집초(詩集抄) 〈굴뚝새는 다시 오지 않았다〉를 읽는 데는 오래 걸리지 않았다. 정감이 맑아서 해설이 필요 없겠다는 생각도 들었다. 만들어진 詩가 아니라 체험의 소산으로서 시대를 향하여 貴한 메시지를 던지며 공유하고자 하는 그 肉質感을 잘 포장해서 배달할 능력이 과연 내게 있느냐? 어려운 숙제였다.

그러나 熟讀하면서 〈시를 만드느니 버터를 만들라〉는 영국의 속담도 떠올랐고. 포스트모던의 중심에서 그 모든 것을 초월하여 시를 성실하게 耕作해온 땀방울에 몇 마디 말을 얹어서 祝賀를 대신하기로 하였다. 시에 대한 그의 열망과 순수, 가족에 대한 사랑의 간절함, 사회를 향한 칼날에 찔려서 孤獨을 나누며 공감했기 때문이다.

초가지붕 처마
팔뚝 깊숙이
뒤뜰 뽕나무, 가시덤불 오가며
정겹게
세들어 살았다.

개발(開發)의 명분(名分) 아래
스레트가 얹혀지고
아파트가 생기고,
천지개벽(天地開闢)
굴뚝새는 다시 오지 않았다.

요즘 와서 뭐
황토(黃土)집이 좋다느니,
숯가마가 어떻고 옛날 정취가 그립다느니

-〈굴뚝새는 다시 오지 않았다〉

　굴뚝새는 한국의 특산종으로 만주 사할린 등지에 분포되어 시골에선 흔하게 볼 수 있었다. 관목 숲이나 가시덤불 바위틈 초가지붕에서 각종 곤충(딱정벌레, 거미류, 나비, 파리)과 그 알을 먹이로 사람과 공생을 누리다 현대화의 물결을 타고 삶의 터전을 잃었다. 농경시대의 굴뚝과 새는 볏짚을 매개로 매우 친화적이었지만 공장이나 아파트의 굴뚝에서는 굴뚝-새라는 것이 존립기반을 찾을 수가 없다. 이런 현실을 이제와서 어찌하겠는가? 그러나 최상순은 시인으로서 더 이상 〈때 늦은 후회〉는 아니 된다고 예언하면서 사회에 대하여 경종(警鐘)을 울린다. 〈새〉는 공기의 요소와 관련지어 생각할 수 있고 문학에서는 정신의 높이로 해석하는 경우가 많았다. 그런 점에서 이 시는 매우 상징적 의미를 지닌다. 어찌보면 인간도 자연 속에 세들어 사는 삶 아니겠는가? 〈정겹게 오가며〉 여기에 삶의 가치가 있다고 발언하는 시인의 눈은 맑고도 그윽하다. 목소리를 키워서 누구를 탓하기보다 성찰(省察)하면서 말을 아낀다. 굴뚝새 대신에 〈님〉으로 바꾸어서 〈님은 다시 오지 않았다〉로 읽으면 비극적 의미는 더 깊어지고 심미적 즐거움을 준다. 님은 매우 포괄적으로 자연, 사물, 신(神)자유, 사랑, 천사, 그 선택과 상상은 독자의 몫이다.

채광을 발하고 있다.
아래 山, 눈이 부시게
나뭇 가지 위로
꽃들(白花)이 만발한다.

아! 혼자 읽기엔
황홀한 經典
바람이 커갈 수록
가슴 속
애련한 사연들도
그대와 이렇게.
꼬옥 묻어두고 싶다.

- <雪花>

하늘이 습기를 모아 추위로서 눈을 만들고 山에는 꽃선물을 주
셨다. 눈꽃이 만발한 풍경을 두고 시인은 아! 감탄사를 속으로 몇
번이나 삼켰던가 여기서 필자의 관심은 經典의 깊은 세계와 혼자
라는 아쉬움의 구조에 눈길이 간다. 등산의 과정을 연상하면서 이
시를 다시 보면 〈그대와 손잡고 함께 왔으면〉 부처님도 하느님도
한꺼번에 주시지는 않는구나. 꼬옥 이렇게 다시 오라는 말씀으로
황홀한 시심이 도심까지 파고 든다.

　　청초하고
　　고결함을 보았네
　　香氣(향기) 내뿜으며
　　살포시 웃는
　　새색시를 보았네
　　따사로운 봄날
　　마냥 수줍은 볼
　　빨간 쪽 지르고 옷고름 몰고

　　아주 머-얼리
　　머-얼리 아른거리며
　　영원히 떠나버릴 듯 그윽함 속
　　섭섭한 뒷모습도
　　나는 보았네.

-〈蘭〉

난이 꽃향을 피운다. 마음이 환하게 즐거움으로 가벼워지면서

살포시 웃는 새색시의 수줍고 예쁜 모습을 상상한다. 1 연의 화자(話者)는 〈아름다운 착각〉으로 기분이 지극히 좋은 상태다. 이런 기쁨을 얻으려고 사람들은 성가심을 무릅쓰고 꽃을 가꾼다. 여기에 고난과 슬픔은 전혀 숨어들 것 같지가 않다.

그러나 2 연, 그윽함 가운데 새색시가 내곁에 오래 머물러주었으면 싶은데 아주 머얼리 곧 떠나려 한다. 무엇이 새색시를 섭섭하게 했을까 즐거움과 섭섭함, 연과 연의 대립적 심상을 통해 인생의 양면성을 함축하고 시의 깊은 맛을 음미하게 한다. 여기서 필자는 시를 통해 가슴 어딘가 빈 자리를 보았고, 그 허전함을 보듬어서 작품으로 형상화하는 솜씨에 놀라고 말았다.

손잡고 시장엘 갔다.
좌판 이곳 저곳
물건을 만진다.
살듯살 듯 내 눈치만 살피다
옆 집으로 옮겨다닌다.
비싸고
질이 안 좋아서 그랬노라고
나는 아무런 말도 하지 않았다.
사고 싶어도 꾹 참는다
질 좋고
값싼 것만 고르는 아내

값을 잘도 깎는다.
손지갑 툭툭 털어

몇 장의 지폐, 오늘은
시장을 푸짐하게 보았다.
귤 30개와 고등어 3마리.
집에 오는 길.
속 깊고 이쁜
고마운 내 아내.

-〈아내〉

　시집에는 많은 사람이 등장한다. 아버지, 아내, 장모님, 딸, 삼
겹살집 아줌마, 옛날 하숙집 오씨 아저씨와 금싸라기 딸, 이웃집
할머니, 진부령 이야기 잘하는 누구, 夜花, 친구들, 소년가장, 독
거노인, 각각의 삶을 따뜻한 눈으로 스케치하고 인정과 철학을 담
아 묘사한다. 이것은 독자에게 아주 큰 선물이다. 시집이라는 거
울 속에 인간의 모습이 어떻게 비춰지는지 그 인간상을 탐구해보
는 것은 의미있는 일이요. 시집을 읽는 색다른 재미를 줄 것이기
때문이다. 필자는 여기서 한 발을 함정에 빠트리고 말았다.

　시집에 숱하게 등장하는 아내의 모습이 속 깊고 이쁜 한결 같이
〈현모양처賢母良妻〉 그런 점에서 이 시집은 아내에 바치는 헌시
이며 가슴 뭉클하게하는 감동의 〈드라마〉라는 생각도 갖는다. 부
부가 손을 잡고 시장을 보면서 아내는 물건 값을 잘도 깎는데 살
듯말 듯 그렇게해서 귤 30개 고등어 세 마리 무엇이 푸짐하단 말
인가? 그러나 시의 그릇 속에서 화자의 마음이요 행복이라 달리
무슨 시비가 필요하겠는가 끝귀절 〈고마운 내 아내〉 독자여 이런

〈감동〉을 어디서 쉽게 찾겠는가? 그렇다. 문학의 핵은 감동에 있음이다.

J!
낮엔 가끔씩 울어대던 이름모를 새들
제 둥지로 찾아 갔나 봅니다.
적막이 흐르는 새벽 두서너시 쯤.
이곳 어디에도 시계는 없지요

J!
당신의 마음을 이제 이해할 것 같습니다
푸른 창공을 보며 푸르른 들풀로 이불 삼고
당신의 팔로 베개 삼아 열열한 사랑 나눌테에요.
행복이 무엇이었는지를
사랑의 가치를 조금은 알 것 같습니다.
삶의 존재가 왜 이리 가슴을 짓누르는지 미쳐 몰랐습니다.
 새벽입니다.   아직도 먼 산엔 잔설이 만연한데
긴 겨울잠을 깨고 산모퉁이로 흐르는 실개천에서
겨울을 녹아내리는 물소리가 우렁차게 들릴 겁니다.
아지랑이로 아물거려 나지근한 산
돗나물 움트고 밭가엔 민들레며
온통 산이 진홍으로 꽃피겠지요

J!
이슥한 밤 전화기를 들었습니다.
받지 않기를 바라면서도 전화기를 몇 번이고 들었습니다.

아무런 생각도 없이 그리운 마음에 그렇게 그랬을 겁니다.
마음이 있어도 차마 못하고 수화기를 그냥 내려놓았지요
그렇게 시간은 흘러갑니다.
아무도 모를 당신에게로 가는 사랑을 이제부터
새로운 시작으로 다가서겠습니다

-〈둥지〉

겨울 새벽 산 가운데 상념에 젖어서 누구(J!)를 그리고 봄을 기다린다. J! 어디에 계십니까? 새로운 시작으로 당신에게 가는 사랑을 어쩌렵니까? 정녕 봄이 오는건가요? 일제 강점기에 육사께서는 〈강철로 만든 무지개인가 보다〉 오기는 꼭 올 것이다.

녹아내리는 물소리가 우렁차게 들리고 가슴이 시원해지고 아지랑이 아물거려 나지근한 산 돗나물 움트고 밭가엔 민들레, 작품 속엔 기대와 사랑의 다짐으로 봄을 한껏 누리고 있다. 〈먼 산엔 잔설이 만연한데〉 이런 시적 장치가 없었다면 얼마나 싱겁겠는가. 진실과 정성이 곧 〈햇볕〉이고 그 햇볕정책이 성공해서 시에서나 역사적 현실에서나 이유여하를 접고 이산(離散)의 고통이 시원하게 풀리기를 간절히 바란다.

늘 자상하시고
남다른 가족애로
우리를 꿋꿋하게 길러 주셨습니다.
많이 배우시지는 못하셨지만
덕망 높으신 분이라고.

잔잔한 감투도 쓰셨었지요
6남매 다복했던 시절
아버지의 큰 힘이었음을
미쳐 몰랐습니다.
너그러움으로 길러주시고
베풀줄 아는 가슴도 주셨습니다.
뜻밖에 세상을 뜨시고
한없이 울었었지요.
서너평 유택, 할머니 수의(壽衣)를 먼저 입으셨지요.
할머니도 먼저 보낸
자식에 대한 한으로
긴 세월을 우시다 떠나셨지요
살아서 두루마기 한벌
버선 한 켤레 해드린 불효.

불러도 불러도
이승엔 아니 계신 아버지!
저승에서 외롭지나 않으신가요.
춥지는 않으신가요.
넓은 세상의 꿈 꾸실런지요

아버지! 몇 년만 더 사셨더라면
향나무 몇그루 심어 놓고.
어쩌다 찾아 뵙는 산소도
점점 처음같은 마음 아니고
가뵙기가 어렵네요.

아버지!

오늘도 황혼이 집니다.

-〈아버지께 드리는 편지〉

돌아가신 아버지에게 육필로 편지를 쓴다. 부디 읽으시고 진달
래 산천에 봄비라도 주셨으면 좋겠다. 틀림없이 그럴 것이라는 믿
음이 간다. 불효자는 운다는 말도 있고 영화도 있었다지요. 이 시
를 읽는 독자는 누구도 이 시의 작자가 불효를 했다거나 불효자
라고 생각하는 사람은 없을 것이다. 시를 통해 아버지를 추모하고
편지를 쓴다는 게 쉬운 일인가.

진심은 산도 움직이고 하늘도 감동시키는데 필자는 여기서 눈
물을 보았고 함께 울었다. 시를 쓰는 마음이 별 것이던가요? 가슴
에서 우러나오는 간절한 그것을 최선을 다해 표현하면 그 자체로
맑은 샘물처럼 세상을 향해 흘러갈 것이기에… 시간과 공간을 초
월하여 아버지의 발자국 소리를 찾아듣고 달려가는 효심을 보았
음이요 효야말로 대대손손 이어야 할 보감(寶鑑) 아니던가?

짝사랑 하면서
접근도 못하고
등뒤, 멀리
바라만 보아도 하루가 즐거웠단다
밤을 새우며
쓰고 버리고   하얗게
아궁이

속 활활 타면서 울던 편지들.
학교에서 졸다가
혼난일도 한두번이 아니었어.
담배도 말이다.
호기심에서 시작한 것이
줄담배로 변했지.
그게 바로 도둑 담배였었어.

술도 자취방을 전전하며
꽤나 먹었던 것 같다.
맨처음 취해 보니까
세상이 빙빙 돌면서 다 "내것" 같더라구…
깨고보니 되는게 없었어.
그래도 좋아서.
아마 지금까지 그 술병만 모아도
큰 트럭 서너 차는 될까
값으로 치면 어마어마 하겠지.

학교 담넘어 땡땡이,
꾀병으로 머리 아프다고 조퇴해서
혼날까봐 하루종일
끙끙 앓은 척 여러번 있었지.
그런데 용케도
부모님은 얼굴만 봐도 잘 아셨지.

그때부터 연기(演技)를 터득했어.

이런건 좀 말 안하고 싶지만,
참고서 산다고 그 돈을 아예
몽땅, 호떡집에 뿌린건 얼마구…
나팔바지에 푹눌러 썼었던 교모
어깨에 힘들어 가고,
뭐 우쭐대는 영웅심으로
앞장서길 좋아했었어.
그땐 개다리춤인가… 다이아몬드춤인가…
프라우드메리와……
그래서 학업에 소홀했던적 있었지.
참으로 그~땐 그랬어…
암 그랬구 말구.

-〈아빠도 네 나이적엔〉

 딸을 이해하려는 마음에서 자신의 청소년 시절을 영화처럼 보여준다. 아주 자상하다. 서로가 이런 마음이었으면 얼마나 좋겠는가? 삶이 고단하다보면 대화도 나누지 못하고 가족에게 소홀하고 작은 일에 험한 말로 멀어지며 담벽이 생기기 십상이다. 이 시를 통해 가슴에 쌓였던 어떤 것들이 씻겨지고 막힌 것이 뚫리는 느낌을 맛본다. 늘상 자주 찾는 곳에 대한 예리한 눈과 따뜻한 정이 시편 여러 곳에서 배어나온다. 〈夜花〉라든지 〈삼겹살 천국〉이 그렇다.

 현란한 색깔로 빙빙　세상이 돈다.
 원색의　이 맛도

괜찮은 것 같다
채찍을 원하지는 않았다.
돌지 못하는 팽이
아픔도 노래로 비잉
빙, 빙, 빙

악착같이 살았다
즐겁게 살아야 했다

- 〈夜花〉

꽃이되 꽃이 아닌 사람이다. 꽃과 팽이 사이에서 채찍을 숨긴 화려한 밤무대와 여인의 애환을 상상하는 것은 어렵지 않다. 함축적이고 시의 칼끝이 날카로와서 아픈 줄도 모르고 찔렸다. 이 말은 시인에게 칭찬이다.

골목길 돌아 쑥빠진 길 옆
삼겹살만 파는 천국이라네.
인정도 깊고 눈물도 많은
민영이 엄마.
남다른 사연도 있을 터였지만
고생 끝에 장만한 집이라네
음식 솜씨도 남다르며
열심히 사는 모습이 보기 좋아서 은
다시찾는 집.
숱한 손님와서 이러쿵저러쿵

별 말을 다해도 짜증 한 번 없이
재치있게 잘도 넘기는 아줌마.
후덕한 인심에 손님은 많다.
음식 장사는 좀 짜야 하는데,
퍼주다보면 뭐 그리 남을 게 있을 까 싶어도
그냥 우리 집에 오는 손님이니 고맙단다.
귀로는 주문받고
눈으로는 오가는 이 다 보면서도
잰 손놀림으로 가히 神技로울 정 도로
고기를 잘도 썰어낸다.
살면서 고생하고 사는게 다 그런거지
언제나 긍정적인 말 한마디
삼겹살에 소주가 어울리는 집
주머니 사정 넉넉지 못한 사람에겐
아는 사람도 그렇게 하지 못할 터였지만
다음에 갖다 달라고 하고,
그런 넉넉한 덕에
날로 단골이 늘고
한 번도 외상값 떼어본 일 없단다.
아름다운 마음을 가진
삼겹살 천국 아줌마
부자되어 살거라고
술과 담배로 삶의 애환 찌들었어도
늘상 포근한 인상과 웃음으로
다시 찾게 되는
인상 좋은 삼겹살 천국

내가 웃고 이웃이 기쁘다.

삼겹살 때문이 아니라도 이런 것 없으면 천국 대신에 여기를 택하겠다. 산문이라 해도 훌륭한 산문이며 "흑백사진"이다. 시는 칼러 보다는 흑백이 어울린다. 연필을 깎아서 언제 어디서라도 술술 말하듯 입체성도 드러나고 사실과 마음 사이에 알맞은 여백도 허술한 듯 하지만 정확하고 서민의 체취가 풍긴다.

물 한 가운데
고목 한 그루
반쯤은 이내 짓물러 죽었다.
저편 언덕
 또 다른 나무들도
상처투성이로
부르르 떨고 있다.

차라리 죽는 게 낫지.
전신(全身)을 마비시켰다.
아니야! 죽는 것보다
살아 있는 게 나을성 싶을 테지
이파리 몇 개 달고
손 흔들어 나를 반기는
상수리나무

-〈물가에서〉

물가의 고목나무를 외로운 삶을 꾸려가는 老人으로 바꾸어 읽으면 눈 앞의 풍경 가운데서 생의 원리를 파악해내는 시인의 깊은 마음과 절박한 심상에 공감하게 된다. 삶과 죽음의 경계를 뉘라서 알겠는가? 옳고 그름 좋고 나쁨이 내 뜻대로 되는 일인가. 이 시는 이런 질문을 독자에게 던지면서 손 흔들어 나를 반기는 상수리 나무를 끝에 배치해놓고 "친절하게 삽시다"를 묵언과 웃음으로 흘리고 있음이다.

어린 개미들 떼지어 간다.
먼 거리 같은데
줄을 이루고
어떤 역사적 사건을 예감했는지

큰 먹이 흐트러서 나누기도　하고
이리 뒤척 저리 뒤척
성(城) 안으로 밀고 가더니
그런데 오늘은 그냥 간다

먹는 게 관심사가 아니라는　말
가야하는 목적지
내 알지 못하는 저 속
그들에겐 질서가 있다.

-〈질서〉

　　최상순의 시에는 우리 사회가 잘되기를 소망해서 발언하는 작품이 상당수 있다. 〈세상에는 좋은 사람이 많다〉〈척병중증환자〉

〈세상엔 어려운이들도 많다〉 등 사회에 대해 외면하지 않고 깊은 관심으로 병리현상을 진단하고 대안도 제시한다.

　그런데 그 발언과 비판의 수위는 거칠지도 위험하지도 않고 넌지시의 자세를 취한다. 미물이라고 하는 개미가 떼지어 가는 모습을 관찰하고 먹이를 옮기고 나누는 개미의 세계에서도 질서와 협동이 잘 되고 있는데 만물의 영장인 인간이 하물며 개인과 지역 이기주의 앞세워 공익과 순리를 저버리는 게 아니냐고 스스로에게 먼저 묻고 주변에게 여운으로 말한다.

영업만을 고집하며
20년 넘게 헤쳐왔다.
섬광처럼 스쳐간다.

매일 아침
태양은 아프리카에서 뜨고
빠른 사자보다　더 빨리
뛰지 않으면 먹이가 된다는 것 을
빠르고 빠른
가장 노루는 안다.

빠른 노루보다
빨리 뛰지 않으면 굶어 죽음을
가장　느린 사자도 안다.
사자(獅子)이건 노루이건
그것이 중요한 게 아니다

태양이 뜨는 한
뛰어야 살아 남는다.

그렇다. 자본 시장에서는
앉을 겨를도 없이
오로지 선의의 경쟁 (競爭).
머리를 쓰거나 아니면
땀을 흘려야 산다.
너는 사자이고 나는 노루인가
나는 사자이고 너는 노루인가

-〈영업일기〉

독자는 시집을 통해 시인의 삶을 알고 체험도 나누며 대화를 한다. 태양은 왜 아프리카에서 떠오르고 사자와 노루가 되어 빨리 달리기를 멈출 수 없는 것인가? 나는 노루인가 사자인가? 먹는가 먹히는가? 긴장과 압박으로 짓눌러오는 절박한 삶 그 한가운데 화자는 선의의 경쟁을 강조한다. 좋은 글이 될 수 있는 요소가 바로 여기에 있다.

개인의 것이면서 공동체의 화두로 두터운 독자층을 형성하면서 결론 보다는 물음을 던져서 두고 두고 생각하게 하고 철학과 자연에 다가가게 한다는 점이다. 〈이렇게 벌어야 한다〉 〈그 사람이 보고 싶다〉 〈정선에서〉 등등 〈독자성, 사회성, 철학성〉 삼위일체를 시 한편에 담기는 어렵다. 그러나 그 가능성에 열심히 도전하고 땀흘린 결과를 작품으로 기쁘게 읽었다.

어둠을 환하게
춤을 추며 노래하며
순수로
武器(무기)를 무찌르는 눈
눈 아래 밟혀질
아픔과 사연들
괴로워 해야 하는 까닭을 생각한다.

문득 잠시 머문다.
첫사랑의 발자욱을
사람이 지울 수 있는가
소녀여 하늘이여

-〈눈길〉

무기가 무기를 이기지 못하고 악이 악을 무찌를 수 없으며 순수 (純粹)와 선의가 끝까지 살아있어야 하는데 지금 화자는 아픔과 사연들이 생각나고 마음은 첫사랑의 소녀를 그리워하며 소녀여 하늘이여 속으로 크게 외치는 소리를 혼자 듣고는 시원해진다. 그렇다 시는 독자를 위해서 보다 본인 스스로에게 솔직해지기 위해서, 그렇게 함으로써 마음이 맑아지고 삶을 투시할 수 있음이다.

태백준령 넘어 어떻게 왔는지
깎아지른 절벽
노송(老松) 몇 그루
생각에 생각을 보태며

밤잠 안자고 애련한 고통

사랑도 깊었으리

나도 그 옆에서

그냥 쉬고 싶어요

보고 싶다는 말 입 다문채

짐승 소리 듣기만 하면서

푸르게 푸르게

나무여 숲이여 높은 山

바람이여 맑음이여

망설임 끝 청량사

-〈청량사에서〉

사람이라고는 "나" 하나 어떻게 왔는지, 보고 싶은 사람 반대쪽으로 와서 잠도 안자고 고통이 이만저만 아니다. 푸르게 푸르게 높은 산 맑은 바람이 망설임도 떨어내고 가슴을 씻어주지 않는가. 〈청량사 그곳에 가고 싶다〉 그런 마음이 물결처럼 일어난다. 과문한 필자로서는 짧은 글로 이만큼 청량사에 들어간 작품을 아직 읽지 못했다. 치악산이나 진부령 그리고 강원도를 비롯 우리나라 명소를 찾아서 남다른 눈으로 스케치해서 그 주변 사람의 삶과 어울리게 작품으로 빚어내려는 특징도 여러 편에서 보인다.

참새 떼 내려다 본다.
잘도 재잘 재잘하더니
조문을 하는 걸까
만장이 날리고 요령소리에 맞춰 아이고

아이고,
어이 어이
종이 꽃 한 아름 단장한
꽃상여 주위를
새들도 떼지어 난다.

이젠 웃는 의미를 모른다.
어제는 우는 의미를 그런가 보다 했다.
노랑 주둥이는
짙은 색 부리로 변했다.
살다가는 섭리를 깨달은 탓일까
길 건너 멀어지는 집
펄렁이는 만장만
엄숙히 바라다 볼 뿐.

- 〈꽃상여〉

섭리를 아는 새들이 조문(弔問)을 해주어서인지 두려움이나 슬픔이 옅어지고 울음과 웃음 사이가 멀지가 않다. 그러나 죽음과 길에 대한 명상을 주면서 이 작품은 한걸음 한걸음 문학 본질에 다가가고 의미가 깊다고 하겠다.

언제 눈이 내렸던가.
숲을 향하여 걷는 길
사람은 보이지 않는다.
마른 풀잎, 줄기

키 훌쩍, 버려진 이 길.

덜커덩 거렸을 수레

새소리도 귓전에 와 닿는다.

지금 이 길을 가라고

아무도 말하지 않는다.

그러나 내가 가지 않으면

이 길은 없어질지도 모른다.

아무도 가지 않을

이 길을 내가 간다

믿음으로 묵묵히

-〈길 위에서〉

로버트 프로스트의 〈가지 않은 길〉을 생각하게 한다. 아무도 이 길을 가라고하지 않는데 믿음으로 묵묵히 이 길을 가겠다고 밝힌다. 내가 가지 않으면 이 길은 없어질 것을 염려한다. 경제적이지 못한 우매한 질문과 다짐이 상징(象徵)으로서 시라는 이름을 얻는다. 시인의 길이 이럴 것이다. 누가 시인이 되라 했겠는가.

초고속시대에 수레가 덜컹거리고 잡초 무성한 숲 길 위로 눈이 내리고 한 나그네가 길을 간다. 시를 촘촘히 읽은 사람으로서 그 세계를 간추리고 몇 마디 소회를 밝히고자 한다.

최상순의 시는 매우 다양하고 그것은 다양한 체험과 아마추어적 순수성에 기인한다. 발상과 전개가 자유롭고 또한 깊이를 얻는다. 삶의 경륜과 신인으로서의 패기가 조화를 이루고 시정신을 일깨운다. 그의 가슴에 박힌 못자욱도 보았다. 삶과 시가 대저 무엇이던가? 삶과 시의 의미 생명의 실상을 탐구하고 되새기며 이미지를 형성한다. 사회의 여러 현상에 대해 비판하고 발언하되 대부분 자연 서정을 배경에 깔고 긍정적 시선으로 평화를 지향한다. 어떤 잘못이나 과거를 남의 탓으로 돌리기보다 깨끗이 인정하고 새롭게 시작하려는 결의를 보인다. 서정시의 핵심은 화해의 정신인데 그 아름다움과 잠재 가능성이 작품 여러 곳에서 돋보이며 감동을 준다.

여러 편의 시를 쓰려는 노력보다 後孫萬代에 명작 한편 남기겠다는 일념으로 정진 또 精進, 문학 안에서 부디 행복하시고 그 향기가 위안이 되었으면 싶다. 필자의 무딘 붓끝으로 하여 마음을 어지럽히지는 않았는지 걱정과 부끄러움이 앞선다. 시의 山, 눈 녹은 물소리와 시의 여운이 萬年의 壽를 누릴 것을 기대하고 축하한다.

우주와 시, 말의 중심과 무게

좋은 시는 노래가 되어 영원히 살고 노래 가운데 시 있어서 대중들의 가슴을 울린다. '아리랑'이 세계문화유산에 등록 될 것이라는 예고가 신문 방송에 은행잎처럼 흩날리는 저녁이다. 아리랑이 중국 것이라고 해서 문인들이 독립투쟁이라도 해서 되찾아야 하나? 어지러운 심사가 있었다.

한국시협의 '아리랑 시의 모태인가?' 주제발표의 글을 꺼내 읽고 또 읽는다. 아리랑은 그 가사와 가락이 우리의 토양과 삶을 잘 반영하고 있는 층위가 두터운 시 가운데 시요 노래라는 생각을 가진다. 지역마다 특색을 지니는 아리랑 그 말들이 느리게 산을 오르기도 하고 삶의 바다에 깊이 빠져서 응— 응 응! 숨 가쁘게 흥얼거리기도 한다. 감동의 크기는 한민족을 하나로 묶어 주기도 하고 역사를 쓰며 세계를 흔들어 놓기도 한다.

한 줄기 햇살도 너를 위해 비췄구나.

한 줄기 바람도 너를 위해 불었구나.

이 세계의 빛나는 중심.

꽃이여!

황홀한 아픔이여!

너를 위해 흘렀구나.

이 청량한 한 모금의 샘물도.

너를 위해 열었구나.

이 부드러운 한 줌의 흙도.

- 오세영 시 〈中心〉 (화백문학)

모든 길이 너를 위하고 너를 향하고 너는 이 세계의 빛나는 중심이다. 너가 누구인가? 스스로 빛이요 황홀한 아픔이라고 노래하는 세계의 중심은 '꽃' 한 글자 꽃에 주목한다. 청량한 샘물도 부드러운 한 줌 흙도 너 꽃을 위해 존재한다. 사람이 그렇고 사랑이 그렇지 아니한가? 너 '꽃' 이외 그 어느 것도 대신해 줄 수 없는 존재감 그 美 의식이 곧 시가 되었다.

서늘한 관능 속에

낙엽으로 여물을 끓이고 있나보다

가을 조명은 서리의 쓸쓸한 풍광

단풍이 능선을 달리고

그녀는 낙엽 타는 향기를 사랑했다

달거리 끝낸 몸이 취기로 스러지면

영혼을 이장한 듯 움푹 패인 그리움

남자의 너른 가슴 같은 대지에서
그녀는 낙엽을 일부러 밟았다
우거진 잎들의 부침으로
추억은 소스라치며 깨어나고
지친 여름이 남국으로 기울어
마른 가지의 비밀 쇠북이 울었다
별이 살아있는 동안
약속은 어둠 속에 걸려 있겠지만
낙엽 시간을 분실한 협곡열차
그녀는 간편하게 떠났다

- 유재원 시 〈가을 여자〉 (화백문학)

　어떤 여자가 '가을' 계절을 통째로 입었을까? 남자의 너른 가슴은 자연의 대지 연애는 달콤하게 해봤을까? 일부러 낙엽을 밟으니 추억이 소스라쳐 깨어난다. 마른 가지의 비밀을 알고 쇠북만이 우는 것일까? 능선을 달리는 것은 단풍만이 아니다. 떠나간 여자를 기다리는 영화 속의 누구도 멀리 보인다. 삶에 지친 여름이여 시간을 분실한 협곡 열차는 어디 쯤 달리는 것일까? 자연 현실과 이상적 자아가 크게 갈등하지 않고 그저 숨바꼭질하면서 가을은 남자의 계절이라는 속설(俗說)과 동승했는지 상상과 흥미를 보탠다.

달팽이 한 놈
나리꽃대궁에 착 달라붙어 있다

삭정이로 툭툭 건드려도
꿈틀 할 뿐

꽃대와 함께 흔들리는
저 침묵

전신을 떨며 뿜어내는
붉은 물감 같은
절정의 나리꽃 신음소리
다 보고 들었음으로

가두어버린
눈멀어 보아야 할 사랑이란 것이 있다

- 이성이 시 〈어떤 침묵〉 (화백문학)

　살다보면 모르는 것이 있다. 사람 이외의 동식물에게도 '삶의 외경(畏敬)'을 느낄 때가 있다. 시심이 작용했거나 사물이 마음을 움직였을 경우인데 화자는 절정의 나리 꽃 신음소리를 다 들었다. 그리고 침묵이다. 그런데 고백한다. '눈멀어 보아야 할 사랑이란 것이 있다' 그렇다. 사랑이란 것 하찮을지 몰라도 전신을 떨며 뿜어내는 그 묘미와 가치를 어떤 말로 대신 할 것이며 무엇으로 바꿀 것인가? 달팽이와 나리꽃 화목(和睦)과 신음소리, 아니 사랑과 그 침묵이 부럽다.

　다랑이 물 논배미

쟁기 꽂아 놓고
두렁에 누워 샛잠든 농부가
모래 위에 황금 쏟아내는 소리
승천 길을 고르고 있다

풀을 뜯는 농부는
늘어진 해걸음을 하품하며
갯마을 초원을 그리고 있고
윤기 드리우며 개구쟁이 피리를 기다려
바람에 술렁인다

못자리 물 찰랑대는 푸르름 속엔
백로 두세 마리 달팽이 혀를 쪼아리며
휘어진 산맥에선 쑥 쑥국
목 쉰 쑥국새 울음
취객은 아니라도
이 같은 절풍에 쉬어간 들 어떠하리
앉아있는 내 앞에 중년 여인 하나
꽃처럼 살풋 길물어 서 있다

- 송동균 시 〈金山寺 드는 길〉 (화백문학)

사람들이 명승지에 가면 그 곳의 정취를 담아 추억을 얻어서 온
다. 개발이 이루어지고 엇비슷해서 특성을 상실한 경우가 허다하
다. 금산사는 역사와 절 고유의 매력을 간직한 곳인데 제목은 누
구나 아는 그런 절이 아니고 길, 드는 길에 시간이 머물러 있다.

현실적으로는 찾아보기 드문 풍광인데 화자에게는 낙원이 곧 여기이다.

　중년 여인이 꽃처럼 살풋 길 물어 서있고. 승천 길도 슬프지 않을 터, 서정도 이만하면 절창이다.

　　월요일 아침 출근길 안개 꿈결처럼 안개가 자욱하다 앞서 가던 빈 지게차 뒤따라 가는데 지게차가 신호를 보내온다. 느리게 이동하는 게 미안했을까 깜빡이를 자구 준다. 속도를 내어 앞질러 내려오는 순간, 바로 앞으로 꿩 한 마리 종종 걸음을 치며 지나간다. 그렇구나, 지게차는 내게 길을 내어주기 위한 게 아니라 아침 산책을 즐기는 꿩의 풍경을 저만 보기 아까워 신호를 보낸 거였구나. 꿩이 풀숲으로 날아간 자리에 안개꽃이 피어나고 백미러 가득 빈 지게차 여전히 저만치서 산책하듯 길을 내려오고 있다.

- 박해미 시 〈지게차가 풍경을 보여주다〉 (리토피아)

　월요일 아침 출근길에서 건져 올린 생동감 넘치는 시편이다. 시인의 삶은 보통 사람과 같기도 하고 매우 다르기도 한데 화자는 곧 시인이 되어 있다. 어떤 사물과도 다투기보다 이해심 많은 넓이와 날카로움을 지녔다. 지게차와 산책 나온 꿩을 바라보는 시선이 곱고 영혼이 맑기만 하다. 같은 장면에서 세속엔 욕이 판치고 먹거리로 생각하기 십상인데 지게차에 대한 답답함보다 배려를 떠올리는 마음과 꿩을 사람과 동등한 삶의 일상으로 바라보는 눈 속에 시상이 싹터서 녹색으로 자라고 있음이다.

　젖은 별이 품어내는 숨결로

대기는 푸르스름하게 변했다

마당 가득 매화꽃이 바스락거리며 피고 있었다

왼쪽 팔을 떼어

도시의 제물로 바친 여자는

남은 팔로 껴안은 담요를 내 시린 어깨에 얹어 주었다

새들이 한꺼번에 삼킨 침묵처럼 사방이 고요했지만

모든 것이 부드럽고 따스했다

희망이나 절망이 이곳에선 빛을 잃고 시들어갔다

어린 시절 내가 놓친 천사의 뒷모습처럼

먼 곳을 회상하는 표정을 짓는다

문득 양 어깨 사이

접어놓은 날개를 펴, 솟아오를 것 같아

나는 물결치는 여자의 빈 소매자락을 가만히 붙잡았다.

- 김정임 시 〈지리산〉 (문학과 창작)

정겨운 여자의 삶의 여러 모습, 희망과 절망이 화자를 포근히 감싸며 치묵처럼 부드럽고 따스하다. 글로벌시대 세계인이 찾는 지리산 자락, 어린 시절 놓친 천사의 뒷모습 지금 먼 곳을 회상하는 표정을 짓는다. 문득 솟아오를 것 같아 빈 소맷자락을 붙잡는다. 가만히. 그렇다. 깊은 시심을 가만 가만 옮긴 사람과 자연이 어울려 높이 형상화를 이루었다. 봉우리에 함께 올라 멀리 바라보니 감상은 바다도 보일 듯 삶이 깊고 느낌이 시원하다.

자판기 시대 詩를 마시자

아침에 우유를 배달하여 마시고 구내식당에서 점심을 맛있게 먹고 자판기에서 커피를 마시며, 퇴근 길 지하철 스크린도어에서 '시민시 응모 당선작 '시를 읽는데 기차가 들어온다. 한 시민의 일상을 따라가 본 모습이다. 문학의 위기라는 말에 쉽게 동의하지 않는 이유 중의 하나가 '시가 흐르는 한강'을 비롯하여 곳곳에서 시가 여전히 대중 속에 사랑 받고 있다는 현실에 주목함이다. 이를 테면

연탄재 함부로 발로 차지 마라
　너는
누구에게 한 번이라도 뜨거운 사람이었느냐
-안도현의 詩 〈너에게 묻는다〉 중에서

삶을 되돌아보게 하는 원천적 힘을 가진 絶唱이다. 평생 이런 시 한편 쓸 수 없을까? 소박한 기대를 가지고 시인은 사물의 앞과 뒤에서 사색에 잠긴다.

자판기 커피 함부로 버리지 마라
세파에 매 맞으며 버티어 왔다
젊음이 떠난 자리 늦깎이로
부대끼며 가지 잘린 찌꺼기들
삶에 지친 민초들 반겨주는
자판기 커피 함부로 버리지 마라
습기 찬 입술 기다리는 둥지가 있다
버려진 컵 속에 고여 있는 검은 눈물
세상사 엿보는
자판기 커피 함부로 버리지 마라
시린 가슴 덥혀주는 술 취한 밤
어깨동무 해주고
마셔도 마셔도 소멸되지 않는
객들의 이정표
세상 문턱에 걸터앉아 있는
자판기 커피 함부로 버리지 마라

- 김정삼 시 〈자판기〉 (화백문학)

창작의 발상이 비슷하고 구체적이며 설득과 호소력을 가지고 공감을 얻고 있다. 일종의 패러디이면서 '삶에 지친 민초들 반겨 준다' 는 착상이 기가 막힌다. 두 편 시모두 '함부로' 에 방점을 찍고 읽으면 느낌이 깊다. 진실성을 가졌기에 더불어 시의 인격을 논할 수 있음이요. 화자의 눈빛이 추위를 녹일 만큼 따듯하다. 컵이 의인화 되어 사람 대접을 제대로 받고 있다. 마음으로 몇 잔 시를 거듭 마신다.

　김정삼 시인은 또 다른 시 〈파랑새에서〉 詩의 존재에 대해 그냥 시가 아니라 먼길 돌아온 혼불이며 삶이고 서로 기대며 밀고 당기다가 고집스럽게 공생하는 길동무이고 종교이며 파랑새라고 喝破하면서 내면의 치열한 詩論과 詩精神을 작품으로 빚었다.

청산은 나를 보고 말없이 살라 하고
창공은 나를 보고 티 없이 살라 하네
사랑도 벗어 놓고 미움도 벗어 놓고
물 같이 바람 같이 살다가 가라 하네

- 나옹선사 〈청산가〉

산이 날 에워싸고
씨나 뿌리고 살아라 한다
밭이나 갈고 살아라 한다

어느 산 자락에 집을 모아
아들 낳고 딸을 낳고
흙담 안팍에 호박 심고
들찔레 처럼 살아라 한다
쑥대밭처럼 살아라 한다

- 박목월 시 〈산이 날 에워싸고〉 중에서

이렇듯 脈을 같이 하는 시를 비교하며 읽으면 시대를 뛰어넘어 그 감상이 색 다르고 흥미롭지 아니한가.

올 여름은 유난히도 덥구나.
폭염으로 농작물들이 힘들어 메말라가네
우리네 농부들 마음은 아프기만 하네
한줄기 빗방울이라도 올까 한숨 쉬며, 하늘만 쳐다보네
이삼일 반가운 단비가 내려 농부의 아픈 마음 달래 주려나
잠시 소나기라도 오면
즐거워 콩과 고추가? 활짝 웃으며
서로서로 노래하며 춤을 추네
단비야 너는 언제 오련
빨리와 우리네 농부 마음 평안케 해주련

- 정안자 시 〈농부의 기다림〉 (화백문학)

비를 기다리는 농부의 간절한 소망이 자연스레 한편의 詩로 감동을 준다. 시를 어렵게 쓸 이유가 없다. 스스로에게 말하듯이 독백체로 행간에 農心이 배어서 벌써 소나기는 내리고 콩과 고추가 즐거워 활짝 웃고 있다. 도시 생활의 긴장과 압박 혹은 권태를 씻어주는 데 田園詩 만큼 좋은 게 있을까? 어느 어머니의 소박한 마음, 그 말씨가 비단결처럼 곱고 달콤하게 읽힌다. 조선시대 사육신 성삼문은 가뭄 끝에 오는 비를 단비(甘雨)라 일컫고, 인생살이 기쁜 일 四喜의 맨 앞에 읊었다.

七年大旱逢甘雨(칠년대한봉감우) 칠년 가뭄 끝에 단비를 만남이요
千里他鄕逢故人(천리타향봉고인) 천리타향에서 고향 친구 만남이요
少年金榜掛名詩(소년금방괘명시) 소년 장원 급제하여 금방에 걸린 명시요
無月洞房華燭夜(무월동방화촉야) 신방에 불 밝힌 신랑 신부 첫날밤이라

깃털 없는 날개다
날갯짓 않는 날개로 와서 살갗을 훑고는
무색 무형의 몸짓으로 침묵을 두드린다
머리채를 감아 돌리며
'시간' 의 길이를 아느냐고
가슴을 치며
'사랑' 의 질량을 재 봤냐고

바람은 꼭 외로울 때 찾아와 질문하는 습관이 있다

이미 정해진 것이나
또는
굳게 닫힌 곳은 예외로 하고

- 김기수 시 〈바람〉 (화백문학)

　　바람은 고대부터 현대까지 다양한 이미지로 형상화를 이루고 名作의 반열에 들기 위해 경쟁을 벌이는 흔한 주제이고, 그 만큼 새롭고 낯설게 하기가 어렵다. 직관이나 인식 감각 물리적, 심리적 여러 측면에서 시의 산을 오르기 위해 '바람' 그 앞에서 땀 흘리고 고뇌하며, 밤을 하얗게 새우고도 白旗를 들기 일쑤다.

'바람 깃털 없는 날개다. '이 한 줄로 이미 시선을 집중하고' 바람은 꼭 외로울 때 찾아와 질문하는 습관이 있다 '백과사전에 〈바람〉 풀이에 새롭게 등재해도 될 만큼 철학적 사유, 그 통찰이 날카롭고 깊다.

독자여 가슴을 치며 '사랑'의 질량을 재본 적 있는가? 침묵을 두드리는 무형의 挑戰이 내 몸과 마음에서 일어나기를 은근히 기대해본다.

육탈되어 골격만 남은
생선가시 같은
나뭇가지에 살을 입혀보는 것이다
독이 올라 부풀린 몸에
물꽃을 얼려
허기진 무욕을 순백으로 덮어보는 것이다

작심한 듯 눈이 내렸다
깊이를 우선 생각한다
무거움으로 두께는 누추를 덮고
백색의 반란에 투항하는 본색
퉁퉁 부어오른 표현의 자유이다

단순한 作亂 앞에
世事가 지워진다

- 이수종 시 〈적설〉 (화백문학)

매섭게 춥기만 하고 눈이 오지 않는 겨울! 얼마나 삭막하겠는가? 잠자던 감성이 백설의 반란에 탄성을 지르며 환호하고, 풍경으로 세상의 일을 깨끗이 지운다. '육탈되어 골격만 남은/ 생선가시 같은/ 나뭇가지에 살을 입혀보는 것이다.' 이만하면 자연현상에 대한 인식과 표현이 適實하다. 느낌이 신선하고 美意識이 배고픔과 식욕을 일깨우며 '표현의 자유' 그 渴症도 시원히 씻어준다.

막 물 오른 애기 손바닥만 한 신갈나무 잎사귀를 둥글게 파먹고 연둣빛 볼록한 배를 어쩌지 못하는 벌레 한 마리, 구멍 난 잎사귀로 무심히 쏟아지는 햇빛들이 그날 만큼은 꼭 억울하게 죽은 누구의 흰 뼛가루 같았다.

- 유재영 시 〈그해 4월〉 (문학과 창작)

'구멍 난 잎사귀에 쏟아지는 햇빛'에서 '억울하게 죽은 누구'를 연상하는 일 그것이 시인의 감성이다. 숲 속 생태계의 한 모습 평화로운데 제목 〈그해 4월〉을 저만치 배경에 두고 읽고 또 읽는다. '억울하게'와 '구멍' '햇빛'의 상관관계를 끌어 올리는 인식, 누구의 흰 뼛가루 어떤 사연을 따라가서 스토리텔링의 구도를 세우고 상상력을 발휘해 볼까, 그럴까? 4월 그 정신의 우물맛이 어떨까? 비극적 서정이 찬란하고도 슬프다.

자판기시대 인터넷이나 거리에 詩가 즐비하다. 커피 마시듯 골라서 마시고 음미할 일이다.

다시 읽고
싶은 시

SECTION 4

내가 이 잔디밭 위에 뛰노닐 적에
우리 어머니가 이 모양을 보아주실
수 없을까

어린 아이가 어머니 젖가슴에 안겨
어리광함같이
내가 이 잔디밭 위에 짓둥글 적에
우리 어머니가 이 모양을 참으로
보아주실 수 없을까

미칠 듯한 마음을 견디지 못하여
"엄마! 엄마!" 소리를 내었더니
땅이 "우애!" 하고 하늘이 "우애!"
하옴에
어느 것이 나의 어머니인지 알 수
없어라

산유화

– 김소월

산에는 꽃 피네
꽃이 피네
갈 봄 여름 없이
꽃이 피네

산에
산에
피는 꽃은
저만치 혼자서 피어 있네

산에서 우는 작은 새여
꽃이 좋아
산에서
사노라네

산에는 꽃 지네
꽃이 지네
갈 봄 여름 없이
꽃이 지네

출전 : 「진달래꽃」(1924)/ **김소월**(金素月 1902~1934) : 본명은 김정식(金廷湜) 평안북도 정주 곽산 출생. 오산 중학 시절 스승인 김억(金億)의 추천으로 「창조」 5호에 〈낭인의 봄〉 등 5편을 발표하면서 등단. 전통적인 정감과 한(恨)의 가락을 서정시로 형상화하는데 탁월한 솜씨를 보였음. 시집으로 「진달래 꽃」 「소월 시초(素月詩抄)」 등이 있다.

　산을 말하면서 꽃을 보여주고 꽃의 존재를 생각하면서 새의 노래를 들려주는 시의 제목 '산유화' 그 자체로 일품입니다. 시 전체(全文)를 옆으로 눕혀서 보면 어여쁜 산이 됩니다. 가운데 봉우리가 높고 골짜기마다 꽃이 피는 산. 그런데 화자는 '저만치' 거리를 두고 살아가고 있습니다. 혼자인 것은 산에 피는 꽃만이 아니고 사람의 가슴에도 고독이 찾아옵니다. 화자와 꽃의 거리 '저만치' 사람과 자연의 거리가 느껴집니다. 새가 없다면 참으로 심심하겠지요? 꽃이 좋아서 산에서 산다고 노래합니다.

　시의 향기를 느껴보시지요. 읽다가 보면 꽃은 님이 되고 독자는 새가 되어 혼자라는 생각이 달아나는 것을 느낍니다. 나와 님의 거리는 얼마나 될까요 이름도 없는 꽃, 멀리 떨어져서 아름다운 꽃, 사람이 좋아한다고 말도 못하는 그 정한의 가락은 맑고 깊게 가슴을 파고 들지요. 가수 조수미가 새처럼 세계를 무대로 불렀던 가곡 '산유화' 드라마이거나 향토 맛집이거나 낭송이거나 저만치 혼자서가 아닙니다. 왜 그럴까요. 도시화된 생활 속에서 소외와 고독을 느끼는 사람들, 자연이 그리운 문명 속 오늘입니다.

　시 '산유화'는 그 이름과 문학을 싣고 마음으로 흘러서 꽃나무 가지에 앉고 시냇물 물소리도 시원하게 들려주는지도 모르겠습니다. 꽃 피네 꽃이 피네 다가갈 수 없는 꽃이여 임이여 산유화여! 멋있는 남자와 여자 그대로 산 저 만치, 갈 봄 여름 순환하면서 나무의 고독한 사랑은 목숨보다 길겠지요 산에는 꽃 지네 꽃이 지네 갈 봄 여름 없이 꽃이 지네. 존재와 소멸 형태와 의미, 서정과 가락 간결한 시의 여운이 오래 남는 것은 명작인 까닭입니다.

달 · 포도 · 잎사귀

– 장만영

순이 벌레 우는 고풍한 뜰에
달빛이 조수처럼 밀려왔구나!

달은 나의 뜰에 고요히 앉았다.
달은 과일보다 향그럽다.

동해 바다 물처럼
푸른
가을
밤

포도는 달빛이 스며 곱다.
포도는 달빛을 머금고 익는다.

순이 포도넝쿨 아래 어린 잎새들이
달빛에 젖어 호젓하구나.

출전 : 『시건설』(1936)/ **장만영**(張萬榮, 1914 ~ 1975) : 황해도 연백(延白) 출생. 호는 초애(草涯). 경성제2고보를 거쳐 도쿄[東京] 미자키[三崎] 영어학교 고등과 졸업. 1932년 《동광(東光)》지에 투고한 시 〈봄노래〉로 김억(金億)의 추천을 받으면서 데뷔. 시집 《양(羊)》, 《축제(祝祭)》, 유년송(幼年頌)》, 《밤의 서정》, 《저녁 종소리》, 《장만영 시선집》 등

가을 달밤 전원의 정취와 선명한 이미지

정겨운 그녀 순이' 를 부르면서 말을 걸듯이 작품은 시작합니다. 부르고 싶은 이름 누구라도 불러보시지요? 달밤의 뜰이 한결 호젓하고 낭만적 분위기를 띠게 됩니다.

행간을 따라 시를 읽어갑니다. 달빛은 고풍스런 나의 뜰에 내려와 앉아있고 얼마나 좋겠습니까? 달은 과일보다 향그럽다' 이런 감각적 표현, 한마디로 '절창' 이라 하겠지요. 친구나 연인에게서 이런 향기를 맡을 수 있다면 더 바랄 게 없는 행복입니다. 상상은 감상자의 몫입니다

동해바다 물처럼/ 푸른/ 가을/ 밤' 이라고 짧게 끊어서 시각적으로 강조함으로써 절제의 아름다움, 서정적이고 아주 선명한 인상을 줍니다. 훌륭한 연출이 아니겠습니까? 포도는 달빛에 잠기어 더욱 곱고, 달빛을 머금어서 그 은은한 향기 속에 익어 가는 듯합니다.

여기에 다시 순이'의 이름이 등장합니다. 호젓한 뜰, 밀물처럼 밀려와 앉아 있는 달빛, 그 속에 잠겨 익어 가는 포도. 이 그림 같은 풍경 속에 순이'라는 소박한 이름은 분위기를 내는 데 한 몫을 합니다. 어쩌면 현재는 없고 먼 기억 속 누구라도 좋겠습니다. 시에서 초점이 어떻게 이동하는가? 그 경로(달 → 포도 → 잎새)를 따라 속도를 체감하며 거듭 읽어보는 또 다른 재미일 것입니다

끝부분 ‘포도 넝쿨 아래 어린 잎새들이 달빛에 젖어 호젓하구나’ 에서 가족적인 느낌이 오기도 합니다. 대화체의 담담한 어조와 달밤의 정경, 특히 시각 후각 청각의 공감각적 이미지가 잘 어울려 친근함을 주고, 내면의 깊이를 생각하며 다시 읽게 합니다.

절정(絕頂)

– 이육사

매운 계절(季節)의 채찍에 갈겨
마침내 북방(北方)으로 휩쓸려 오다.

하늘도 그만 지쳐 끝난 고원(高原)
서릿발 칼날진 그 위에 서다.

어데다 무릎을 꿇어야 하나
한 발 재겨 디딜 곳조차 없다.

이러매 눈 감아 생각해 볼 밖에
겨울은 강철로 된 무지갠가 보다.

출전 : 「육사 시집」(1946)/ 이육사(李陸史 1904–1944) : 본명 이원록(李源祿) 경북 안동 출생/ 북경 조선군관 학교 졸업/ 1935년 「신조선」에 시 〈황혼〉 발표. 1943년 피검되어 북경으로 압송/ 유고시집 「육사 시집」(1946)

북방과 겨울 무지개

북방의 삭막한 현실과 시가 씌어진 일제 강점기 탄압에 맞서는 대결 의식이 '절정'이라는 제목으로 형상화 되어 시의 높은 경지를 보여줍니다. 춥고 살기 어려운 북방이라는 공간은 우리 민족의 유이민(流移民), 독립운동사와 필연적 관계를 맺고 있지요.

'고원(高原)'이 어떤 곳입니까? 위협과 절망의 분위기. 하늘도 지친 나약해지기 쉬운 자아(自我)를 바로 세우고 '어데다 무릎을 꿇어야 하나' '그럴 수는 없다.' 지사적(志士的) 면모를 강하게 내포하고 있습니다.

어쩌면 생존의 경계에서 현실을 초극(超克)하고자하는 몸짓이며 무지개로 상징되는 독립 혹은 꿈에 대한 포기하지 않는 도전 정신이 깨우침으로 다가오지 않는지요.

절규에 가까운 탄식과 남성적 상징성 호소력 등이 구조를 튼실하게 하고 긴장을 놓지 못하게 합니다. 함축 여운, 비장(悲壯美)의 미가 느껴집니다. 위기 앞에서 죽음도 두려워 않는 비극적 황홀(恍惚)이라- 아! 밋밋한 삶의 한 복판, 독자에게도 감동의 여진(餘震)이 오래 남았으면 좋겠습니다.

해바라기의 비명(碑銘)

_청년 화가 L을 위하여

– 함형수

나의 무덤 앞에는 그 차가운 비(碑)ㅅ돌을 세우지 말라.
나의 무덤 주위에는 그 노오란 해바라기를 심어 달라.
그리고 해바라기의 긴 줄거리 사이로
끝없이 푸른 보리밭을 보여 달라.
노오란 해바라기는 늘 태양같이
태양같이 하던 화려한 나의 사랑이라고 생각하라.
푸른 보리밭 사이로 하늘을 쏘는 노고지리가 있거든
아직도 날아오르는 나의 꿈이라고 생각하라.

출전 : 『시인부락』(1936)/ 함형수(咸亨洙, 1914년~1946년) 함경북도 경성출생. 중앙불교전문 중퇴/ 『시인부락』 창간호에 〈해바라기의 비명〉, 〈형화(螢火)〉 등을 발표/ 1940년 동아일보 신춘문예 시 〈마음〉 당선/ 해방 후 고향에서 사망/ 대표작 〈해바라기의 비명〉, 〈무서운밤〉, 〈조가비〉, 〈신기루〉 등

삶에 대한 열정과 의지 그리고 감각

부제 '청년화가 L을 위하여'를 가슴에 담고 시를 읽어갑니다. 예술적 열정이 넘치는 청년과 시적 화자 그리고 시인 자신은 어떤 관계일까요?

삶과 죽음은 극명하게 대비되어 처음부터 끝까지 시의 분위기를 압도합니다. 차가운 '빗돌'로 상징되는 죽음과 '끝없는 보리밭' '노오란 해바라기' '태양' 등 원초적 이미지가 가지는 삶의 세계는 생명에의 지향(志向)을 노래하고 있습니다.

내면적 심리 상태는 힘이 넘치고 죽음을 거부(拒否)한다기 보다는 '초월(超越)과 몰입'이라는 표현이 어떨까요. 노고지리가 하늘을 날아오르듯 화자의 '꿈'은 보리와 같은 생명력을 지니고 풍성하게 커가고 있습니다.

촘촘히 읽어보면 명령하듯 자신감 넘치는 어조와 분명한 태도, 예술이란 과학도 메울수 없는 신처럼 귀하고 위대한 것이라는 시론이 한 편의 시 속에서 작가의 짧은 생애와 더불어 강렬하게 인식되고 느껴집니다.

삶에 지치고 고단 할 때 독자들이 이와 같은 시를 읽으며 힘을 얻어서, 몰입을 체험하고 위안(慰安)을 받았으면 좋겠습니다.

모란이 피기 까지는

- 김영랑

모란이 피기 까지는
나는 아직 나의 봄을 기다리고 있을 테요.
모란이 뚝뚝 떨어져 버린 날,
나는 비로소 봄을 여읜 설움에 잠길 테요.
오월 어느 날, 그 하루 무덥던 날,
떨어져 누운 꽃잎마저 시들어 버리고는
천지에 모란은 자취도 없어지고,
뻗쳐오르던 내 보람 서운케 무너졌느니,
모란이 지고 말면 그뿐, 내 한 해는 다 가고 말아,
삼백 예순 날 하냥 섭섭해 우옵내다.
모란이 피기까지는,
나는 아직 기다리고 있을 테요, 찬란한 슬픔의 봄을.

출전 : 「문학」 3호(1934)/ **김영랑**(金永郞,1903-1950) : 본명 김윤식(金允植) 전남 강진 출생. 「시문학」동인
으로 순수시 운동/ 공보처의 출판국장 역임/ 시집「영랑시집」「영랑시선」

찬란한 슬픔과 내면적 정서

유려한 문체를 따라 읽어 가다보면 모란의 아름다움에 취하여 내면에 자리한 슬픔의 까닭을 놓칠 수도 있겠습니다. 중요하고 맛있는 것은 맨 나중에 보여준다고 할까요. '찬란한 슬픔의 봄' 이런 역설적 표현은 놀라움을 주고 시에 대한 흥미에 빠져들게 합니다.

모란이 질 때 뚝뚝 소리가 나는지요? 아름다움을 가까이서 지켜본 사람만이 가지는 느낌 아닐런지요. 이 시에는 아름다움과 슬픔, 상실과 기다림이 맞물려서 순환 구조를 이루고 봄에 대한 서정적 극치, 온 세상이 멈추어버린 듯 어리둥절 합니다

희망과 소생의 봄 한가운데 피었던 꽃이 지는 모습에서 비극적 황홀을 체험 하셨는지요. 화자는 님을 여읜 설움에 하냥 섭섭해 울다가 그래도 '아직 기다리고 있을 테요' 라고 노래합니다.

문학의 가치를 어찌 셈으로 말할 수 있겠습니까? 올해 진 꽃이 내년에 다시 필 것을 생각하고 참고 기다리겠다는 다짐. 피고 지고 몇 번이고 소리내어 읽어 볼 일입니다. 시가 창작된 시기가 일제시대라는 것도 배경에 깔고 감상하면 독특한 맛이 깊이와 여운을 줄 것입니다. 가슴에 님을 품고 밤을 새워도, 좋을 그러나 안타까운 찬란한 슬픔의 봄이여. 꽃잎이여.

또 다른 고향

- 윤동주

고향에 돌아온 날 밤에
내 백골이 따라와 한 방에 누웠다.

어둔 방은 우주로 통하고
어디에선가 소리처럼 바람이 불어온다.

어둠 속에서 곱게 풍화작용하는
백골을 들여다 보며
눈물 짓는 것이 내가 우는 것이냐
백골이 우는 것이냐
아름다운 혼이 우는 것이냐

지조 높은 개는
밤을 새워 어둠을 짓는다.

어둠을 짓는 개는
나를 쫓는 것일 게다.
가자 가자
쫓기우는 사람처럼 가자
백골 몰래
또 다른 고향에 가자.

출전 : 「하늘과 바람과 별과 시」(正音社 1948)
윤동주(1917~1945) : 시인. 북간도 명동촌(明東村) 출생. 연희전문학교 문과 졸업. 식민지의 암울한 현실 속에서 1941년 시집을 발간하려 하였으나 실패하고, 광복 후에 정병욱과 윤일주에 의하여《하늘과 바람과 별과 시》(정음사, 1948)라는 제목으로 간행되었다.

자아의 성찰과 실향의식

일제 강점기 암담한 현실 속에서 고향에 돌아온 화자는 상실을 노래하고 있습니다. 시를 쓴다는 것은 나를 찾아가는 여행이라 할 수 있겠지요 아름다운 혼과 백골이 부딪치며 갈등하고 있는 내면 의식, 고뇌하는 자아의 격조 높은 표현이라 하겠습니다 지조 높은 개는 또 무엇을 상징하는지요?

현실 앞에서 나약해지는 나를 준엄하게 꾸짖고, 이상을 포기하지 말고 가자 가자 또 다른 고향에 가자 처절한 노래가 빈방에서 나와 가슴을 울리고 있습니다

결코 포기하지 않는 시인의 영혼이 '또 다른 고향'을 찾고 있지 않습니까? 쉽게 씌어지는 시는 결코 아니지요? 그렇습니다. 짧은 시 속에 갈등과 대립이 있고 성찰을 통해 동경(憧憬)과 극복의 의지가 시의 품격을 높이고 형상화를 이룹니다. 맑은 영혼을 잃지 않는 사람이 죽어서도 영원한 곧 시인입니다.

봄 잔디밭 위에

– 조명희

내가 이 잔디밭 위에 뛰노닐 적에
우리 어머니가 이 모양을 보아주실 수 없을까

어린 아이가 어머니 젖가슴에 안겨 어리광함같이
내가 이 잔디밭 위에 짓둥글 적에
우리 어머니가 이 모양을 참으로 보아주실 수 없을까

미칠 듯한 마음을 견디지 못하여
"엄마! 엄마!" 소리를 내었더니
땅이 "우애!" 하고 하늘이 "우애!" 하옴에
어느 것이 나의 어머니인지 알 수 없어라

출전 : 「봄 잔디밭 위에」(1924)/ **조명희**(趙明熙 1894-1938) : 호는 抱石 충북 진천군 벽암리 출생. 시인/ 소설가/ 극작가, 희곡집 〈김영일의 사〉 시집 〈봄 잔디밭 위에〉 소설 〈낙동강〉 한설야, 이기영 등과 "카프(조선 프로레타리아 예술동맹)" 창설. 소련으로 망명하여 조선어를 가르쳤고 하바로프스크로 강제 이주. 「선봉」 신문사(현재 고려일보) 문예란 담당. 소수 민족의 권익 옹호를 주장하다 스탈린 체제하에서 간첩죄로 몰려 처형 당함. 그곳에서 고려인 문학의 아버지로 불림.

카프 작가의 낭만과 상실 의식

입춘인데 추위가 매섭습니다. 그래도 햇볕에 나가면 눈이 녹고 냉이가 흙을 비집고 여리게 웃고 있습니다. 고개를 들어 나뭇가지와 멀리 산봉우리를 바라봅니다. 새봄에 설경이 아름답습니다. 계절의 순환 참으로 놀랍지요. 시를 소리내어 읽어 볼까요.

"엄마! 엄마!" 소리를 내었더니/ 땅이 "우애!" 하고 하늘이 "우애!"

어머니를 찾아 울부짖고 있습니다. '땅과 하늘이 어린이를 위로하는 분위기 느낌이 좋습니다. 그러나 위로가 되지 못하고 어지럽기만 합니다. 읽어갈 수록 앞부분' 아이가 천진스레 잔디밭에 뛰어놀고 어머니 젖가슴에 안겨 어리광함 '같은 낭만적 분위기를 어머니가 계시지 않음으로 인한' 不在의식 상실의 정서 '가 무겁게 휘덮고 있습니다.

아이에게 엄마는 절대적 존재이지요. 엄마가 없는 세상은 암흑입니다 상처받은 동심과 시가 창작된 1920년대 朝鮮, 진천의 백곡천 들판과 고려인 문학을 개척한 망명지의 황량함을 3월의 하늘에 새김질해 읽어볼 詩입니다.

오만환 시 읽기

공감의 시 읽기로 드러나는 동지애

— 고정욱(문학박사, 소설가)

시를 읽는다는 행위는 무엇일까?

고등학생인 나의 딸은 어느 날 심각하게 사람들이 시를 읽지 않는 건 마음 속에 슬픔이 없기 때문이라고 했다. 슬픔을 위안 받기 위해 시를 읽는 건데 다들 돈벌이와 물욕에만 눈이 어두웠다는 뜻이냐고 물으려다 그러지 못했다. 자칫하면 나도 모를 딸아이의 슬픔에 내가 관여되어 있을까 두려웠기 때문이다.

나는 아이디어를 얻기 위해 시를 읽는다. 시인은 이 세상에서 가장 상상력이 뛰어난 사람들이다. 달을 빵으로 여길 수도 있고 별을 모래알로도 보는 그 상상력은 시인이 아니고서는 도저히 따라갈 수 없는 경지다. 시를 읽고 상상력을 기르는 훈련을 하는 것보다 좋은 것을 나는 아직 발견하지 못했다.

그렇다면 시인이 남의 시를 읽는 행위는 무엇일까?

그것은 학습일 수도 있고, 모방일 수도 있으며, 비판이거나 날카로운 해부일지도 모른다. 어떤 것이 되었건 시인이 읽는 다른 사람의 시는 식탁에 올라온 식재료나 요리일 가능성이 크다. 썰고 다듬고 지지고 볶아야 할……. 그래서 자신만의 새로운 요리를 내놓아야 하는 그것이다.

오만환 시인의 의문으로 시 읽기

그는 동료들의 시를 읽을 때 문제적으로 읽어낸다. 여기서의 문제적이란 비판적인 딴지걸기가 아니다. 그들의 시를 원론적인 의문부호로 받아내는 것이다. 당연한 것도 다시 한번 돌아보고, 꼭 그렇다는 것도 과연 그런지 주의를 환기시켜 본다. 이쯤 되면 그의 의문은 자신이 읽는 시의 세계로 진입하는 열쇠인 셈이다.

햇빛 눈부신 날 길을 가다가 만난 것이 어디 풀 뿐이랴. 지름 1cm에 눈을 주니 쌍안경을 확 끌어당기며 가슴을 열어보이는 보랏빛 개불알- 우주와의 엄청난 크기의 차이를 극복하고 당당히 말을 한다. 작은 우주 그 소리를 들을 수 있는 사람이 곧 시인이요 생명 사랑이 아니겠는가? 넌 아무리 예뻐도 들러리라고 무시하려는데 글쎄, 우리말 그 '글쎄' 의 힘이 놀랍기만 하다. 우리는, 나는 당당하게 살고 있는가. 양과 높이만을 셈하고 좇다가 정작 존재의 의의를 잃고 있지나 않는지? 이 시는 개불알이라는 꽃이름이 지닌 해학적 상상 위에 삶을 예쁘게 돌아보게 하는 매력을 가졌음이다.

- 말을 걸어오는 시에서

그는 우리가 과연 잃지 말아야 할 것을 잃고 사는 건 아닌지

묻는다. 참선중에 잠든 중생에게 의문이라는 죽비를 날리는 것
이다.

과연 우리는 당당하게 살고 있는가? 그의 의문에 우리는 퍼뜩
놀란다. 남의 시나 그냥 읽을 것이지 왜 화살을 자신에게 돌리
는가? 왜 물음으로 생각의 몰입을 방해하는가. 왜 타성에 젖어
안락해진 삶에 파문을 일으키는가.

그 이유는 아주 간단하다. 동료시인이 피를 찍어 쓴 시에 대
한 그의 외경(畏敬)이다. 옷깃을 여미고, 단정히 읽어 내려가면
서 스스로를 반성하는 마음의 자세가 의문으로 드러난다. 변화
를 주고 인식의 평정을 흔듦으로써 닫힌 마음을 여는 자세. 그
의 시 읽기가 예사롭지 않음은 바로 그가 어느 누구도 아닌 자
신에게 날카로운 질문을 던지면서 시를 받아들이기 때문이다.

그의 의문은 비판의 시작이 아니다. 그의 의문은 누군가를 훈
육함도 아니다. 그의 의문은 따뜻한 자아정제이며, 주의환기이
고, 경건함의 표상이기에 시를 읽어내는 자세가 정갈하고 진중
할 수밖에 없다. 한번쯤 세상 만물에 의문을 던지는 태도를 그
에게서 배우고 싶다. 그러면 좀 더 정확하게 세상 이치가 납득
되지 않을까.

공감의 시 읽기로 하나 되기

의문은 의문에서 그쳐서는 안 된다. 답이 있어야 한다. 대안
없는 비판이 비판받는 이유도 그것이다.

의문을 던졌으면 그 다음 단계로 해답을 찾아야 한다. 화두를
붙들고 선승들이 끊임없이 노력하는 이유도 답을 찾기 위함 아
니던가. 답은 곧 진리요, 진리는 곧 삶의 바른 길. 답을 찾는 구

도의 길이 인생 아니겠는가.

오만환의 답은 다름 아닌 공감이다. 의문을 던지고 그 의문에 화들짝 놀랐을 동료 시인들의 고민과 방황에 공명을 일으킨다. 같이 울어주고 같이 느껴주며 같이 웃는다. 이는 그도 또 한사람 시인이기에 가능한 일이다. 그 역시 한 편의 시를 써내기 위해 수많은 파지를 양산하고 밤은 불면으로 지샜으니 어찌 안 그렇겠는가. 시 한 편을 쓰기 위한 무한 고통을 겪은 자신이 아니던가.

시골에 살던 사람들의 정서를 살찌웠던 〈반디〉, 밤에 반짝거리는 빛을 잡으려 좇아 다니고, 잡고 보면 쇠똥을 먹고 자라서 냄새도 나고, 꽁무니에서 반짝이는 인(燐)의 불빛, 그 쬐그마한 개똥벌레 〈반딧불〉은 왜 없어졌는가? 유충(幼蟲)이 맑은 물에서만 자라는데 물을 오염시켰으니 그 존재가 귀하게 된 것은 뻔한 이치이다.

위 시에서는 단어만 들어도 향수(鄕愁)를 주는 반딧불과 여름밤의 추억을 나누어 가졌던 사람들을 긍정적 자아의 같은 선 위에 놓고 동일시(同一視) 한다. '오늘의 등불' 이라는 말에는 친구들에 대한 믿음과 사회 구석구석 어둠이 밝혀졌으면 하는 소망을 내포하고 시의 후반부는 낭만에 대한 갈증을 가벼운 터치로 표출한다. 그렇다. 사라지고 잊혀지는 어리고 가난했던 날들의 아름다움, 놓쳐서는 아니 될 소중한 끈 아니겠는가.

– 생태시와 반딧불 중에서

그는 동료 시인의 정서를 백퍼센트 이해하고 공감해준다. 시인의 느낌을 자신의 느낌으로 가지고 간다. 자신도 어린 시절 공감한 반딧불이를 기억하고, 함께 그 추억으로 여행을 떠난다.

그러면서 자신의 추억을 불러내 시인의 어깨를 두들겨 준다.

그런 공감에 날카로운 지적질이나 비판은 설 자리를 잃는다. 왜 꼭 시를 보는 시각이 비판이고 지적이고 삐딱함이어야 하나. 왜 그들이 느낀 것을 있는 그대로 느껴주지 않는 것인가. 비판과 분석도 일단은 공감 이후의 일임을 시인은 체득하고 있다. 그리고 그들의 소중한 시세계에 긍정의 공감의 격려를 보내고 있다. 그렇기에 그에게 수많은 시인들이 자신의 시를 읽어달라고 부탁을 하는 것이리라.

저절로 터져 나오는 탄성

나는 일찍이 오만환의 시세계가 경기체가의 전통과 맥이 닿아 있음을 논했다.

하지만 그의 시세계를 엿보며 나는 문득 그의 조화로운 삶과 자아와 세계가 다투지 않는 시세계에서 묘한 평화와 안식을 얻는다.

그의 그러한 문학적 양식과 태도는 우리의 선조들의 문학 장르에서 이미 발견되고 있다. 그것은 바로 경기체가(景幾體歌)다. 고려의 사대부들의 득의만만한 이데올로기를 담은 노래였던 경기체가의 주제의식은 자신의 현실과 생활과 삶에 불만을 표시하지 않는다. 만족을 느끼려 애쓰며, 거기에서 오는 기쁨과 즐거움을 기꺼이 노래하고 있다.

고정욱 −지족자아(知足自我)와 시(時)공(空)애(愛)아(我)

(오만환 시집 〈작은 연인들〉해설)

경기체가의 형식은 아주 간명하다. 감동적이거나 멋진 대상들을 죽 나열한 뒤 마무리는 '경긔엇더하니잇고' 라는 영탄으로 끝낸다. 즐겁고 기쁜 마음으로 사물과 대상들을 나열하여 그 기

쁨을 감탄과 영탄으로 토해내는 그 정경이야말로 시적 희열의
절정이라고 나는 오만환 시인의 시해설에서 논한 적이 있다.

이러한 그의 시세계는 동료 시인들의 시를 읽을 때도 결코 다
르지 않다. 공감해준 뒤 그는 감탄으로 그들을 격려한다. 감탄
이야말로 최고의 칭찬이며 최고의 격려 아니겠는가.

이성의 시인의 시 세 편은 도회지를 배경으로 현대인의 내면을 차분
히 보여 준다. 〈골목〉에는 누가 살길래 나만의 유토피아가 될까? 아무
도 살지 않는 낯선 거리에 기억 저편 사라졌던 그녀는 돌아오고 있다.
말이 필요 없는 침묵의 거리, 마음 속 그리운 목소리 장대비는 내리고
사랑은 아직도 진행형이다. 진행형이기에 유토피아인 이 골목에 시의
화자는 그러나 오래 머물 수 없다. 안타깝지만 어쩌겠는가? 세월과 현
실을 인연처럼 받아들이는 화자 스스로 깊어져 버린 골짜기 능소화 붉
은 줄기 사이로 여름이 가고 있다고 나즉이 읊조리며 끝맺는 솜씨. 현
실 저편 아련한 추억과 어느 골목을 연상하며 몰입해서 시를 읽는 맛
이 쌉싸롬하다.

– 꽃 봄 시에 취해서

영탄은 말 그대로 감정을 극대화하는 것이다. 감탄, 강조, 탄
식 등이 모두 그것이다. 자신의 감정을 시인의 감정에 실어 토
해내는 정서의 극한이다. 또한 시인이 이룬 미적 세계에 대한
강조이며 방점이다.

기억에 사라졌던 그녀가 돌아오고 있다. 그리움과 애증, 그리
고 무엇보다 잊혀졌다 여긴 그녀에 대한 사랑이 내 안에서 계속
진행중이었다. 말이 필요 없으니 무엇으로 터질 듯한 감정을 쏟
아낼 것인가. 그저 탄식과 영탄뿐이다. 안타깝지만 어쩌겠는가.

이 말 한 마디 안에는 삶의 수용과, 인간의 무기력함, 그리고 인생이 무엇인지 깨닫고 마는 모든 결론이 녹아 있다.

　오만환의 시읽기는 동료 시인에 대한 따뜻한 시선이고, 그들의 노고에 대한 공감이며, 자아화한 감동의 영탄이다. 그렇기에 그의 시 읽기를 통한 시인의 식탁에 올라오는 메뉴들 역시 뜨겁지도 차갑지도 않은 적당히 온기를 지닌, 그러면서 제대로 된 미각을 느끼는 데 방해하지 않는 것들이다. 진정한 시요리의 해석과 음미의 달인이라 하지 않을 수 없다.

황금두뇌 한국문학 기획위원이 엄선하여 펴내는

우리 시 읽기의 새로운 진경

오만환 시인의 식탁 위에 올라온 詩 발간에 부쳐

백척간두(百尺竿頭)에 선 누란지위(累卵之危)의 처지가 바로 오늘날의 문단인 듯하다. 신자유주의의 영향으로 시대와 사회의 패러다임은 오로지 경제와 돈에 함몰되어 있다. 이와 관계된 자들만이 양지(陽地)이고, 나머지 모든 분야는 음지(陰地)인 시대의 논리. 참으로 간단명료하면서 섬뜩하다 하지 않을 수 없다.

음지 가운데서도 극한의 영구동토(永久凍土)가 문학이라 하면 아니라고 부정할 자가 몇이나 될까. 그 문학에서도 가장 곤궁하며 모질게 찬바람을 맞는 동네가 시단(詩壇)이라고 감히 말해도 과히 틀리지 않으리라.

하지만 위기의 시대에는 항상 영웅과 의인이 나오는 법. 희망의 끈을 놓지 않아야 하는 이유가 여기에 있다.

오만환 시인의 30년 문학세계를 되짚어 보면서 우리 기획위원들은 그가 바로 끝까지 문학이라는 난파선의 마스트에 자신의 몸을 묶을 사람이라 여겼다. 그는 문학인생에서 한번도 시를 놓은 적 없으며, 아울러 시단이 격랑에 휩쓸릴 때 온몸을 던져 운명을 같이했다. 부름이 있으면 어디든 달려갔고, 그의 안목이 필요한 곳에는 대가없이 시간과 정열을 투여해 대소사를 챙겼다. 그의 시 읽기에서 동료 시인들에 대한 선홍빛 애정과 공감이 드러나는 이유는 바로 이 때문이다.

그의 문학인생을 정리하면서 우리 기획위원들은 공히 그야말로 위기의 시대에 멸사봉공(滅私奉公)의 정신으로 온몸을 던지는 작은 영웅이자 의인임을 믿어 의심치 않는다. 한국시의 발전에 그가 기여한 바는 오랜 시간 면면히 이어질 것임에 틀림없다. 이 선집에 담은 글과 아깝게 선(選)에 들지 못한 그의 수많은 노작(勞作)들이 먼 훗날 이를 입증하리라.

이제 고단한 현직을 벗어나 귀거래(歸去來)를 노래할 시인의 앞날에 무궁한 발전이 있길 기원하며 나무꾼의 우직함을 가진 작은 뚝심이 여기 있음을 세상에 알리는 바이다.

계사년 초봄
기획위원 강만수, 고정욱

저자와의
협의에 의해
인지는 생략함.

초판 인쇄 | 2013년 3월 5일
초판 발행 | 2013년 3월 10일
지은이 | 오만환
펴낸곳 | 황금두뇌
펴낸이 | 이은숙
디자인 | 디자인 감7
등록번호 | 99. 12. 3 제 9-00063호
주소 | 강북구 수유1동 461-12
전화 | 02-987-4572   팩스 | 02-987-4573

ISBN 978-89-93162-26-4 03810